P9-CRN-382

LA ISLA
DEL TESORO

Robert Louis Stevenson

toExcel
San Jose New York Lincoln Shanghai

La Isla del Tesoro

All Rights Reserved. Copyright © 1999 by ALBA

No part of this book may be reproduced or transmitted in
any form or by any means, graphic, electronic, or mechanical,
including photocopying, recording, taping, or by any
information storage or retrieval system, without the
permission in writing from the publisher.

This edition repubished by arrangement with toExcel Press,
an imprint of iUniverse.com, Inc.

For information address:
iUniverse.com, Inc.
620 North 48th Street
Suite 201
Lincoln, NE 68504-3467
www.iuniverse.com

ISBN: 1-58348-832-4

INTRODUCCIÓN

Robert Louis Balfour Stevenson nació el 13 de noviembre de 1850 en Edimburgo, Escocia. Era hijo único de Thomas Stevenson, famoso ingeniero de la época, y de Margaret Isabella Balfour. Desde pequeño se vio acosado por las enfermedades, como refleja en algunos pasajes autobiográficos de su obra.

Enfermo de tuberculosis, se vio obligado a realizar frecuentes viajes en busca de climas que favorecieran su recuperación física. Así sus primeros libros son descripciones de algunos de estos viajes, el primero fue *Viaje tierra adentro* (1878) en el que narra un viaje en canoa a través de Francia, realizado en compañía de su amigo sir Walter Simpson. Otra excursión, esta vez a los Cévennes, le proporcionó material para su obra *Viajes en burro por los Cévennes* (1879).

En el verano de 1875 pasó bastante tiempo en la región de Fontainebleau, allí conoció a Fanny van de Griff Osbourne, una americana que, separada de su marido, estaba viendo la manera de ganarse la vida con el arte. Sin reparar en la diferencia de edad, Stevenson se enamoró de ella, hasta el punto de que la siguió hasta California contra la opinión de su familia. En 1880 se casó con Mrs. Osbourne. En los años siguientes, siempre en busca de salud vivió en Suiza, la Riviera y Bournemonth (Inglaterra), pasando, a partir de 1889 a vivir con su mujer al sur del Pacífico, en las islas Samoa, en Vailima, donde permaneció hasta su muerte ocurrida a consecuencia de un derrame cerebral, el 3 de diciembre de 1894, allí los nativos le pusieron el nombre de Tusitala, que significaba «el que cuenta historias», fue enterrado en la cima de una montaña.

Su primer éxito como novelista fue *La isla del tesoro* (1882), original relato planeado para divertir a su hijastro, Lloyd Osbourne, con el que colaboraría posteriormente en otras obras y que además sería famoso novelista norteamericano. Esta obra, *La isla del tesoro*, presenta el bien, bajo la forma de la inocente personalidad del muchacho, Jim, que debe descubrir por si mismo la cara del bien y del mal entre sus amigos, y el mal personalizado en los piratas Pew y Silver. Este argumento, esta alegoría la vuelve a presentar en su también famosa obra de *El extraño caso del doctor Jeckyll y mister Hyde* (1886). Entre sus novelas de aventuras destacan *La flecha negra* (1888) y *El señor de Ballantree* (1889)

También fue un extraordinario ensayista, poeta y excelente narrador de cuentos cortos.

Su estilo en la literatura fue una constante preocupación a lo largo de toda su vida de escritor. En la disputa que vivió literariamente entre el Realismo y el Romanticismo fue partidario de las dos tendencias, el romanticismo para la argumentación y el realismo para los detalles. Sus cartas reunidas y editadas por Sidney Colvin, en cuatro volúmenes (1911), se consideran las mejores escritas en lengua inglesa.

LIBRO I

CAPÍTULO I

EL VIEJO BUCANERO

El *squire* Trelawney, el doctor Livesey y otros caballeros, me han pedido que escriba minuciosamente el relato de lo que nos ocurrió en la *Isla del Tesoro* y todo cuanto a ella se refiere, sin omitir otro pormenor que la situación geográfica de la isla, porque nos dejamos allí una parte del botín. Accediendo a su ruego, tomo la pluma en el año de gracia de 17... para remontarme a mi niñez, cuando mi padre era dueño de la posada *Almirante Benbow*, en la que cierto día se hospedó un viejo lobo de mar, curtido por la intemperie, tostado por el sol de todos los mares y con el rostro marcado por la profunda cicatriz de un sablazo.

Como si hubiera sido ayer, recuerdo el paso renqueante con que llegó a la puerta del mesón, seguido por una carretilla en la que un mozo le llevaba su cofre de marinero. Era un hombre alto, macizo, vigoroso y muy moreno; su embreada coleta le rozaba el cuello y las hombreras de su manchada casaca azul. En sus manos, ásperas y agrietadas, veíanse las cicatrices de varias heridas y, desde la mandíbula a la sien, le cruzaba la cara el hondo surco de aquella cicatriz, cuya sucia blancura contrastaba con su curtida piel. Aún me parece verle recorrer con la vista la bahía, mientras silbaba entre dientes, y tararear a continuación la antigua canción marinera que tantas veces había de oírle luego:

> *Quince hombres van en el cofre del muerto;*
> *¡Ay, ay, ay, la botella de ron!*

entonada con una voz recia y destemplada, que parecía haberse desafinado en las barras del cabrestante.

Después, llamó a la puerta de nuestra casa con un bastón largo y delgado como espeque artillero y cuando acudió mi padre, el marino le pidió con dureza un vaso de ron. Bebió lentamente, paladeando los sorbos, como experto catador, sin dejar de observar la abrupta silueta del acantilado y la herrumbrosa muestra de la hostería.

—¡Cómodo acceso tiene esta bahía —dijo al fin— y excelente situación la posada. ¿Viene mucha clientela, patrón?

Mi pobre padre le contestó que por desgracia no era muy frecuentada su hostería.

—Bien, bien; eso es precisamente lo que yo necesito.

Y dirigiéndose al mozo que empujaba la carretilla, gritó:

—¡Eh, amigo; atraca aquí y sube el cofre enseguida!

Y volviéndose hacia mi padre, prosiguió:

—Pararé algún tiempo en esta casa. No es difícil contentarme: con tocino, ron, huevos y ese promontorio para ver pasar los barcos, tengo bastante. Podéis llamarme como gustéis... Capitán, si os place; eso es, capitán. Sí, sí, ya comprendo lo que quieren decir esas miradas... ¡Tomad!

Y arrojó tres o cuatro monedas de oro sobre el mostrador.

—Ya me avisaréis cuando se terminen —concluyó en tono autoritario.

Luego, fuese tras el mozo con el altivo porte de un capitán de fragata.

A pesar de su lenguaje brusco y ordinario, no parecía ser un simple marinero, sino capitán o segundo de a bordo, acostumbrado a mandar y a imponer durante la disciplina. El hombre que había transportado su cofre, nos dijo que el hosco marino se había apeado aquella misma mañana de la diligencia en el *Royal George* y preguntado allí por las posadas establecidas a lo largo de la costa. Debieron recomendarle la nuestra y acaso la eligió porque era la más aislada. Esto es cuanto pudimos saber acerca de nuestro extraño huésped.

Generalmente, era un hombre taciturno. Durante todo el día vagaba por la bahía o por los acantilados, llevando bajo el brazo un catalejo de latón. Al atardecer, regresaba a la posada y, sentándose junto al fuego, bebía grandes vasos de agua con mucho ron. Pocas veces contestaba a las escasas preguntas que se le dirigían; de improviso, si era importunado, erguía la cabeza y resoplaba como un cuerno de niebla, hinchando las narices. Tanto nosotros como los que frecuentaban el establecimiento, nos acostumbramos pronto a dejarle en paz.

Cada día, al regresar de su largo paseo, nos preguntaba si habíamos visto pasar algún marinero por allí. Al principio, creímos que encontraba a faltar a sus compañeros, pero luego nos dimos cuenta de que procuraba evitarles.

6

Cuando algún marinero, de paso hacia Bristol, se detenía en el *Almirante Benbow*, le observaba a través del visillo que cubría el cristal de la puerta, antes de entrar en la sala y era seguro que mientras el viajero estuviera en la posada, nuestro huésped no diría una sola palabra.

Nada había de extraño para mí en aquellas prevenciones y, en cierto modo, compartía su inquietud, pues una tarde, llamándome aparte, me prometió que el día primero de cada mes me daría una moneda de plata de cuatro peniques sólo por espiar la llegada de un marinero con una sola pierna y advertirle en cuanto apareciese.

Con frecuencia, cuando llegaba el día señalado para el pago de los cuatro peniques y yo le rogaba que me los diera, limitábase a mirarme gruñendo con mucha fiereza, hasta que yo bajaba los ojos. Sin embargo, antes de que hubiera transcurrido la primera semana del mes, reflexionaba y me entregaba la moneda prometida, repitiéndome la orden de vigilar la llegada del marinero que tenía una sola pierna.

No es necesario decir hasta qué punto perturbaba mi sueño este personaje.

Durante las noches tormentosas, cuando el viento bramaba en torno de la casa y las olas azotaban furiosas el acantilado, se me aparecía bajo mil formas distintas y diabólicas. Unas veces tenía la pierna cortada por la rodilla, otras, por la cadera y en algunas ocasiones, aquel ser imaginario, parecía no haber tenido nunca más que una sola pierna que le nacía en medio del cuerpo. Verle saltar y correr tras de mí, salvando vallas y zanjas en saltos fantásticos y sobrehumanos, era la peor de mis pesadillas. Estas intervenciones del extraño personaje en mi fantasía, me hacían pagar caros los cuatro peniques que me daba el viejo lobo de mar. A pesar de que vivía aterrado por la idea del marinero de una sola pierna, era yo el que menos temía al capitán en el mesón; algunas noches bebía demasiado y entonces cantaba antiguas y siniestras canciones sin hacer caso de nadie; otras veces, pedía una ronda e invitaba a beber a todos los reunidos, obligándoles a escuchar las historias que narraba y a corear sus cantos. Con frecuencia, retumbaba toda la casa con el estribillo: *¡Ay, ay, ay, la botella de ron!* cantado por todos los huéspedes que, aterrorizados, se esforzaban para no merecer las censuras del viejo, que era el compañero más descontentadizo que imaginarse pueda. Cuando quería imponer silencio, daba formidables puñetazos sobre la mesa. Tanto si le preguntaban algo como si no, se enfurecía: en el primer caso, por considerar inoportuna la pregunta y, en el segundo, creyendo que sus compañeros pecaban de falta de atención. No consentía que nadie abandonara la tertulia antes de que él, borracho como una cuba, se fuera tambaleando hacia su cuarto.

Lo que más asustaba a la gente eran sus relatos, porque narraba siempre episodios espantosos. No hablaba más que de combates, horcas y ajusticiados; de tormentas y de terribles hazañas en lejanos países de la América española y de la isla Tortuga.

Según aquellos relatos, se había pasado la vida en el mar, entre los hombres de peores sentimientos, empujados a navegar por el diablo y el lenguaje que empleaba para narrar aquellos hechos, asustaba más a los sencillos aldeanos que las fechorías y crímenes que contaba. Mi padre decía que la presencia del viejo lobo de mar y su intervención en las veladas, serían la ruina del mesón, pues los concurrentes, cansados de soportar la tiranía y las humillaciones del capitán, dejarían de frecuentarlo. Por el contrario, yo creo que su presencia nos favorecía. De momento, y ante él, se asustaban e íbanse a dormir despavoridos; pero luego veían en la figura del capitán y en sus narraciones, una atractiva interrupción de la monotonía de sus vidas; unos cuantos jóvenes decían admirarle y le llamaban *verdadero lobo de mar*, *viejo tiburón* y otros títulos que halagaban su veteranía marinera, afirmando que hombres de su temple y talla eran los que habían conseguido hacer temible el poderío naval inglés.

Sin embargo, en cierto modo estuvo a punto de arruinarnos, pues pasaron las semanas y los meses y él persistía en quedarse, aunque el dinero que nos diera hacía ya mucho tiempo que lo habíamos gastado. Mi padre no se atrevía nunca a reclamarle el pago de la deuda. Si escuchaba la menor alusión, soplaba con tal fuerza que parecía rugir y entonces mi pobre padre se apresuraba a salir de la habitación; más de una vez le vi retorcerse las manos después de una de estas silenciosas y amenazadoras escenas y estoy seguro de que el sufrimiento y el temor que le producían apresuraron su prematuro y desgraciado fin.

8

Durante todo el tiempo que vivió entre nosotros, el capitán no cambió sus vestidos, excepto las medias, pues una vez le compró a un vendedor ambulante varios pares. Una de las alas del sombrero se le rompió y, en adelante, la llevó colgando a pesar de lo molesto que resultaba en los días de viento. No olvidaré nunca el derrotado aspecto de su casaca que él mismo se remendaba, encerrado en su cuarto, y que al final era una prenda formada por recosidos andrajos. No escribía nunca, ni recibía cartas; no hablaba con nadie, y sólo cuando el ron le calentaba la cabeza lo hacía con los demás huéspedes del mesón. Ninguno de nosotros se atrevió nunca a abrir el gran cofre marinero que guardaba en su cuarto.

Una sola vez encontró quien le hiciera frente y esto ocurrió cuando la enfermedad que había de acabar con la vida de mi padre se agravó. El doctor Livesey vino a visitar al enfermo al atardecer y le dijo a mi madre que le sirviera la cena. Luego, mientras esperaba que le trajesen un caballo de la aldea próxima, pues en el *Almirante Benbow* no teníamos establo, entró en la sala a fumar una pipa. Fui tras él y recuerdo que me llamó mucho la atención el contraste que formaba el pulcro y atildado doctor, con sus cabellos empolvados, blancos como la nieve, sus ojos negros y brillantes y sus delicadas maneras, entre aquellos rudos campesinos y, sobre todo, el que hacía con el grosero y sucio pirata, que, ahíto de ron, estaba echado de bruces sobre la mesa con la mirada turbia de los hombres embrutecidos por el alcohol.

De pronto, el capitán se puso a cantar su sempiterna canción:

Quince hombres van en el cofre del muerto;
¡Ay, ay, ay, la botella de ron!
El diablo y el ron se encargaron del resto;
¡Ay, ay, ay, la botella de ron!

Al principio, yo había creído que el cofre del muerto a que se aludía en la canción, era el enorme cofre que hiciera subir a su habitación el día en que llegó y su imagen intervino con frecuencia en mis pesadillas junto a la del marinero cojo, pero cuando pasó algún tiempo acabamos por no prestar atención al absurdo refrán; el doctor Livesey era el

9

único de la reunión que no conocía el cantar y noté que escucharlo le hacía un efecto poco grato, porque levantó con airado gesto la mirada un instante y después de esta rápida muestra de disgusto, prosiguió hablando con el viejo Taylor acerca de un nuevo remedio contra el reumatismo. Entre tanto, el capitán íbase enardeciendo con la canción y acabó dando una fuerte palmada sobre la mesa, señal conocida por todos nosotros de que exigía silencio. Inmediatamente se calló todo el mundo menos el doctor Livesey, que continuó hablando como antes, con su voz clara y agradable, interrumpiéndose cada dos o tres palabras para fumar lentamente. El capitán se fijó en él un momento, golpeó de nuevo la mesa, miróle con mayor descaro y gritó después de jurar soezmente:

—¡Silencio en el entrepuente!

—¿Os dirigís a mí, caballero? —preguntó el doctor.

Y cuando el rufián le contestó afirmativamente con otro juramento, el doctor repuso:

—Una sola cosa tengo que deciros y es que si seguís bebiendo como ahora lo hacéis, el mundo se verá muy pronto libre de un forajido.

La cólera del pirata fue espantosa. Se levantó de un salto sacando un machete y mostrándolo abierto sobre la palma de la mano, amenazó clavar con él al doctor en la pared.

El doctor no se movió; siguió hablándole por encima del hombro con inalterable calma y firmeza, y en el mismo tono de voz, aunque más alto para que pudieran oírle en toda la sala:

—Si no volvéis inmediatamente el machete a su vaina, juro que he de haceros ahorcar en la primera reunión del Tribunal del Condado.

Desafiáronse con la mirada, pero el capitán cedió enseguida; se lo guardó y fue a sentarse gruñendo como perro apaleado.

—Y ahora, caballero —continuó el doctor—, como ya sé que hay un bellaco peligroso en mi distrito y que ese bribón sois vos, os vigilaré día y noche. Además de médico soy juez y a la menor queja que reciba de vos, aunque sea motivada por una grosería como la de esta noche, tomaré las medidas que sean necesarias para deteneros y expulsaros de esta comarca. ¡Y esto basta!

10

Poco después llegó a la puerta del mesón el caballo, montó el doctor y alejóse. El capitán estuvo sosegado aquella noche y la calma le duró varios días.

CAPÍTULO II

PERRO NEGRO LLEGA Y SE VA

Poco después sucedió el primero de los acontecimientos misteriosos que nos libraron del capitán, aunque no de sus enredos, como más adelante se verá. El invierno era tan áspero y frío, con violentas tempestades y frecuentes heladas que, desde su principio, comprendimos que mi pobre padre no llegaría a la primavera. Empeoraba de día en día y como mi madre y yo teníamos que realizar todo el trabajo del mesón, apenas disponíamos de tiempo para ocuparnos de nuestro huésped,

Cierta mañana de enero, muy temprano, con un frío glacial, la bahía apareció cubierta de escarcha. Las olas chapoteaban suavemente sobre los guijarros de la playa y el sol, aún muy bajo, brillaba a lo lejos, iluminando las cimas de las colinas. El capitán madrugó más que de costumbre y se fue a la playa, con el machete asomando entre los largos faldones del casacón, con el catalejo de bronce bajo el brazo y el sombrero echado hacia atrás. Recuerdo que al respirar, su aliento formaba como una leve humareda y me parece oír aún el resoplido con que desapareció detrás de la gran roca, como si aún pensara en el doctor Livesey.

Mi madre se hallaba atendiendo a mi padre y yo estaba preparando la mesa para el desayuno del capitán, cuando se abrió la puerta de la calle y apareció un desconocido. Era un individuo más que pálido, lívido; le faltaban dos dedos de la mano izquierda y, aunque llevaba un machete, no parecía ser hombre pendenciero. Yo estaba constantemente al acecho de los hombres de mar, tuvieran una o dos piernas y, aunque el recién llegado no vestía como los marinos, se notaba en su aspecto cierta actitud de navegante que me sobresaltó.

Le pregunté en qué podía servirle y me contestó que quería ron; iba a salir de la sala en busca del licor, cuando el desconocido, sentándose sobre la mesa, me hizo un signo de que me aproximara. Me quedé parado, con la servilleta en la mano.

—Ven acá, hijito; acércate más.

Avancé un solo paso.

—¿Es ésta la mesa de mi amigo Billy? —me preguntó, sonriendo socarronamente.

Le contesté que no conocía a su amigo Billy y que la mesa estaba preparada para un huésped a quien llamábamos *el capitán.*

—Es lo mismo —dijo—; mi compañero Billy puede también llamarse capitán. Tiene una cicatriz en la mejilla y es un hombre cordial y agradable, sobre todo después de beber a su antojo. Supongamos que ese capitán tiene una cicatriz en la mejilla y que, esa mejilla es la derecha... ¿Ves? ¿No te lo decía yo?... Y ahora, contéstame; ¿está mi compañero Billy en el mesón?

Le dije que había salido de paseo.

—¿Sabrías decirme hacia dónde ha ido, hijito?

Le señalé el peñasco, diciéndole que seguramente no tardaría en regresar. Cuando hube satisfecho las preguntas que me hizo, exclamó:

—Bien, bien. Mi amigo Billy encontrará las cosas muy a su gusto cuando vuelva...

La expresión de sus facciones al pronunciar estas palabras no era precisamente placentera y yo tenía mis razones para suponer que el desconocido se engañaba, aún en el supuesto de que hubiera hablado con sinceridad. Pensé que aquel no era un asunto de mi incumbencia y, además, no sabía qué partido tomar: el forastero se había plantado ante la puerta del mesón y vigilaba como un gato que acecha a un ratón.

Salí a la carretera un momento, pero el pordiosero me llamó enseguida y como le obedecí con menos rapidez de la que esperaba, su rostro lívido se contrajo horriblemente y me ordenó que volviera a entrar con un juramento que me hizo temblar. Apenas estuve de nuevo en la sala, adoptó su actitud anterior y dándome amistosas palmadas en la espalda, aseguró que yo era un buen muchacho y que le complacía extraordinariamente mi manera de ser.

—Tengo un hijo que es mi mayor orgullo y se parece a ti como si fuerais hermanos —dijo—. Pero lo más importante

12

para los muchachos es la disciplina, hijito. ¡Ah, la disciplina! Si hubieras navegado con el viejo Billy, no habría sido preciso que te llamara dos veces. Ni Billy, ni los que han navegado con él, tienen tan mala costumbre... Pero, no hay duda: ahí viene mi buen amigo con su catalejo bajo el brazo. Tú y yo vamos a entrar en la sala y a escondernos detrás de la puerta para darle a Billy una sorpresa. ¡Dios le bendiga!

Así diciendo, el desconocido me llevó a un rincón donde la puerta, al abrirse, nos ocultaría. Como es de suponer, yo estaba inquieto y asustado y contribuía a aumentar mi miedo ver que el desconocido compartía mi alarma. Empuñó su grueso machete e hizo resbalar la hoja en la vaina para asegurarse de que corría bien y durante todo el tiempo que estuvimos esperando al capitán no dejó de tragar saliva, como si tuviera un nudo en la garganta.

Por fin llegó el viejo lobo de mar; cerró la puerta tras de sí y atravesó la sala, sin mirar a derecha ni a izquierda, dirigiéndose a la mesa en que estaba preparado su desayuno.

—¡Billy! —exclamó el desconocido con un tono de voz en el que se notaba el esfuerzo que hacía para que pareciese firme.

El capitán dio media vuelta y al vernos palideció, como si el forastero fuera un espectro, el demonio o cualquier cosa peor. Confieso que me compadecí de él, al verle de pronto tan envejecido y atónito.

—Vamos, Billy, ¿no me conoces? No es posible que hayas olvidado a un viejo compañero de a bordo...

El capitán, suspirando nervioso, exclamó:

—¡*Perro Negro*!

—El mismo... —replicó el forastero, recobrando el aplomo—. *Perro Negro*, que viene a visitar a su viejo amigo Billy en la posada *Almirante Benbow*... ¡Ah, Billy, Billy! ¡Cuántas aventuras hemos corrido ambos, desde que perdí estas dos garras! — continuó, mostrando su mutilada mano.

—Bien, al grano —repuso el capitán—; me habéis descubierto. ¿Qué quieres?

—¡Eres el mismo de siempre! —replicó Perro Negro—, enseguida lo comprendes todo. Voy a pedirle dos vasos de ron a este buen muchacho, con el que he simpatizado mucho mientras te esperaba y nos sentaremos a charlar como viejos amigos.

13

Cuando les llevé el ron estaban sentados, frente a frente, en la mesa que había preparado para que el capitán desayunara. *Perro Negro* sentábase oblicuamente, de manera que tenía un ojo puesto en su interlocutor y el otro sobre la puerta, y yo supuse que lo hacía para vigilar su línea de retirada. Me ordenó que me fuese y dejara la puerta abierta, añadiendo que no quería tropezar con cerraduras. Los dejé a solas y me fui a la trastienda.

Hablaron durante largo rato y, aunque hice lo posible por oír lo que decían, no pude entender ni una sola palabra, porque conversaban en quedo murmullo; pero las voces se elevaron y entonces escuché dos o tres palabras y algunas blasfemias dichas por el capitán.

—¡No, no y no! Acabemos de una vez —gritaba—. Y si hemos de morir, que nos ahorquen a todos.

De pronto, estalló una explosión de juramentos y de golpes; la mesa y las sillas rodaron por el suelo; oyóse un estridente roce de aceros y, un momento después, vi a Perro Negro que salía corriendo de la habitación, perseguido por el capitán, que esgrimía su machete; el primero empuñaba un cuchillo con más fuerza en la que hacía suponer su hombro izquierdo cubierto de sangre. Al llegar a la puerta, el capitán le tiró al fugitivo un tajo, que le hubiera abierto la espalda, de no tropezarle el arma con la muestra del *Almirante Benbow*. Hoy, puede verse aún la señal que dejó el machete en la parte inferior del marco.

Esta cuchillada fue la última de la pelea. Una vez en la carretera, *Perro Negro* echó a correr con gran celeridad, a pesar de su herida y desapareció tras la colina como una exhalación. El capitán se quedó atónito mirando la enseña; se pasó varias veces la mano por los ojos y luego, volvió a entrar en el mesón.

—Jim —rogó—, dame ron.

Observé que mientras lo decía, se tambaleaba y, para no caer, hubo de apoyarse en el muro.

—¿Estáis herido? —le pregunté.

—¡Dame ron, dame ron! —repitió. —¡Es preciso que me vaya de aquí!

Corrí a buscar el licor, pero estaba tan aturdido por lo que acababa de suceder, que rompí un vaso y obstruí la espita; mientras trataba de serenarme, se oyó el golpe de una

14

caída en la sala: volví a ella y encontré al capitán tendido, inerte, en el suelo. En aquel momento, mi madre acudió presurosa, alarmada por los gritos y el estruendo de la pelea. Entre los dos pudimos levantarle la cabeza al viejo pirata; tenía los ojos cerrados y el color ceniciento.

—¡Qué desgracia para nuestra casa! ¡Y con tu padre tan enfermo! —se lamentaba mi madre.

A nosotros no se nos ocurría lo que debíamos hacer para socorrer al capitán y estábamos seguros de que había recibido una herida mortal.

Intenté verterle un poco de ron en la boca, pero no pude conseguirlo, porque tenía las mandíbulas crispadas. La llegada del doctor Livesey, que venía a visitar a mi padre, fue para nosotros un gran consuelo.

—¡Oh, doctor! —exclamé.— ¿Qué debemos hacer? ¿Dónde está herido este hombre?

—¿Herido? Lo está tanto como tú y como yo —dijo el doctor—. Este hombre sufre el ataque que yo le pronostiqué. Vamos, vamos, buena mujer: id junto a vuestro marido y, si es posible, que no se entere de lo ocurrido. Tengo la obligación de hacer todo lo posible por salvarle la vida a este bergante... Jim, tráeme una jofaina.

Cuando volví con ella, el doctor había ya arremangado uno de los nervudos brazos del capitán que estaba cubierto de tatuajes que decían: *A la buena suerte. Viento en popa. Billy Bones se ríe de todo.* Más arriba, cerca del hombro, veíase una horca con un hombre ajusticiado y aquel tatuaje me pareció dibujado con mucha habilidad.

—Profético —dijo el doctor señalándolo con el dedo—. Y ahora, señor Billy Bones, si tal es vuestro nombre, vamos a ver de qué color tenéis la sangre... Jim, ¿te asusta verla correr?

—No, señor —le contesté.

—En ese caso, sostén la jofaina.

Y al decir esto, cogió la lanceta y le abrió una vena. Antes de que el capitán abriera los ojos y mirase vagamente en torno suyo, la jofaina recogió mucha sangre. Cuando reconoció al doctor, sus cejas se fruncieron; pero, al verme, se tranquilizó. De pronto, palideció y procuró incorporarse.

—¿Dónde está *Perro Negro*? —gritó.

—Aquí no hay nadie que se llame así —contestó el

doctor—. Habéis bebido demasiado y sufrís el ataque que os anuncié. Acabo de sacaros de la tumba, cogiéndoos por las orejas. Y ahora, señor Billy Bones...

—No me llamo así —gruñó el capitán.

—¡No importa! —respondió el doctor—. Billy Bones se llamaba un pirata amigo mío y os doy su nombre para abreviar... No olvidéis lo que voy a deciros, si le tenéis aprecio a la vida: un vaso de ron no os matará; pero si bebéis uno, beberéis otro después y repetiréis cuantas veces sean precisas para emborracharos de nuevo y, si lo hacéis, os aseguro que no tardaremos en tener que enterraros. ¿Comprendéis? Un sólo vaso de ron puede conduciros al infierno, que es buen sitio para purgar las fechorías que sin duda habéis hecho en este mundo. Vamos, un esfuerzo... Por una vez, os ayudaré a ir a la cama.

Con dificultad, conseguimos acostarle. Como si fuera a perder nuevamente el sentido, su cabeza se desplomó sobre las almohadas.

—Acordaos de lo que os he dicho: un solo vaso de ron y el que apueste un penique por vuestra vida, lo perderá.

Y cogiéndome del brazo me indicó, con un gesto, que le acompañara a visitar a mi padre.

Cuando salimos, me dijo:

—Eso no será nada. Le he sacado sangre suficiente para que esté tranquilo algunos días. Durante una semana tendrá que estar acostado y si el ataque se repite morirá.

CAPÍTULO III

LA MOTA NEGRA

Hacia el mediodía, cuando fui a llevarle al capitán bebidas refrescantes y medicamentos, lo encontré tendido tal como nosotros le habíamos dejado y parecía estar muy débil y nervioso.

—Jim —me dijo—; de todos los que hay en esta casa, tú eres el único que vale un poco y ya sabes que siempre he sido bueno contigo; ni un solo mes he dejado de pagarte los cuatro peniques. Ya ves como me encuentro ahora... Todo el mundo me ha abandonado... Anda Jim, tráeme un vasito de ron...

16

—Capitán, es que el doctor...

Me interrumpió maldiciendo al doctor con voz fatigada pero vehemente:

—Todos los médicos son unos farsantes y éste ¿cómo puede entender lo que le pasa a un lobo de mar? Yo he estado en países calurosos como hornos, donde mis compañeros caían atacados por la fiebre amarilla, y la tierra, sacudida por los terremotos, ondulaba como si fuera el mar... ¿Qué sabe ese majadero de todas esas cosas? Yo vivía gracias al ron; el ron era mi compañero inseparable y si ahora no puedo beber seré como un pontón a la deriva. Mi sangre caerá sobre ti y sobre ese estúpido matasanos... —Intercaló algunos juramentos antes de proseguir—. Mira, Jim, cómo me tiemblan los dedos; me es imposible dominar este temblor porque durante todo el día no he bebido una sola gota de ron. El doctor es un idiota. Si no me das un trago, te juro que empezaré a ver fantasmas... ya los veo... ¡Mira al viejo Flint, allí, en aquel rincón, detrás de ti! Ten presente que si empiezo a delirar, aparecerá hasta el mismo diablo, porque he llevado muy mala vida. El doctor ha dicho que un solo vaso de ron no había de hacerme daño... Anda, Jim, tráeme ron. Por un vasito, te doy una guinea de oro.

Su desasosiego iba en aumento y su excitación me alarmaba porque mi padre se encontraba muy mal aquel día y necesitaba silencio. Por otra parte, las palabras del doctor que el capitán acababa de recordarme, me inclinaban a satisfacer sus deseos y me ofendía el que me ofreciera dinero para que accediese.

—No quiero aceptar otro dinero que el que le debéis a mi padre. Voy a traeros un vaso de ron, pero uno solo.

Cuando se lo llevé, cogió el vaso y bebió con avidez.

—Bueno, Jim —exclamó—, esto ya va un poco mejor... ¿Cuánto tiempo ha dicho ese maldito médico que debo estar acostado?

—Una semana por lo menos.

—¡Truenos! ¡Maldito sea! ¡No puede ser! ¡De aquí a entonces, esos malditos me habrán enviado la mota negra! En este momento deben estar espiando la casa una turba de haraganes que no supieron guardar lo suyo y quieren echarle la zarpa a lo ajeno. ¿Crees tu que tal comportamiento es digno de un hombre de mar? Yo he sido siempre ahorrativo;

17

no he derrochado, ni he querido nunca jugarme el dinero. Pero no les temo: largaré velas y me iré con viento fresco mientras ellos corren inútilmente ladrando detrás de mí. Te aseguro que voy a hurtarles otra vez.

Así diciendo, se incorporó trabajosamente y se dispuso a salir de la cama cogiéndome el hombro con tal fuerza para ayudarse, que casi me hizo gritar de dolor y moviendo las piernas como si fueran de plomo. Sus palabras enérgicas y decididas, contrastaban lamentablemente con el débil tono de su voz.

Cuando logró sentarse en el borde de la cama se detuvo:

—Ese endiablado doctor me ha matado. La cabeza me da vueltas y me zumban los oídos. Ayúdame a tenderme de nuevo.

Antes de que yo hubiese podido ayudarle, se desplomó en la cama y permaneció unos momentos en silencio.

—Jim —murmuró luego —; ¿has visto hoy a ese marinero?

—¿A quién? ¿A *Perro Negro*?

—¡Ah! Ese *Perro Negro* es muy malo, pero quienes le envían son peores. Fíjate bien en lo que voy a decirte: si no consigo escapar sin que me larguen la mota negra, acuérdate de que lo que quieren es apoderarse de mi viejo cofre marinero. ¿Sabes montar a caballo, verdad…? Pues bien; si llegara ese caso, ve en busca del maldito doctor y dile que reúna a sus hombres, alguaciles, magistrados o como se llamen, y que vengan todos a esta casa; aquí podrán echarle el guante a la tripulación del viejo Flint, del primero al último hombre. Navegué con Flint, como piloto, y soy el único que conoce el escondite. El mismo Flint me confió el secreto en Savannah, en su lecho de muerte, tal como yo lo hago ahora. Pero tú no tienes que decir nada mientras no me den la mota negra o no veas de nuevo a *Perro Negro* o al marinero que tiene una sola pierna. ¡Sobre todo al cojo!

—Pero, ¿qué es eso de la mota negra? —le pregunté.

—Es una señal, compañero. Ya te diré lo que significa si la recibo.

Entonces empezó a divagar, pero su voz íbase debilitando cada vez más. Le di la medicina, que tomó con la docilidad de un niño, y me dijo que si alguna vez había

18

habido en el mundo un marino necesitado de drogas, ese hombre era él. Hundióse luego en un pesado sueño y yo salí de la habitación.

No sé lo que hubiera hecho en circunstancias normales. Probablemente le habría contado al doctor la deshilvanada historia, pues temía que el capitán, arrepentido de sus confesiones, se deshiciera de mí; pero ocurrió que la súbita muerte de mi padre, sucedida aquella misma noche, me quitó de la cabeza toda idea que no fuera la de aquella gran desgracia que sufríamos. Nuestro dolor, las visitas de condolencia de los vecinos, los preparativos del entierro y de los funerales, y el trabajo que exigía el mesón, me absorbieron hasta el punto de que no tuve tiempo de acordarme del capitán, ni de los temores que me producía un posible cambio de su afectuosa disposición hacia mí.

Al día siguiente bajó a la sala y tomó sus comidas de costumbre, aunque comió poco. Temo que bebiera más de lo ordinario, pues se sirvió él mismo el ron en el mostrador, con ademán de jaque, resoplando continuamente, sin que nadie se atreviera a impedírselo. La víspera del entierro de mi padre, por la noche, el viejo pirata se emborrachó como nunca y fue escandaloso oírle cantar el odioso estribillo en aquella casa afligida por la muerte de un ser querido que estaba aún de cuerpo presente. A pesar de su debilidad, nos inspiraba a todos un miedo cerval, aumentado por el hecho de que el doctor, llamado con urgencia a otra comarca para asistir a un enfermo grave, no había vuelto a visitarnos desde que falleció mi padre.

La debilidad del capitán parecía aumentar de día en día. Subía y bajaba la escalera interior del mesón, iba de la sala al lugar donde despachábamos bebidas y algunas veces asomaba la nariz al campo para disfrutar del salobre olor que le llevaba la brisa del mar, apoyándose en las paredes para andar y respirando fuerte y deprisa como si ascendiese por la escarpada ladera de un monte. Jamás se dirigía a mí particularmente y estoy seguro de que había olvidado por completo las confidencias que me hizo. Su genio era muy variable y su carácter, teniendo en cuenta su extrema debilidad física, más violento que nunca.

Había adoptado la costumbre, poco tranquilizadora, de dejar el machete desenvainado sobre la mesa; pero, a pesar de esta aparente amenaza a las gentes que le rodeaban, se preocupaba menos de los reunidos y parecía absorto en profundas meditaciones. En cierta ocasión —con gran sorpresa nuestra—, se puso a tararear una rústica canción de amor que debió aprender en los años de su juventud, antes de hacerse a la mar.

Así continuaron las cosas hasta el día que siguió al entierro de mi padre. Estaba yo aquella brumosa y fría tarde a la puerta del albergue, pensando entristecido en su pérdida, cuando vi que alguien se acercaba lentamente por el camino. Eran aproximadamente las tres de la tarde. Sin duda alguna, el desconocido caminante debía ser ciego, pues iba tanteando el terreno con un grueso bastón. Andaba encorvado, como si los años o el hambre le hubieran doblado la espalda y llevaba un gran capote marino, viejo y roto, cuya capucha le tapaba los ojos y la nariz. Nunca había visto una silueta tan espantosa. Acortó el paso al llegar cerca de la posada y, alzando la voz, preguntó con extraña cantilena:

—¿No habrá un alma compasiva que se apiade de este pobre hombre que perdió la vista en defensa de su patria, Inglaterra...? ¡Dios bendiga al Rey Jorge...! ¿En qué lugar del país me encuentro?

—Estáis frente a la posada *Almirante Benbow*, en la bahía de Black Hill Cove, buen hombre —le dije.

—Oigo una voz juvenil... ¿Quieres darme la mano, hijo mío y conducirme a la posada?

Le tendí la mano y aquel horrible desalmado sin vista, extrañamente, la cogió al momento, oprimiéndola con la fuerza de una tenaza. Estaba tan asustado que intenté retirar la mano, pero el ciego me atrajo hacia sí.

—Vamos muchacho, llévame junto al capitán.

—Señor, no me atrevo... os juro que no me atrevo.

—¿Esas tenemos? —gruñó—. Llévame adonde está el capitán o te rompo un hueso.

Y mientras amenazaba, me retorció el brazo hasta hacerme gritar.

—Señor —le dije—, por vuestro bien os advierto que el capitán está enfurecido y tiene sobre la mesa un machete desenvainado. Otro caballero...

—¡Vamos! ¡En marcha! —interrumpió.

20

No creo haber oído nunca una voz de tan cruel entonación, ni tan fría y desagradable como la del ciego. Más me asustaba su voz que sus amenazas y el aire siniestro que parecía rodearle, así que me apresuré a obedecerle, adelantándome hasta la puerta de la sala donde el viejo pirata enfermo estaba sentado, embrutecido por el ron. El ciego seguía pegado a mis espaldas sujetándome con férreo puño y apoyando en mí todo su peso hasta el punto de que yo apenas podía andar.

—Llévame directamente hasta donde esté el capitán y cuando lleguemos junto a él, grita: "¡Aquí está un amigo que os busca, Billy!" Y si no lo haces así...

Me retorció de nuevo el brazo y creí que el dolor me haría perder el sentido. Tanto me aterrorizaba el mendigo ciego, que olvidé el miedo que le tenía al capitán y abriendo la puerta de la sala grité con voz temblorosa las palabras que me había ordenado pronunciar. El pobre capitán levantó los ojos y se le desvanecieron los vapores de ron que le turbaban. Nos miró fijamente y en sus facciones se leyó, más que terror, un asco mortal. Hizo un movimiento para levantarse, pero debieron faltarle las fuerzas porque inmediatamente volvió a sentarse.

—¡Vamos Billy, no te muevas! —aconsejó el mendigo—. No veo; pero, en cambio, puedo oír hasta el movimiento de los dedos... Al grano. Alarga la mano derecha Billy y tú, muchacho, cógele el puño y acércalo al mío.

Le obedecimos inmediatamente y observé que el ciego deslizaba algo en la mano del capitán, que se cerró enseguida.

—Bien, está. Asunto concluido —dijo el ciego.

El pordiosero me soltó el brazo y con una orientación y agilidad que nadie hubiera podido suponer en aquella lamentable figura, salió corriendo de la posada y antes de que yo me recobrara de mi asombro oí el golpear de su bastón en la carretera.

Antes de que el capitán y yo reaccionáramos, pasaron algunos momentos y luego, al mismo tiempo que yo le soltaba la muñeca, él abrió la mano y se quedó mirando fijamente su palma extendida.

—¡A las diez! —exclamó. —Aún nos quedan seis horas hasta entonces y, por tanto, tenemos tiempo de darles una sorpresa.

Se levantó, pero dio un traspiés y, llevándose la mano a la garganta, permaneció un momento tambaleándose. Luego, con ronco estertor, cayó al suelo de bruces.

Corrí hacia él llamando a mi madre, pero el capitán ya no necesitaba los cuidados humanos: había muerto de apoplejía fulminante. Y aunque nunca sentí ningún afecto por aquel hombre, apenas le vi muerto las lágrimas nublaron mi vista.

CAPÍTULO IV

EL COFRE

Entonces ya no demoré el decirle a mi madre todo lo que sabía referente al capitán; ambos comprendimos enseguida que nuestra situación era en extremo difícil y peligrosa, pues si bien teníamos derecho a apoderarnos de una parte del dinero que poseyera el muerto, era indudable que ninguno de los dos compañeros del pirata y, especialmente los dos ejemplares que yo conocía, el ciego y *Perro Negro*, quisieran renunciar a una parte de su botín en favor nuestro.

Recordé que el capitán me había encargado que fuera en busca del doctor Livesey, pero hacerlo significaba dejar a mi madre sola en el mesón y no había que pensar en ello. Pero ambos convinimos en que no podíamos permanecer en el *Almirante Benbow*. Las brasas que caían en la rejilla del fogón nos parecían pasos cautelosos que se aproximaban; la presencia del cadáver del capitán en la estancia y la idea de que el terrible ciego rondaba cerca de la casa, esperando el momento oportuno para entrar, me hacían estremecer de miedo. Sin embargo, era preciso tomar cuanto antes una decisión; se nos ocurrió huir y llegar a la aldea próxima para pedir socorro y pareciéndonos éste el mejor partido que podíamos tomar, salimos, tal como estábamos, con las manos sucias y las cabezas desnudas y echamos a correr en la sombra del crepúsculo a través de la niebla helada.

Aunque desde el mesón no se veía la aldea, estaba a pocos centenares de metros y en dirección opuesta a la que llevaba el ciego cuando se acercó a nuestra casa, lo cual nos tranquilizó mucho. En pocos minutos hicimos el camino, aunque frecuentemente nos deteníamos a escuchar, sobresaltados, temiendo oír a cada instante los pasos de alguien que viniera en persecución nuestra. No se oía ningún ruido extraño; solamente el murmullo de las olas y el seco graznido de los cuervos en el bosque cercano.

Cuando llegamos al caserío, las luces estaban ya encendidas y nunca olvidaré cómo se me levantó el ánimo al ver el resplandor amarillento de las bujías hogareñas a través de puertas y ventanas. Este resplandor era la única ayuda que habíamos de recibir de los aldeanos, pues todos (y creo que debieron avergonzarse de ello), se negaron a acompañarnos hasta el *Almirante Benbow*. Cuanto más les afeábamos su conducta, más se afirmaba en hombres y mujeres la idea de quedarse en casa. El nombre del capitán Flint, del todo desconocido para mí, era familiar a muchos lugareños y al pronunciarlo yo parecía sembrar el terror entre ellos. Algunos de los campesinos que habían estado trabajando en las tierras situadas más allá del mesón, decían haber visto por la carretera a varios desconocidos y huyeron de ellos tomándoles por contrabandistas. Otros dijeron que habían visto un buque pirata anclado en una cala que nosotros llamábamos *Agujero de Kitt*. Estos testimonios contribuían a atemorizarles, y aunque muchos se mostraban dispuestos a montar a caballo para ir hasta la casa del doctor Livesey, que estaba en la dirección opuesta, no conseguimos convencer a nadie de que viniera con nosotros, hasta la posada, dispuesto a defenderla. Dícese que la cobardía se contagia y que la discusión enardece y así, cuando hubieron manifestado su egoísta voluntad, mi madre les dijo, sin tapujos, la opinión que en conjunto le merecían. Podían quedarse tranquilamente en el caserío, declaró, pero ella no estaba dispuesta a perder el dinero que le correspondía a su hijo.

—Si ninguno de vosotros se atreve a acompañarnos, Jim y yo iremos solos —prosiguió—. Volveremos allá sin tener que agradecerles nada a unos hombres que merecían haber nacido gallinas, pues como gallinas mojadas se comportan. Abriremos ese cofre, aunque en ello nos vaya la vida. Me llevo este saco, señora Crosley, para guardar en él todo el dinero que recojamos.

Cuando dije que yo la acompañaría todos afirmaron que era una locura... pero nadie quiso sustituirme, ni seguir mi ejemplo; se limitaron a ofrecerme una pistola cargada y a prometernos que un muchacho iría a caballo hasta la casa del doctor Livesey para requerir la ayuda de gente armada.

Me latía el corazón fuertemente cuando iniciamos la peligrosa aventura. La luna llena empezaba a levantarse en el horizonte y su rojizo resplandor era más triste a través de la niebla. Su claridad nos hizo acelerar el paso, pues temíamos que antes de que pudiéramos volver se disipara la niebla impidiéndonos ocultar nuestra salida.

Nos deslizamos a lo largo de los setos, silenciosamente, sin ver ni oír nada que aumentara nuestro temor hasta que llegamos al mesón y cerramos la puerta detrás de nosotros.

Corrí el cerrojo enseguida y nos detuvimos en la obscuridad, solos, en la quietud del mesón, junto al cadáver del pirata. Mi madre fue a buscar una vela al mostrador y cuando la encendió vimos el cadáver del capitán tendido en el suelo y en la misma posición que cuando lo dejamos, con los ojos abiertos y un brazo extendido.

—Cierra los postigos, Jim —murmuró mi madre—. Pueden volver y nos verían desde fuera. Y ahora —prosiguió cuando hube hecho lo que me mandaba—, es preciso encontrar la llave... pero, ¿quién se atreve a registrarle?

Me arrodillé junto al cadáver. En el suelo, cerca de su mano, vi una pequeña rodela de cartón una de cuyas caras estaba pintada de negro, Era la mota negra y, al cogerla, observé que en la otra cara estaban escritas, con letra muy clara, estas palabras: *Hasta las diez de la noche tienes tiempo.*

En aquel momento el reloj de la posada empezó a tocar lentamente y nos llenó de espanto; pero cuando contamos las campanadas nos recobramos enseguida, pues señalaban las seis.

—La llave, Jim —dijo mi madre.

Registré uno por uno todos los bolsillos sin encontrar más que algunas monedas, hilo, agujas gruesas, una pastilla de tabaco mordida por uno de sus extremos, la navaja, una brújula de bolsillo y un encendedor de yesca. Empezaba a perder la esperanza de encontrarla, cuando mi madre me dijo:

24

—Quizá la lleve colgada del cuello.

Venciendo mi repugnancia arranqué de un tirón el cuello de la camisa y allí, colgada de un bramante embreado, que corté con la navaja del capitán, encontramos la llave. Subimos corriendo a la habitación que tanto tiempo ocupara el viejo bucanero y en la que se hallaba el baúl desde el día en que llegó.

Exteriormente era un cofre igual que el de todos los navegantes; con un hierro al rojo habían marcado, sobre la tapa, la inicial B y las esquinas estaban bastante deterioradas por el uso prolongado que de él debió hacer el pirata.

—Dame la llave, Jim —dijo mi madre.

Aunque la cerradura era muy fuerte, consiguió darle vuelta a la llave y levantó la tapa en un instante. Un olor denso de alquitrán y tabaco brotó del interior, pero en la superficie no vimos más que un traje nuevo, de excelente tejido y cuidadosamente cepillado.

—Está sin estrenar —observó mi madre.

Al levantarlo, vimos que todo lo demás estaba en desorden: encontramos un sextante, algunos botes de tabaco, un cubilete de estaño, una barra de plata, un par de brújulas, dos buenas pistolas, un antiguo reloj español y otras fruslerías de poco valor, casi todas de procedencia extranjera. Después, he pensado más de una vez que debió llevar a todas partes este equipaje heterogéneo durante su vida errante y turbulenta. Hasta entonces no habíamos encontrado nada que tuviera valor más que la barra de plata y alguno de los objetos mencionados; pero aquello no era lo que buscábamos. En el fondo del cofre había un capote marino, blanqueado por el agua salada que recogiera durante muchas singladuras. Mi madre tiró de él y vimos lo último que guardaba el cofre: un paquete envuelto en hule, que parecía contener papeles y un saco de tela que, al cogerlo, dejó oír un tintineo de monedas de oro.

—Les demostraré a esos bribones que soy una mujer honrada — dijo mi madre —. Quiero coger únicamente lo que me pertenece y ni un sólo ochavo más... Sostén el saco.

Enseguida fue echando en el saco, que yo sostenía, las monedas correspondientes a la deuda del pirata. Esta tarea fue difícil y larga, porque en el saco del capitán había monedas de todos los países: doblones, luises de oro, guineas y otras muchas piezas más, mezcladas y revueltas. Las únicas que mi madre conocía y que, por tanto, podía contar, eran las guineas; pero había muy pocas. Cuando estábamos a la mitad de la cuenta, detuve a mi madre con un gesto porque había oído, en la noche silenciosa y helada, un ruido que me hizo estremecer: el acompasado golpear del bastón del ciego sobre la carretera. Contuvimos la respiración; los golpes se oyeron cada vez más cerca, hasta que una recia llamada en la puerta despertó ecos en las desiertas estancias del mesón. Luego, oímos girar el pomo y chirriar el cerrojo al empuje de la fuerte mano del ciego. Un momento después y con gran alegría por nuestra parte, el acompasado golpear del bastón se alejó.

—Madre, cojámoslo todo y huyamos —dije.

Estaba seguro de que el ciego sospecharía que algo anormal había ocurrido en la posada al encontrar echado el cerrojo y que pronto tendríamos sobre nosotros a toda la jauría. Quienes no hayan conocido al terrible ciego, no podrán comprender la inmensa alegría que tuve por haber tomado aquella precaución.

Aunque mi madre estaba tan asustada como yo, no quiso tomar más de lo que le correspondía y al mismo tiempo no podía irse con menos dinero del que se le debía.

—Aún no son las siete, hijo mío; tenemos mucho tiempo por delante.

No quería renunciar a su derecho y discutíamos aún, cuando se oyó un largo silbido en la colina. Aquella llamada era más que suficiente para ponernos de acuerdo.

—Me llevo lo que hasta ahora hemos contado —dijo mi madre.

—Y yo me llevaré esto para redondear la cuenta —le contesté, cogiendo el paquete envuelto en tela embreada.

Un instante después, bajábamos a oscuras la escalera, pues nos dejamos la vela junto al cofre vacío y, abriendo a toda prisa la puerta, salíamos al campo. Si hubiéramos permanecido algún tiempo más en el mesón, no habríamos podido huir. Únicamente, en el fondo del valle y alrededor del mesón, persistía un débil girón de niebla; la luna iluminaba ya las alturas próximas. Mucho antes de estar a mitad de camino de la aldea, un poco más allá del fondo de la

26

cuesta, saldríamos al espacio iluminado por la luna. Volvimos un momento la cabeza, porque habíamos oído tras de nosotros el rumor de unos pasos veloces y vimos una luz que se acercaba rápidamente, balanceándose, lo cual indicaba que uno de los que se acercaban llevaba una linterna.

—Hijo mío —murmuró mi madre—; coge todo el dinero y ponte a salvo. Temo que voy a desmayarme...

Lo cual, pensé, sería nuestra muerte; en aquel momento, maldije con mayor vehemencia la cobardía de los vecinos y le eché en cara a mi madre la codicia que había demostrado, después de hacer tantos sacrificios, reprochándole tanto su pasada temeridad como su actual desfallecimiento.

Por fortuna estábamos muy cerca del puente y pude sostenerla hasta que llegamos al borde del arroyo, donde no pudo vencer su angustia y perdió el sentido. No sé de dónde saqué fuerzas para bajar con mi madre la pendiente del terraplén y arrastrarla hasta el ojo del puente, aunque temo no haberlo hecho con dulzura. No conseguí llevarla más lejos, porque el arco del puente era muy bajo y yo no podía pasarlo más que arrastrándome. No tuvimos otro remedio que permanecer en aquel lugar. Mi madre estaba completamente al descubierto y ambos tan cerca de la posada, que podíamos oír cuanto ocurriera a su alrededor.

CAPÍTULO V

LA MUERTE DEL CIEGO

La curiosidad me impidió seguir agazapado bajo el puente y, dominando el miedo que sentía, me arrastré hasta lo alto del terraplén donde, ocultándome todo lo posible tras una mata de retama, miré hacia la carretera. Apenas me había acomodado cuando vi que los bandidos llegaban corriendo: eran siete u ocho y, delante de ellos, iba el hombre que llevaba la linterna. Tres hombres corrían juntos cogidos de la mano y, a pesar de la niebla, pude observar que el que iba en el centro era el mendigo ciego. Pronto su voz me probó que no me había equivocado:

—¡Derribad la puerta ! —gritó.

Se dirigieron todos hacia el *Almirante Benbow*, seguidos por el portador de la linterna. De pronto vi que se detenían y cuchicheaban extrañados, sin duda, de encontrar la puerta abierta. Pero no duró mucho su conciliábulo: el ciego repitió la orden en tono más alto, como si ya no pudiera dominar su impaciencia.

—¡Adentro, adentro! —gritó, injuriándoles porque no le obedecían con la rapidez que deseaba.

Entraron cuatro o cinco bandidos y los demás se quedaron en la carretera junto al espantoso mendigo.

Tras unos momentos de silencio se oyó un grito de sorpresa y luego una voz que gritaba desde el interior:

—¡Billy está muerto!

—¡Hatajo de vagos; registradle bien y que otros vayan a buscar el cofre!

Oí los pasos de los bandidos que hacían crujir la escalera del mesón y, enseguida, nuevos gritos de sorpresa. La ventana del cuarto del capitán se abrió violentamente con estrépito de cristales rotos y asomóse a ella un hombre al que pude distinguir muy bien, porque la luna iluminaba la posada con mucha claridad. Dirigiéndose al pordiosero, que estaba en medio de la carretera, exclamó:

—Pew, alguien ha venido aquí antes que nosotros y ha registrado el cofre.

—¿Lo habéis encontrado?

—El dinero está aquí.

—¡Lléveselo el demonio! No busco oro: es el papel de Flint lo que me interesa.

—No lo encontramos por ningún sitio — respondió el bandido.

—¡Atención los de abajo! ¿No habéis encontrado nada en el traje de Billy?

Apareció en el umbral uno de los hombres que se quedaron en la planta baja para registrar al capitán.

—Lo he mirado todo —dijo— y he podido comprobar que alguien le registró antes que nosotros. No queda nada sobre él...

—Ha sido la gente del mesón; sin duda ese muchacho se lo ha llevado todo... ¡Le arrancaré los ojos! —gritó rabioso Pew—. Hace un momento, aún estaban aquí; cuando yo intenté entrar encontré corrido el cerrojo. ¡Dispersaos y procurad encontrarles, muchachos! ¡Registrad toda la casa!

—Aquí han dejado una vela encendida —dijo desde la ventana el hombre que había entrado en la habitación del capitán.

—¡Buscadles y traédmelos enseguida!

Entonces se oyó el estruendo que los bandidos hacían al registrar la casa, derribando muebles y puertas que estaban abiertas; al poco tiempo y cansados, sin duda, de buscar inútilmente, salieron los que habían hecho el registro, diciendo que no habían encontrado nada. En aquel momento, el mismo silbido que oyéramos mi madre y yo cuando contábamos el dinero, se oyó con más intensidad dos veces seguidas. Yo había creído que aquella era una señal utilizada por el ciego para reunir a sus hombres, pero entonces me di cuenta de que provenía del otro lado de la colina y que, a juzgar por el efecto que les produjo a los piratas, anunciaba algún peligro inminente para ellos.

—¡Tendremos que levantar un poco de polvo en la carretera! —dijo uno de ellos—. ¡Dick ha silbado dos veces! ¡Huyamos!

—¿Qué dices, estúpido? —gritó Pew—. Dick es un necio y un cobarde... No hay que hacerle caso. Los del mesón no pueden estar lejos. Buscadles bien, malditos, ¡ah! ¡Si yo tuviera vista!...

De momento, la orden del ciego surtió efecto, pues algunos se pusieron a buscarnos entre la maleza, pero me pareció que lo hacían de mala gana y atentos para huir del peligro anunciado por Dick. Los demás estaban agrupados en el camino, indecisos.

—¿Vais a dejar escapar una fortuna inmensa? Si supiérais buscar esos papeles en vez de estar ahí ganduleando, seríais tan ricos como los reyes. ¿Sabiendo que están por aquí cerca y preferís quedaros hechos unos pasmarotes, temblando como mujeres asustadas...? Ninguno de vosotros se atrevió a hacerle frente a Billy y tuve que hacerlo yo, ¡un ciego! No estoy dispuesto a perder esta fortuna por culpa vuestra y ser durante todo el resto de mi vida un pordiosero. Si tuviérais tan sólo el valor de un gusano, iríais a buscarles ahora mismo...

—¡Cállate ya, Pew! —gruñó uno de los bandidos—. ¡Tenemos el oro y eso nos basta!

—Han debido esconder ese escrito —añadió otro—. Larguémonos con el dinero. Estoy harto de oírte gritar.

La cólera del viejo creció al escuchar estas palabras y arremetió contra el grupo a bastonazos, mientras algunos intentaban inútilmente arrebatarle el grueso palo. Esta pendencia fue nuestra salvación, porque mientras se arremolinaban en torno al ciego, recibiendo enfurecidos sus bastonazos, se oyó en lo alto de la colina, por el camino que conducía a la aldea, el rápido galope de algunos caballos que se acercaban. Brilló el resplandor de un pistoletazo, seguido inmediatamente por el estampido de la pólvora y ésta fue la señal de peligro, cuya realidad hizo que los bandidos dejaran de pelear y pusieran pies en polvorosa, dispersándose; unos corrieron hacia el mar y otros hacia el interior, con tal rapidez, que al cabo de un minuto no quedaba en la carretera más que el viejo pordiosero. Sus compañeros, acaso para vengar los garrotazos e injurias que de él habían recibido, lo abandonaron. Pero se quedó solo, llamando a sus compañeros y golpeando el suelo con el bastón. Por fin se decidió a correr y pasó muy cerca de mí en dirección contraria a la que debía seguir, pues, por allí, íbase en derechura hacia los que acudían en nuestro socorro.

—¡Johny, *Perro Negro*, Dick! No desamparéis al viejo Pew... ¿Es posible que seáis capaces de dejarme a merced de mis enemigos?

En aquel momento aparecieron en la cima de la colina cuatro o cinco jinetes, que se lanzaron cuesta abajo a galope tendido. El ciego se dio cuenta entonces de su error e intentó desandar el camino, pero se desorientó y fue a caer de cabeza en la cuneta. Levantóse rápidamente y echó a correr, pero cayó entre las patas del caballo que iba a la cabeza del pelotón. El jinete intentó evitarlo, pero no pudo desviar a su caballo. Pew cayó dando un grito que resonó trágicamente en la noche y los cascos del bruto le pisotearon. Quedó tendido sobre el polvo del camino y entonces me atreví a salir de mi escondite. Llamé a gritos a los recién llegados, que se habían detenido horrorizados por el accidente, y entonces vi quiénes eran. El último del grupo era el muchacho que se prestó a ir hasta la casa del doctor Livesey para comunicarle el peligro que corríamos y los demás eran aduaneros, a quienes encontró patrullando por el camino

30

costero. El rumor de que se había visto fondear un buque pirata en aquellos lugares llegó a oídos del superintendente Dance y a su orden de que se vigilara la costa, debíamos, mi madre y yo, el habernos librado de la muerte. Pew había muerto. A mi madre la llevamos a la aldea, donde recobró el conocimiento, con la ayuda de un poco de agua fría y algunas sales.

El superintendente montó de nuevo a caballo y seguido por sus hombres se dirigió al *Agujero de Kitt*, pero antes de adentrarse en aquel lugar sombrío, y temiendo una emboscada, echó pie a tierra y se acercó lentamente a la orilla. Cuando llegaron, el lugre se había hecho a la vela, pero aún estaba muy cerca. Dance le dio el alto y, entonces, desde el barco, le gritaron que volviera atrás si no quería servir de blanco a unos cuantos disparos, al mismo tiempo que una bala le pasaba rozando el hombro izquierdo. Un momento después, el lugre doblaba el cabo y desaparecía de su vista. El superintendente Dance quedó viendo visiones, según sus propias palabras, y no se le ocurrió nada mejor para cubrir el expediente que mandar aviso al escampavía que hacía ruta de vigilancia por aquellas aguas.

—Sin embargo —me dijo—, creo que es una precaución inútil: se han escapado y no podremos darles caza. Lo único que me satisface es haber galopado sobre el cuerpo de Pew.

Fui con el señor Dance al mesón y le conté toda la historia. No es posible imaginar el estado en que dejaron los bandidos las habitaciones del *Almirante Benbow* y, aunque no se habían llevado más que el dinero del capitán, enseguida me di cuenta de que estábamos arruinados: hasta el viejo reloj lo habían roto durante su furiosa pesquisa.

El superintendente no comprendía lo ocurrido:

—Si se han llevado todo el dinero que había en la posada, ¿por qué han roto todo esto? ¿Qué otra cosa buscaban?

—Señor —le contesté—; no creo que buscaran únicamente el dinero. Estoy convencido de que lo que deseaban encontrar a toda costa es el paquete que yo tengo en el bolsillo y que me gustaría guardar en lugar seguro.

—Tu deseo es muy razonable y, si quieres, yo mismo me encargaré de guardarlo.

—Había pensado que quizá el doctor Livesey... —insinué.

—Tienes razón —me interrumpió satisfecho—; además de ser un hombre de honor, es juez. Y ahora se me ocurre pensar que yo debía comunicarle al *squire* todo lo que está pasando. Al fin y al cabo, Pew ha muerto de accidente y, aunque estoy muy lejos de lamentarlo, no quiero que por este asunto pueda algún mal intencionado molestar a un honrado aduanero de Su Majestad; si queréis, acompañadme: os llevaré hasta la casa del doctor.

Le di las gracias y regresamos a la aldea, donde habíamos dejado los caballos y le dije lo que habíamos pensado hacer. Cuando me reuní con ellos, ambos estaban ya a caballo y me esperaban.

—Dogger —le dijo Dance a su asistente—, como tu caballo es mejor que el mío, debes montar a este muchacho a la grupa.

Cuando me acomodé, asido fuertemente al cinturón de Dogger, salimos al trote hacia la casa del doctor Livesey.

CAPÍTULO VI

LOS PAPELES DEL CAPITÁN

Durante todo el camino mantuvieron las cabalgaduras su trote y así no tardamos en llegar a la casa del doctor Livesey. La fachada estaba sumida en la oscuridad. El señor Dance me indicó que descabalgara y llamase a la puerta; Dogger me largó su estribo para que pudiera hacerlo. Apenas llamé, una criada vino a abrir.

—¿Está el doctor Livesey? —pregunté.

No —me contestó—. Estuvo aquí esta tarde, pero luego se fue a casa del *squire* Trelawney, para cenar en su compañía.

—Bien; iremos a buscarle a Hall —dijo Dance.

Como la distancia que nos separaba de la casa de Trelawney era corta, no monté, sino que fui andando junto al caballo de Dogger y cogido a la correa de su estribo, hasta el jardín. Seguimos la amplia avenida del parque, bordeada de árboles desnudos e iluminada por la luna, hasta llegar a los blancos edificios que formaban el palacio del *squire*. Descabalgó allí Dance y, llevándome consigo, entramos inmediatamente en la casa solariega.

Una criada nos condujo a través de un alfombrado corredor hasta la biblioteca, cuyas paredes quedaban ocultas por varias estanterías, repletas de libros, encima de las cuales había varios bustos. El *squire* y el doctor Livesey, estaban sentados junto a la chimenea, en la que ardía un gran fuego, fumando.

Nunca hasta aquel momento había tenido ocasión de ver al *squire* tan de cerca. Era un hombre muy alto, vigoroso, de rostro franco y resuelto, curtido por sus largos viajes. Sus cejas eran muy gruesas y negras y se movían continuamente, dándole una expresión, que si bien no podía decirse que era desagradable, demostraba impaciencia y altanería.

—Entrad, mister Dance —dijo en tono autoritario y protector.

—Buenas noches, Dance —dijo el doctor saludándole con la cabeza. A ti también te saludo, amigo Jim. ¿Qué buen viento os trae por aquí?

El superintendente se cuadró ante ellos y contó lo sucedido en el tono que emplearía un militar para informar a sus superiores. Suspensos y asombrados, los señores olvidáronse de sus pipas y siguieron con extraordinaria atención, algo inclinados hacia adelante, el relato de Dance. Al oír que mi madre había vuelto al *Almirante Benbow*, acompañada por mí, el doctor Livesey, dándose una palmada en la rodilla, exclamó:

—¡Muy bien hecho!

El *squire* manifestó su sorpresa y entusiasmo, abriendo los brazos con un gesto tan brusco que rompió la pipa contra la chimenea. El doctor Livesey se había quitado la peluca como si quisiera escuchar mejor y producía un extraño efecto verle la rapada cabeza.

Cuando Dance acabó de informarles, el *squire* dijo:

—Mister Dance, vuestro comportamiento es digno de un funcionario ejemplar. Considero que haber aplastado como una cucaracha a ese miserable, es un acto digno de elogio. —Y dirigiéndose a mí, prosiguió—: este muchacho es un valiente. Jim, hazme el favor de tirar de la campanilla. Creo que a Dance no le sentaría mal un jarro de cerveza.

—Así, Jim —me preguntó el doctor—, ¿tú tienes lo que buscaban esos hombres?

—Aquí está, señor —le dije, entregándole el paquete envuelto en tela embreada.

El doctor examinó el envoltorio y en la forma con que lo hizo girar entre sus manos se leía la impaciencia que sentía por abrirlo; sin embargo, se lo guardó de pronto en el bolsillo, diciendo:

—*Squire*, cuando Dance haya descansado un momento, deberá, sin duda, reintegrarse al puesto donde el servicio de Su Majestad le llama. Jim, en cambio, como no tiene nada más importante que hacer ahora, puede quedarse con nosotros. Luego, pasará la noche en mi casa. Propongo que le suban un poco de fiambre, para que cene...

—Creo que el pequeño Hawkins se ha ganado algo más que un poco de fiambre.

Poco después, me servían un excelente estofado de pichón que fue recibido con todos los honores correspondientes a sus merecimientos, mientras Dance se despedía de los señores.

Cuando se hubo marchado, el doctor y el *squire* preguntaron a la vez:

—¿Qué os parece, doctor?

—¿Qué os parece, *squire*?

—Si ambos preguntamos al mismo tiempo, será muy difícil que lleguemos a entendernos —dijo el doctor riendo—. Supongo que habréis oído hablar de Flint...

—Más de lo que quisiera... Era el filibustero más cruel que ha surcado los mares. Barba Azul, comparado con él, es un ingenuo aprendiz. Los barcos holandeses le temían tanto, que a veces me he sentido orgulloso de que fuera inglés, He visto las monterillas de sus veleros en el horizonte y más cerca hubiera podido verlas, si el cobardón que mandaba el barco en que yo viajaba no hubiera buscado refugio en Puerto España, como liebre perseguida.

—Yo también he oído hablar de él, en Inglaterra —repuso el doctor— pero lo que nos interesa saber es si tenía dinero.

—Pronto lo sabremos —se respondió el doctor a sí mismo—; pero, como sois tan vehemente, no me habéis dejado decir lo que quería: suponiendo que en los papeles que me ha entregado Jim estuviera indicado el lugar donde se guarda el tesoro de Flint, ¿a cuánto creéis que podría ascender?

34

—No se hubieran jugado la piel por poco dinero aquellos bribones —repuso el *squire*— y, como estoy convencido de ello, no me importaría fletar un barco en Bristol y hacerme a la vela, aunque tuviera que estar navegando un año entero antes de encontrarlo...

—¡Muy bien! —aprobó el doctor—. Y ahora, si Jim no tiene inconveniente, abriremos este paquete y así saldremos de dudas.

El envoltorio estaba cosido y el doctor tuvo que servirse de sus tijeras quirúrgicas para abrirlo. Luego, desplegó el envoltorio y vimos que los papeles del capitán eran un libro y un sobre sellado.

—Veamos primero el libro —dijo el doctor.

El *squire* y yo, mirábamos por encima del hombro del médico. En la primera página del cuaderno no había más que algunos rasgos caligráficos de los que se hacen por ociosidad o con el fin de perfeccionar la escritura: *Billy Bones hace lo que quiere*, o *Mr. W. Bones, piloto* y *Se acabó el ron*; *Se la cargó a la altura de Palm Key*, y otras palabras incomprensibles.

—En esta página no hay nada que pueda sernos útil —dijo el doctor, volviendo la hoja.

Las diez o doce páginas siguientes contenían una curiosa serie de anotaciones. Al final de una línea había escrita una fecha y, al extremo opuesto, una cifra que indicaba una cantidad en dinero, como se acostumbra a hacer en los libros de cuentas; pero, en vez de palabras explicativas, sólo había, entre una y otra, un número variable de cruces. Así, el 12 de junio de 1745, por ejemplo, era evidente que había recibido setenta libras, pero sólo había seis cruces para indicar el motivo. En ciertos casos se añadía el nombre de un lugar, como *A la altura de Caracas*, o una simple indicación de la latitud y longitud: *62°, 17', 20"; 19°, 2', 40"*.

Las misteriosas cuentas abarcaban unos veinte años y, a medida que avanzaba el tiempo, las cantidades iban siendo mayores. Al final, y después de varias sumas equivocadas, estaba anotado el total, seguido de estas palabras: *Esto es lo que tiene Bones*.

—No comprendo absolutamente nada —dijo el doctor.

—¡Sin embargo, todo lo que hemos leído es claro como la luz del día! —exclamó el *squire*—. En este libro llevaba el bandido su contabilidad; estas cruces indican los barcos que tomaron al abordaje y las ciudades que saquearon. Las cifras son las cantidades que le corresponden en los diversos repartos y, cuando temía confundirse, añadía alguna aclaración: *A la altura de Caracas*. ¡Dios sabe la suerte que corrió la desgraciada tripulación que en aquel lugar atacarían!

—¡Bueno, bueno! —interrumpió el doctor—. Ya veo que os han sido muy útiles los largos viajes que habéis hecho. Vuestras palabras lo aclaran todo y abona vuestra hipótesis el hecho de que las cifras van en aumento, lo cual indica, sin duda, que el bandido iba ganando prestigio o habilidad en su endiablada profesión.

En las demás páginas del cuaderno, solamente había indicaciones geográficas y apuntes de derrota y, en las últimas, casi todas en blanco, una tabla de reducción y equivalencia para las monedas francesas y españolas.

—¡El capitán era un hombre metódico y prudente! —exclamó el doctor—. Sería muy difícil engañarle...

—Abramos ahora el sobre —dijo el *squire*.

El sobre estaba lacrado en varios sitios y ostentaba como sello una de las caras de un dado, que quizá fuera el mismo que encontré en uno de los bolsillos del pirata.

El doctor levantó cuidadosamente el lacre y sacó del sobre el mapa de una isla, cuya longitud y latitud estaban indicadas, así como la profundidad de las aguas costeras, los nombres de las colinas, bahías y fondeaderos; es decir, todos los pormenores necesarios para poder conducir un navío a sus costas y fondear en lugar seguro. Tenía unas cinco millas de longitud por cinco de anchura y la línea formada por sus playas y acantilados adoptaba la forma de un dragón rampante. En el litoral estaban indicados dos buenos fondeaderos y en el interior un monte denominado *El Catalejo*. En el mapa se veían varias anotaciones hechas posteriormente y nos llamaron enseguida la atención tres cruces trazadas con tinta roja, dos en la parte Norte de la isla y una hacia el Sudoeste. Junto a esta última se leían las siguientes palabras, escritas con letra clara y enérgica, muy distinta de los inseguros rasgos trazados por Bones al principio del cuaderno: *Grueso del tesoro, aquí*.

Al dorso de la hoja, la misma mano hábil había escrito las siguientes palabras aclaratorias:

Árbol alto, cima del Catalejo, mirando hacia el N. N. E. un cuarto hacia el N.

Isla del Esqueleto E. S. E. un cuarto al Este. Diez pies.

Los lingotes de plata están en el escondite N. y se hallan en dirección a la última colina, diez brazas al sur de la roca negra que está enfrente. Las armas se encontrarán en la colina arenosa que está en la punta N. de la bahía septentrional, mirando al E., un cuarto al N. - J. F.

Aunque breves, y para mí incomprensibles, estos datos llenaron de alegría al doctor Livesey y al *squire*.

—Livesey —dijo Trelawney—; es preciso que abandonéis vuestro miserable oficio. Mañana salgo para Bristol y en tres semanas, mejor dicho, ¡en dos semanas! ¡en diez días! podremos disponer del mejor velero de Inglaterra y de una tripulación escogida. Jim nos acompañará como grumete y vos seréis el cirujano de a bordo. Me reservo el mando. Redruth, Joyce y Hunter, vendrán también con nosotros. Los vientos serán favorables y, por lo tanto, rápida nuestra travesía; no encontraremos ninguna dificultad para dar con el lugar donde está escondido el tesoro y tendremos dinero suficiente para tirarlo por la ventana si nos place.

—Trelawney, os acompañaré con mucho gusto, pero la presencia de cierto hombre a bordo me inquieta...

—Decidme, Livesey, el nombre de ese bergante —exclamó el *squire*.

El doctor, con calma, repuso:

—Se llama Trelawney y a veces habla demasiado. No somos los únicos que conocemos la existencia del mapa y los hombres que esta noche atacaron el albergue, los que huyeron en el buque y otros muchos que, sin duda, no están muy lejos, procurarán apoderarse de él a toda costa. Debemos ser prudentes y no salir nunca solos de hoy en adelante. Jim y yo estaremos juntos hasta que nos hagamos a la mar. Id a Bristol, en compañía de Hunter y Joyce, y procuremos los tres que nadie conozca nuestro secreto.

—Livesey —respondió el *squire*— como siempre, tenéis razón. Seré una tumba...

LIBRO II

CAPÍTULO I

MI VIAJE A BRISTOL

Nuestro plan no pudo cumplirse con la exactitud y rapidez que deseábamos, porque las circunstancias se opusieron a su pronta terminación; el doctor viose obligado a ir a Londres para buscar un médico que le sustituyera en el cuidado de sus enfermos, y los trámites que mister Trelawney realizaba en Bristol para fletar el barco que había de conducirnos a la isla, iban con más lentitud de la que al principio supusimos.

Al marcharse el doctor, me quedé en Hall, con el viejo guardabosque Redruth, que me atendía y, vigilaba como si fuera su prisionero y, durante las largas horas que pasé junto al fuego, me dejaba llevar por la imaginación y el ansia de aventuras a la lejana isla, cuyo mapa recordaba con extraordinaria precisión.

Contemplando las llamas que se agitaban en el hogar de la habitación del ama de llaves, me veía ya desembarcando en la isla y creo que lo hice por cien sitios distintos, Exploré su superficie y ascendí a la cumbre del *Catalejo* innumerables veces, contemplando desde aquel lugar los paisajes más diversos y bellos.

A veces, nos veíamos obligados a combatir con los salvajes que la poblaban y otras huíamos de las fieras que nos perseguían tenazmente; ninguna de estas ficciones había de superar en dramatismo a nuestras aventuras reales.

Cuando ya habían transcurrido varias semanas, se recibió, un buen día, una carta dirigida al doctor Livesey, con esta advertencia:

En caso de hallarse ausente mister Livesey, pueden leerla Tom Redruth o Jim Hawkins.

Abrí el sobre y leímos, o mejor dicho, leí, porque Redruth no sabía leer más que letra impresa, la importante noticia que transcribo:

38

Hospedería del Áncora Vieja.
Bristol, 10 de marzo de 17...

Querido Livesey: no sabiendo si estáis en Hall o en Londres, os remito esta carta a ambos lugares.
El barco está adquirido y equipado, presto para hacerse a la vela. No podríais imaginar una fragata más ligera: un niño puede manejarla. Desplaza doscientas toneladas y se llama Hispaniola. Me la ha proporcionado mi buen amigo Blandly, que se ha desvivido por atenderme. Todo el mundo, aquí, en Bristol, se ha esforzado por complacerme, desde que han sabido que iríamos enbusca de un tesoro.

—Redruth —le dije al guardabosque, interrumpiendo la lectura—. Me parece que al doctor no le gustará esto. Temo que el *squire* haya hablado más de la cuenta en Bristol.
—Está en su derecho —gruñó el guarda—. ¡Sería gracioso que el *squire* tuviera que callarse para complacer al doctor Livesey!
En adelante, me abstuve de hacer comentarios y proseguí:

Ha sido el mismo Blandly quien ha encontrado la Hispaniola y con tanta habilidad ha llevado el negocio, que ha conseguido comprarla a muy bajo precio. Estoy muy satisfecho de los servicios que me ha prestado Blandly, aunque hay muchos necios en Bristol que le juzgan con prejuicios y tienen la osadía de decir que por dinero se atreve a todo; que la Hispaniola era suya y que me la ha vendido en mucho más de lo que realmente vale, añadiendo otras calumnias que ni siquiera he escuchado. Sin embargo, nadie se atreve a discutir las condiciones marineras de la fragata.
Hasta ahora no hemos sufrido ningún contratiempo. Los obreros, calafates, veleros, etc., no se han dado ninguna prisa; pero su holgazanería se corrigió con paciencia y tiempo. Lo que más me preocupaba era la tripulación; mi propósito era reunir una veintena de hombres, por si durante el viaje teníamos que enfrentarnos con algún corsario o luchar contra los salvajes, si es que habitan en la isla; pero no pude hallar más de media docena. Desesperaba ya de encontrar los marineros necesarios, cuando la suerte me deparó al hombre que me hacía falta.

Mientras paseaba por el muelle, trabé conocimiento con él por pura casualidad. Me dijo que había sido marino, que tenía una posada y que conocía a toda la gente de mar de Bristol. Su salud se había quebrantado en tierra y buscaba una plaza de cocinero a bordo de cualquier barco para volver a navegar. Aquella mañana, añadió, había ido al puerto para respirar la brisa marina.

Me conmovió su situación, como a vos os hubiera conmovido, e inmediatamente y allí mismo le contraté como cocinero de nuestro barco. Se llama John Silver el Largo y le falta una pierna; pero este defecto es para él un justo motivo de orgullo, porque la perdió sirviendo a las órdenes del inmortal Hawke. El gobierno no le pasa ninguna pensión... ¡Hay que ver en qué tiempos vivimos!

Creía haber encontrado solamente al cocinero y, en realidad, encontré a toda la tripulación, pues con su ayuda he reclutado, en pocos días, un equipo formado por los más robustos hombres de mar que podáis imaginaros. Debo reconocer que el aspecto de nuestra gente no es muy agradable; pero basta verles la cara para convencerse de que su carácter es indomable. Creo que podríamos batirnos airosamente con un navío de línea.

Silver se encargó de despedir a dos de los seis o siete hombres que yo había contratado, pues me dijo que eran marineros de agua dulce, incapaces de prestar un buen servicio en una empresa aventurada o de riesgo.

Gozo de muy buena salud y estoy de excelente humor. Tengo un apetito insaciable y duermo como un tronco; pero no descansaré hasta que oiga girar el cabrestante. Es el viaje y no la posibilidad de hacerme con el tesoro lo que me llena de alegría. Amigo Livesey, si me apreciáis un poco venid enseguida.

Decidle a Jim que vaya a despedirse de su madre y haced que Redruth le acompañe; deben venir luego a Bristol tan deprisa como les sea posible.

JOHN TRELAWNEY

P. S.- Blandly, que dicho sea de paso, me ha prometido enviar un barco en nuestra busca, si aún no hubiéramos regresado en el mes de agosto, contrató como capitán a un *hombre de gran competencia, aunque su aspecto es muy desagradable y lo siento; Silver ha descubierto a un piloto excelente llamado Arrow. Cuando veáis la dotación de la Hispaniola, vais a quedar sorprendido; la vida en el barco será ordenada y regida con tal disciplina que nos parecerá estar a un barco de guerra.*

Olvidaba también deciros que, aunque Silver no es aficionado a hablar de eso, he sabido que tiene dinero en el Banco. Está casado y dejará a su esposa aquí para que regente la taberna durante su ausencia; su mujer es una negra y, en confianza, creo que embarca para huir no sólo de sus achaques terrestres, sino también de ella. - J. T.

P. P. S. - Hawkins no debe pasar más de una noche junto a su madre.

Fácil es imaginar la alegría que me produjo esta carta y el desprecio que sentí por Redruth, al ver que no hacía más que gruñir y lamentarse. Cualquier guardabosque le hubiera sustituido a bordo, pero el *squire* deseaba que fuera él quien le acompañara y nadie podía oponerse a su voluntad.

A la mañana siguiente nos encaminamos a la posada, donde encontré a mi madre repuesta ya de los trastornos que había sufrido. El capitán, que durante tanto tiempo fue la causa de nuestra desazón, habíase ido para siempre al lugar donde los malos no pueden inquietar, ni hacer daño.

Generosamente el *squire* se ocupó de restaurar el mesón y las habitaciones fueron pintadas de nuevo, así como la muestra del establecimiento; también añadió algunos muebles y, entre ellos, un cómodo sillón para mi madre. No contento con ayudarnos de esta forma, contrató a un muchacho para que la ayudara mientras yo estuviera de viaje.

Pasó la noche y, al siguiente día, a primera hora de la tarde, nos pusimos en camino hacia Bristol. Me despedí de mi madre, de la bahía que tan familiar me era y de la vieja posada que, desde que había sido repintada, ya no me parecía tan agradable y acogedora como antes. Uno de mis últimos recuerdos nostálgicos fue para el pirata Billy Bones, que tantas veces había paseado por la playa, con el sombrero roto y el catalejo bajo el brazo. Poco después, al doblar el recodo de la carretera, aquel paisaje, al que estaba vinculada toda mi infancia, desapareció de mi vista.

Tomamos la diligencia en el *Royal George* y hube de sentarme comprimido entre Redruth y un señor bastante grueso, presión que, unida al traqueteo de la galera, me molía los huesos; a pesar de ello y del aire frío de la noche, me amodorré enseguida y poco después me quedé dormido como un tronco, hasta que un fuerte golpe en las costillas me despertó. Al abrir los ojos, observé que la diligencia se había detenido ante un gran edificio en una calle ciudadana y que hacía ya mucho tiempo que había amanecido.

—¿Dónde estamos? —pregunté.

—En Bristol —me respondió Tom—. Aquí termina nuestro viaje.

Para vigilar los trabajos que en la fragata se realizaban, el *squire* se había hospedado en una posada situada cerca de los muelles, por lo que hubimos de ir hasta su alojamiento andando, con gran alegría por mi parte ya que, al pasar por el puerto, pude ver una infinidad de navíos de todos los tamaños, formas y nacionalidades. A pesar de que toda mi vida había transcurrido en la costa, nunca me pareció hallarme tan cerca del mar como aquel día, en que por primera vez contemplé el colorido y movimiento de un puerto. Los marineros trabajaban cantando, suspendidos de jarcias que me parecían tan finas como los hilos de una tela de araña. El intenso olor de la brea y la brisa salobre, adquirían allí un nuevo e insospechado valor. Vi magníficos mascarones de proa que habían surcado las aguas de todos los mares; viejos marineros que llevaban anillas en los lóbulos de las orejas y coletas embreadas, cuyo paso era lento y torpe en tierra. Creo que todos los reyes de la tierra, reunidos allí, no me hubieran hecho tanta impresión como aquellas rudas gentes de mar.

Al verlos, pensé con satisfacción, que yo también iba a hacerme pronto a la mar, a bordo de una fragata y rumbo a una isla lejana, en busca de un tesoro fabuloso, entre marineros que cantarían extrañas canciones. Aún me hallaba abstraído en tales pensamientos, cuando llegamos a la puerta de una gran hospedería, en la que nos esperaba el *squire* vestido con uniforme de oficial de marina. Se acercó a nosotros sonriendo afablemente e imitando, al andar, el paso torpe y pesado de los viejos navegantes.

—¡Ya estáis aquí! —exclamó—. El doctor llegó anoche de Londres. La tripulación de *la Hispaniola* está completa.

—¿Cuándo nos vamos, señor? —pregunté con impaciencia.

—Mañana.

CAPÍTULO II

EN *LA POSADA DEL CATALEJO*

Cuando acabé de desayunar, el *squire* me entregó una nota para que se la llevara a John Silver, diciéndome que, siguiendo el muelle, encontraría fácilmente su posada, porque la muestra colgada a su puerta era un catalejo de cobre. Enseguida me dirigí hacia la casa de nuestro cocinero de a bordo, encantado de poder observar otra vez a los marinos y a los barcos del puerto. Me abrí paso a través del gentío, carretas y fardos, pues había mucho tráfico en el muelle, y no tardé en hallar la casa que el *squire* me había descrito.

La posada era más bien una taberna de aspecto bastante aseado y agradable. La muestra parecía recién pintada; en las ventanas había visillos rojos, muy limpios, y el umbral estaba regado y cubierto con arena. Estaba emplazada entre dos calles y abría a cada una de ellas sus puertas, por lo que entraba mucha luz en la sala, a pesar de que en el ambiente flotaba una densa nube de humo de tabaco. Casi todos los clientes eran hombres de mar y hablaban en voz tan alta que me detuve un momento en la puerta antes de entrar. Mientras estaba allí, vacilando, salió un hombre alto y fuerte de una habitación contigua; apenas le vi me dije que debía ser John Silver. Tenía la pierna izquierda amputada a la altura de la cadera y se apoyaba en una muleta, de la que se servía con extraordinaria destreza, saltando con la agilidad de un pájaro. Su cara era fea, ancha y pálida, pero sonriente y despierta. Parecía estar de muy buen humor e iba de una mesa a otra, dedicando una palabra jovial o una palmada en el hombro a los parroquianos que, sin duda, eran más asiduos.

A decir verdad, desde el momento en que leí lo que de John Silver decía el *squire* en su carta, identifiqué al cocinero de a bordo con el marinero de una sola pierna, cuya aparición me encargó Billy Bones que vigilara. Sin embargo, me bastó verle para cambiar de idea. Después de haber observado a *Perro Negro* y al ciego Pew, estaba seguro de que podía conocer inmediatamente a un pirata y el concepto que de los filibusteros me había formado no coincidía en modo alguno con aquel tabernero sonriente y amable.

Reuniendo todo mi valor, franqueé la puerta y me dirigí en derechura al cojo que, apoyado en su muleta, hablaba con un cliente.

—¿Sois vos el señor Silver? —le pregunté, entregándole la nota que me había confiado el *squire*.

—Sí, muchacho; yo soy Silver, Y tú, ¿quién eres?

No le contesté porque vi que estaba leyendo con mucha atención el escrito de mister Trelawney. Cuando terminó me tendió la mano, diciendo:

—¡Ah! ¿Eres el grumete? Muy bien; me satisface mucho conocerte.

Y al decir esto, estrechaba mi mano con la suya ancha y fuerte.

En aquel momento observé que uno de los parroquianos se levantaba de pronto y salía con rapidez a la calle. Aunque pude observarle muy poco tiempo, me bastó aquel instante para darme cuenta de que era el pálido pirata que había visitado a Billy en el *Almirante Benbow*.

—¡Oh! —exclamé asombrado—. ¡Detenedle! ¡Es Perro Negro!

—¡No me importa saber si es *Perro Negro* o *Perro Blanco*! —exclamó Silver encolerizado—. Lo que si lamento es que se marche sin pagar la cuenta... Harry, ve tras él y procura darle alcance.

Uno de los que estaban cerca de la puerta se levantó inmediatamente y se lanzó en su seguimiento.

—¡Aunque ese hombre sea el mismísimo almirante Hawke, tendrá que pagar lo que debe! —dijo Silver.

Luego, soltándome la mano, preguntó:

—¿Cómo dices que se llama?

—*Perro Negro*, señor. Es uno de los piratas de quienes seguramente os habrá hablado el *squire* Trelawney.

—¿Es posible que esos bribones se hayan atrevido a venir a mi casa? Ben, vete corriendo por si Harry necesita que le ayuden.

Y dirigiéndose a un marinero de edad avanzada, con el pelo entrecano y el rostro color caoba, llamó:

44

—Ven acá, Morgan, y contéstame deprisa a lo que voy a preguntarte, ¿Verdad que nunca habías visto antes de ahora a ese *Perro... Perro Negro*?

El marinero, que se había acercado lentamente, dándole vueltas a la pipa entre sus dedos, respondió:

—No, señor. Nunca le había visto...

—¿No sabías su nombre?

—No, señor.

—¡Truenos! Por fortuna no conoces a esos bandidos, pues si hubieras frecuentado su trato, no te dejaría poner nunca más los pies en mi casa. ¿Qué te decía ese bergante?

—No lo sé exactamente.

—¿Y para qué te sirve eso que llevas sobre los hombros? ¿Sólo utilizas la cabeza como adorno? Vamos, contéstame algo concreto. ¿Te hablaba de barcos, de capitanes, de travesías, de marineros?

—Pues hablábamos de pasar por la quilla... —respondió Morgan.

—Bien, hombre, bien. Eso es lo que tú merecías. Anda, vuélvete a tu sitio...

Cuando el marinero se hubo apartado, Silver me dijo a media voz:

—Es un buenazo; pero es tonto perdido —y en tono normal, añadió—: vamos a ver, vamos a ver... ¿*Perro Negro*? No recuerdo haber oído nunca ese apodo; pero me parece que no es la primera vez que veo a ese granuja. Creo que vino en varias ocasiones a esta taberna, acompañado por un mendigo ciego.

—Tened la seguridad de que efectivamente era Perro Negro —le dije—. Y también al ciego tuve ocasión de conocerle: sus compañeros le llamaban Pew.

—¡Es cierto! —exclamó Silver—. Así se llamaba el ciego y tenía trazas de ser un redomado granuja. Estoy seguro de que si logramos cazar a ese *Perro Negro*, le daremos una gran alegría a mister Trelawney. Ben conseguirá alcanzarle: pocos marineros podrían aventajarle en la carrera. ¿No decía Morgan que le hablaba de paseos por la quilla? Pues si le pongo la mano encima va a rozar más de una sin tener sed.

Mientras pronunciaba estas palabras, recorría la estancia a zancadas de pierna y muleta, dando furiosos puñetazos sobre las mesas con un ardor que le hacia parecerse a los jueces de Old Bailey o a los agentes de Bow Street.

Mis sospechas adquirieron de nuevo cuerpo, al ver que *Perro Negro* estaba en la taberna del *Catalejo* y desconfié de que el cocinero hablara en aquellos momentos con sinceridad. Pero Silver era un hombre muy astuto y hábil. Cuando los dos hombres volvieron, sin aliento, diciendo que habían perdido el rastro del pirata entre la multitud que llenaba los muelles y que estuvieron a punto de verse perseguidos porque la gente, al verles correr, les tomó por ladrones, yo hubiera salido fiador de la honradez de John Silver.

—Ya ves, muchacho —se lamentó—, qué duras pruebas ha de sufrir un hombre honrado. ¿Qué pensará de mí el capitán Trelawney? Ese granuja, aprovechándose de que este establecimiento está abierto para todo el mundo, viene a mi casa y se sienta tranquilamente a beber. Llegas tú, me dices que es un filibustero, doy orden de que lo detengan, y sin embargo, el muy bribón consigue escaparse. Me consuela pensar que eres un muchacho inteligente; lo vi desde el momento que entraste en la sala y se que sabrás justificarme ante el capitán. ¿Podía yo correr tras ese hombre con esta malhadada muleta en vez de pierna? Cuando yo era joven y robusto, le hubiera cogido las dos manos y le habría desnucado con la misma facilidad que a un pollo, pero en mi actual situación...

De pronto se interrumpió, y en sus facciones se leyó la sorpresa de quien recuerda algo desagradable.

—¡Vive Dios! —exclamó—. ¡Ese bergante se ha bebido tres vasos de ron! Además de escapar, me ha timado!

Y dejándose caer sobre un banco, empezó a reír con tales carcajadas que se le saltaron las lágrimas; su imprevista hilaridad se me contagió y, a poco, cuantos estaban en la taberna nos imitaron.

—¡Buen atún estoy hecho! —dijo secándose los ojos—. Tú y yo nos entenderemos muy bien y empiezo a creer que, por mi carácter, debían haberme contratado como grumete; pero, hablemos en serio: el deber es el deber. Voy a ponerme mi viejo tricornio y juntos iremos a ver al capitán Trelawney para decirle lo que ha ocurridò. Este asunto es muy serio y me temo que no formará muy buen concepto de nuestra inteligencia... Pero, sin embargo, la historia del timo tiene mucha gracia... ¡mucha gracia!

Y volvió a reír de tan buena gana que, a pesar de que yo no encontraba tan chistoso lo sucedido, tuve que compartir de nuevo su regocijo.

Durante nuestro breve paso por los muelles, Silver me fue explicando las características de los diversos navíos y las diferencias que en su aparejo y arboladura existían, diciéndome, al mismo tiempo, cuál era su nacionalidad, tonelaje y carga. A juzgar por lo que me dijo durante el trayecto, no podía haber encontrado un compañero de viaje que fuera más de mi gusto.

Cuando llegamos a la hospedería, el *squire* y el doctor Livesey estaban sentados ante una pinta de cerveza y se disponían a ir luego a bordo de *la Hispaniola* para hacer una visita de inspección.

John Silver relató lo ocurrido con elocuente ingenio y sin apartarse de la verdad.

—¿Verdad que todo ha sucedido de esta forma, Hawkins? —me preguntaba, interrumpiendo de vez en cuando su narración.

Los dos señores se lamentaron de que *Perro Negro* hubiera podido escapar, pero reconocieron que se había hecho todo lo posible por evitarlo; John *el Largo*, tranquilizado por la aprobación que su proceder merecía, cogió la muleta y se despidió.

—¡Todo el mundo a bordo a las cuatro de la tarde! —le dijo el *squire*.

—No faltará ninguno, señor —contestó el cocinero desde el pasillo.

—Amigo Trelawney —dijo entonces el doctor—; desconfío de los descubrimientos, pero debo felicitaros por el hallazgo de John Silver.

—Es un hombre honrado —afirmó satisfecho Trelawney.

—Creo que Hawkins podría acompañarnos a bordo —dijo el doctor.

—Me parece muy bien. Jim, coge tu sombrero y vamos a visitar el barco.

CAPÍTULO III

LA PÓLVORA Y LAS ARMAS

La Hispaniola estaba anclada a cierta distancia y para llegar a ella hubimos de pasar ante numerosos mascarones de proa y rodear las popas de muchos barcos, cuyas amarras nos rozaban a veces la quilla o bien se tendían sobre nosotros. Llegamos, por fin, a la fragata y subimos por la escalerilla de cuerda; cuando poníamos pie a bordo, vino a recibirnos el piloto Arrow, un lobo de mar viejo y curtido, que llevaba anillas en las orejas y era bizco. Entre él y el *squire* parecía existir muy buena relación; pero enseguida me di cuenta de que no le sucedía lo mismo con el capitán y que, en lo sucesivo, sus relaciones no serían precisamente cordiales.

El capitán era un hombre hosco, que parecía estar descontento de todo e irritado con la tripulación, apariencia que pronto habían de confirmar sus palabras. Apenas descendimos a la cámara, un marinero vino a decirnos que el capitán Smollett deseaba ser recibido.

—Estoy siempre a las órdenes del capitán. Que pase enseguida —respondió el *squire*.

El capitán, que seguía de cerca al marinero, entró cerrando inmediatamente la puerta tras él.

—¿Qué deseáis, capitán? Supongo que todo va bien a bordo.

—Señor —respondió el capitán—; prefiero hablaros con franqueza, aun a riesgo de que mi sinceridad os irrite. La verdad es que ni la travesía, ni los marineros, ni el piloto, me gustan.

—¿Debo interpretar que el barco no os gusta? —preguntó el *squire* muy enojado.

—Nada puedo decir aún respecto a la fragata. Cuando estemos en alta mar y la haya probado, os contestaré. Ahora no puedo decir sino que me parece un barco muy marinero.

—Entonces quizá tampoco os guste su propietario —insistió mister Trelawney.

—¡Cálmense, señores, cálmense! —cortó el doctor—. Esas palabras no sirven más que para herir susceptibilidades y embrollar las cosas. El capitán ha dicho demasiado, o no ha dicho lo suficiente, y necesitamos una explicación. Decís, señor Smollett, que no os gusta la travesía, ¿por qué?

—Señor, yo he sido contratado para conducir este barco adonde me ordene su propietario. Estas son las que acostumbramos a llamar órdenes selladas, y nada de extraño o de inconveniente hay en ello; pero lo que ya no me parece aceptable es que hasta el último marinero sepa cual es el destino de *La Hispaniola*. ¿Lo encontráis bien, señor?

—No, capitán —repuso mister Livesey.

—Por si fuera poco, he sabido, y han sido mis hombres quienes me lo han dicho, que esta fragata ha sido fletada para ir en busca de un tesoro y tales expediciones suelen entrañar muchos riesgos y dificultades. No me gusta esa clase de viajes, sobre todo cuando se hacen en secreto y, con perdón de mister Trelawney, el depositario del secreto es el loro.

—¿El loro de Silver? —preguntó el *squire*.

—Señor, no me refería a ningún loro determinado —repuso Smollett—. He querido dar a entender que se ha hablado mucho más de lo razonable y estoy seguro de que este es un viaje en el que arriesgáis la vida.

—Lo que acabáis de decirnos es muy claro y bastante exacto —contestó el doctor con calma—. Aceptamos el riesgo de la aventura y no desconocemos los peligros que nos amenazan. Prosigamos: dijisteis que la tripulación tampoco era de vuestro agrado; ¿es que los hombres contratados son malos marineros?

—No sabría deciros por qué, pero no me gustan, señor, y creo que habría sido mejor que me hubiera facultado para enrolar a la marinería que hubiese creído conveniente.

—Acaso tengáis razón; me parece que hubiera sido oportuno consultaros antes de contratarles definitivamente —concedió Livesey—; pero supongo que si por parte de mi amigo Trelawney hubo negligencia, fue involuntaria. Ahora bien; ¿por qué no os gusta Arrow, capitán?

—Parece que es un buen navegante, pero permite que la tripulación le trate con excesiva familiaridad y tal actitud no es la que debe observar un piloto. Un buen oficial ha de hacerse respetar y no beber con la marinería.

—¿Insinuáis que Arrow se emborracha? —gritó el *squire*.

—No, mister Trelawney. He querido decir que permite que le traten con demasiada franqueza.

—Resumiendo, capitán Smollett, ¿qué deseáis? —preguntó el doctor.

—Os responderé claramente: ¿estáis decididos a emprender la travesía?

—Por encima de todo...—contestó el *squire*.

—Perfectamente. Y ya que habéis escuchado con paciencia lo que os he dicho, aunque no he podido presentaros pruebas, os diré algo más. En este momento, los marineros están almacenando la pólvora y las armas que llevamos a bordo, en la bodega de proa, cuando tenemos debajo de la cámara un lugar adecuado y mucho más conveniente... También me han dicho que de las cuatro personas de vuestra confianza que os acompañarán en el viaje, tres deben dormir en la bodega de proa con el resto de la tripulación y a mí me parece que debían alojarse y dormir aquí, junto a la cámara.

—¿Eso es cuánto teníais que decirme?

—Aún tengo que añadir que se ha hablado con exceso.

—En efecto —confirmó el doctor.

—Debo hacer notar que yo mismo les he oído decir a varios tripulantes que tenéis un mapa de la isla y que sobre él hay varias cruces indicando los lugares en que está escondido el tesoro. Y también afirmaban que la isla está situada...

—¡Yo no he dicho nunca a nadie tal cosa! —exclamó el *squire* al observar que Smollett decía exactamente la longitud y exactitud de la isla.

—Vos no lo habréis dicho, pero los marineros lo saben —respondió el capitán.

—Doctor —dijo Trelawney confuso—, sólo vos o Hawkins podéis haber declarado esos datos.

—Poco importa quien lo haya dicho —respondió mister Livesey sin hacerle caso.

Advertí que ni él ni el capitán daban crédito a las vehementes protestas de Trelawney y yo pensaba como ellos, pues ya sabía cuán aficionado era el *squire* a no guardar mucho tiempo un secreto. Sin embargo, ahora estoy convencido de que si los marineros conocían la situación de la isla, no era porque él hubiese sido indiscreto.

—Pues bien, señores: no sé quién tiene ese mapa, pero es absolutamente necesario que nadie lo sepa, ni siquiera

50

Arrow y excuso decir que a mí tampoco me interesa. De lo contrario, me veré obligado a presentar la dimisión.

—Comprendo —dijo el doctor—. Os empeñáis en ver siempre el lado trágico de las cosas y queréis preveniros haciendo de la popa una fortaleza, defendida por nuestros fieles servidores y amigos, provistos de cuantas armas y municiones hemos embarcado. En una palabra: teméis que estalle un motín.

—Señor —repuso Smollett—, os ruego que no me atribuyáis palabras o conceptos que no he formulado. Ningún capitán se haría a la mar si tuviera la seguridad de que en su barco se fraguaba una rebelión. Creo que Arrow es un hombre honrado, como otros hombres de la tripulación, y acaso lo sean todos, pero, como responsable de cuanto pueda suceder a bordo, debo hacer notar lo que en *La Hispaniola* ocurra que no sea de mi gusto. Por lo tanto, debo pediros que sean adoptadas algunas precauciones o, en caso contrario, que prescindáis de mis servicios. Eso es todo.

—Capitán Smollett —le preguntó el doctor—, ¿conocéis la fábula del parto de los montes? No quiero que mis palabras os ofendan, pero vuestras razones me la han hecho recordar. Cuando entrasteis, creí que íbais a decirnos cosas más importantes y graves.

—Doctor Livesey —contestó Smollett—; cuando entré estaba dispuesto a despedirme, pues suponía que el *squire* Trelawney no querría escuchar la que me proponía decirle.

—¡Pues no os equivocabais! —exclamó Trelawney—. De no haberse hallado presente el doctor, hace ya tiempo que os habría mandado al diablo. Sin embargo, ahora ya he oído con paciencia cuanto habéis querido decirme y procuraré complaceros, aunque he formado de vos la opinión que merecéis y no habéis ganado nada en mi concepto.

—Como queráis, señor. Yo me he limitado a cumplir con mi deber.

El capitán se retiró y, cuando la puerta de la cámara se cerró tras él, Livesey dijo:

—Amigo mío, creo que son dos las adquisiciones excelentes que habéis hecho: John Silver y el capitán Smollett.

—De Silver, podéis decirlo, pero no de ese farsante, cuya conducta es indigna de un hombre, de un marino y de un inglés.

51

—¡Bueno, calmaos! —dijo con benévolo tono el doctor—. Pronto veremos cómo se conduce ese hombre.

Cuando subimos a cubierta, los marineros, situados en hilera, habían empezado ya a trasladar la pólvora y las armas a la bodega de proa, pasándose la carga de uno a otro, acompasando sus esfuerzos con rítmicos gritos, bajo la vigilancia del capitán y de Arrow.

La nueva distribución fue muy de mi gusto: en la parte posterior de la bodega de popa había seis camarotes que comunicaban con la despensa y el castillo de proa, únicamente por un estrecho pasillo situado a babor. Al principio, estas cabinas habían sido destinadas al capitán, al piloto, a Hunter y a Joyce —los dos criados de mister Trelawney—, al *squire* y al doctor Livesey; pero después de hablar con Smollett, se decidió que Redruth y yo ocupáramos los de ellos y que el capitán, con el piloto, se alojaran en la toldilla del puente, que había sido ensanchada por ambos lados y que, a pesar de ser muy baja, tenía espacio suficiente para tender cómodamente dos hamacas. El piloto se mostró satisfecho de haber cambiado y supuse que también él desconfiaba de la tripulación, aunque no llegué a saberlo con seguridad, pues pronto nos vimos privados de su opinión. Activábamos el traslado de municiones y literas, cuando John *el Largo* llegó en un bote, acompañado por los marineros que faltaban para completar la dotación. Subió a bordo con la agilidad de un mono y, con no menos destreza, saltó a cubierta. Viendo la tarea en que estaban empleados los marineros, exclamó:

—¡Hola, amigos! ¿Qué estáis haciendo? ¿Qué significa este ajetreo?

—Cambiamos de sitio la santabárbara —le contestó uno.

—¡Al diablo el traslado! —dijo Silver.— Si en eso empleamos el tiempo, perderemos la marea de la mañana.

—Lo he mandado yo y mis órdenes no se discuten —dijo secamente el capitán—. Váyase a la cocina, que la tripulación pronto necesitará la cena.

—Está bien, señor —dijo el cocinero—. Y llevándose dos dedos a la frente, se fue hacia la cocina.

—¡Es un buen hombre...! —le dijo el doctor al capitán, cuando se hubo alejado.

52

—Quizá lo sea —contestó Smollett y dirigiéndose a los que transportaban la pólvora, ordenó:

—¡Despacio, muchachos, despacio!

En aquel momento, estaba yo mirando el cañón giratorio que llevábamos en cubierta y, al verme, gritó:

—¡Eh, tú, grumete! ¡Largo de ahí! ¡Vete a la cocina a buscar trabajo!

Y, mientras me dirigía a los dominios de John Silver, oí que le decía al doctor en voz alta:

—No quiero que haya favoritos a bordo.

En aquel momento me dije que el *squire* tenía razón y que el capitán era un individuo odioso.

CAPÍTULO IV

LA TRAVESÍA

Durante toda aquella noche trabajamos activamente para poner en orden nuestros efectos y recibiendo a numerosos amigos del *squire*, que subieron a bordo para despedirse de él y desearle buen viaje.

Nunca en el *Almirante Benbow* había trabajado tanto como aquella noche y cuando, poco antes del amanecer, el silbato dió la orden de levar anclas, estaba rendido de fatiga. Pero, aunque me hubiera sentido diez veces más cansado, no me habría movido del puente. Todo aquello era nuevo e interesante para mí: las órdenes secas y claras, los agudos silbidos, el movimiento de los marineros a la luz pálida de las linternas de a bordo.

—Anda, *Saltamontes*, cántanos algo —gritó uno de los marineros, dirigiéndose a Silver.

—Lo de siempre —pidió otro.

—Sí, sí, amigos míos —repuso John que se hallaba entre los tripulantes apoyado en su muleta.

Y, enseguida, empezó a cantar el extraño estribillo que tantas veces había oído yo en la sala del *Almirante Benbow*:

Quince hombres van en el cofre del muerto,
¡Ay, ay, ay! ¡la botella de ron!

53

Al tercer ¡*ay*! todos los marineros empujaban la barra del cabrestante. En aquel momento, lleno de emoción, recordé nuestra posada y me pareció que la voz de Billy Bones dominaba y dirigía el coro. Pronto estuvo levada el ancla y colgada en su serviola. Desplegáronse las velas y los barcos anclados desfilaron ante mi absorta mirada. Antes de que hubiera descendido al camarote para descansar, *La Hispaniola* navegaba ya rumbo a la isla del tesoro.

No voy a relatar los pormenores de la travesía; me limitaré a decir que en todos sus aspectos fue excelente. El barco era muy marinero y navegó sin contratiempos; tanto la dotación como el capitán que la mandaba, eran hombres capacitados y expertos. Sin embargo, antes de que llegáramos a la altura de la isla se produjeron algunos hechos que deben ser referidos.

En primer lugar, el piloto Arrow resultó ser bastante peor de lo que el capitán había supuesto. Carecía de ascendiente sobre los marineros y éstos obraban como mejor les parecía.

Al cabo de un par de días de navegación, apareció en el puente con la mirada turbia, las mejillas encendidas, la lengua estropajosa y otras señales de embriaguez. El capitán le castigó varias veces, pero no pudo remediar nada. Con frecuencia pasaba el día entero tendido en su hamaca y luego estaba dos días sin beber, durante los cuales cumplía con su obligación bastante bien. Lo que no conseguimos averiguar entonces, es el lugar donde escondía el ron o bien como lo obtenía y cuando se lo preguntábamos se limitaba a reír, si estaba borracho, o a jurar que en toda su vida no había bebido más que agua, si estaba sereno. Viendo que nada era capaz de corregirle, comprendimos que acabaría pronto y muy mal. A nadie le sorprendió, pues, que una noche oscura y de mar agitado, le arrebataran las olas.

—¡Hombre al agua! —gritó el capitán—. ¡Vive Dios! El mar nos evita castigarle.

Como nos quedamos sin piloto, fué preciso ascender a un marinero; el contramaestre Job Anderson era el más capacitado y le sustituyó, conservando también el cargo que anteriormente desempeñaba. El *squire*, por haber navegado mucho, era muy experto en cosas de mar y en los días de bonanza, tomaba a veces la guardia. El patrón de chalupa, Israel Hands, era un marinero cauteloso y listo, a quien podía confesársele cualquier labor. Era íntimo amigo y confidente de John Silver *el Largo* y, el mencionar su nombre, me lleva a hablar del cocinero de a bordo, a quien sus compañeros acostumbraban a llamar *Saltamontes*. Para mover con más libertad las manos, John llevaba la muleta sujeta por una correa que pasaba alrededor de su cuello y llamaba mucho la atención verle trabajar en la cocina, apoyando la contera de la muleta en el tabique y así seguir los bandazos del barco, manejando los bártulos de cocina con la misma seguridad que si estuviera en tierra firme. Aún era más curioso verle atravesar la cubierta con mar gruesa. Había hecho colgar unos cabos para ayudarse a salvar las distancias que, por despejadas, eran las más difíciles. Los marineros llamaban a tales cuerdas *los pendientes de John* y, asiéndose a ellas, iba el cocinero de un lado para otro, unas veces apoyado en la muleta y otras arrastrándola, con la misma presteza que un hombre entero. Sin embargo, los marineros que habían navegado con él, se compadecían al verle reducido a tal estado.

—El *Saltamontes* no es un hombre vulgar —me dijo un día Hands—; fue a buenas escuelas cuando era joven y, si quiere, puede hablar como un libro. Es valiente como un león: yo le he visto pelear con cuatro hombres, desarmado, y romperles la crisma.

Los marineros le respetaban y obedecían; sabía hablar a cada uno de los tripulantes en el tono más conveniente y siempre procuraba prestarles algún pequeño servicio. A mí me trataba con mucho afecto y se alegraba cuando me veía entrar en la cocina, que conservaba muy limpia y ordenada.

En un rincón del reducido espacio destinado a cocina, tenía colgada la jaula del loro y todos los cacharros, resplandecientes, estaban colocados sobre la pared.

—Vamos a charlar, amigo Jim. A nadie recibo con más gusto que a ti; siéntate y escucha las novedades de a bordo: te presento a mi loro a quien llamo *capitán Flint*, en recuerdo del famoso corsario. El nos predice un viaje sin contratiempos... ¿verdad que sí, capitán?

Y el capitán le contestaba, gritando con extraordinaria rapidez: *¡Doblones! ¡Doblones!* hasta que John tapaba la jaula con un trapo.

—Este pájaro —prosiguió Silver— tiene lo menos doscientos años y ha estado en todas partes. Sólo el diablo puede saber tantas picardías como él. Ha viajado con el pirata England; ha estado en Madagascar, Surinam, Providencia y Portobello. En este último lugar presenció los trabajos que se hicieron para sacar el oro que transportaban algunos barcos franceses que se fueron a pique y allí aprendió a gritar: *¡Doblones! ¡Doblones!* y no es extraño, porque se sacaron del mar nada menos que trescientas cincuenta mil monedas de oro. Asistió al abordaje del Virrey de las Indias en aguas de Goa y cualquiera diría, al verle, que acaba de salir del nido ¿Has olido la pólvora, verdad, capitán?

—¡Todo el mundo listo para la maniobra! —gritó el loro.

—Este animalito es una alhaja —decía Silver, dándole terrones de azúcar. El loro, entonces, se cogía a los barrotes de la jaula y empezaba a lanzar juramentos que hacían pasar su inocencia por maldad.

—Ahí tienes, Jim, el resultado de frecuentar malas compañías. Este inocente pájaro blasfema como un endemoniado, sin saber lo que dice. Aunque estuviera delante de un sacerdote se expresaría de la misma manera.

Al decir esto, John se llevaba la mano a la frente con un gesto de lamentación tan espontáneo y solemne, que me hacía pensar que era el mejor de los hombres.

Entretanto, el *squire* y el capitán Smollett se mantenían a distancia y el primero no se recataba en decir que el jefe de a bordo era un individuo odioso. Smollett, por su parte, no hablaba más que cuando alguien le dirigía la palabra y entonces lo hacía para contestar lacónica y secamente. Confesaba que quizá se equivocó al juzgar con tanta severidad a la tripulación, pues muchos habían hecho todo lo que a los marineros se les puede exigir y, en conjunto, se habían portado muy bien. Le había tomado cariño al barco y decía que se ceñía al viento una cuarta más de lo que a la mujer propia podría exigírsele.

—Pero —continuaba—, mantengo lo que dije al principio: aún no hemos terminado el viaje y esta travesía sigue sin gustarme.

El *squire*, al escuchar estas palabras, le volvía la espalda y empezaba a pasear a grandes zancadas por la cubierta, murmurando:

56

—Si continúo escuchando a ese hombre, reventaré.

Sufrimos algunas tempestades que no hicieron sino probar las excelentes condiciones marineras de *La Hispaniola*.

Todo el mundo parecía estar contento a bordo y tenían razón para ello, pues creo que, desde que Noé empezó a navegar con su famosa arca, no ha habido tripulación mejor tratada que aquella.

Con cualquier pretexto, se les doblaba a los marineros la ración de bebida; bastaba que el *squire* se enterase de que era el santo de alguno para que ordenase repartir pudding y siempre había un barril de manzanas destapado en medio del combés para que las cogiese quien quisiera.

—Nada bueno puede producir esta manera de tratar a la gente —solía gruñir Smollett—. Mimar a un marinero es echarle a perder.

Sin embargo, aquel barril de manzanas nos favoreció extraordinariamente, pues sin él no hubiéramos conocido el peligro que sobre nosotros se cernía y habríamos perecido todos a manos de los traidores que nos rodeaban.

He aquí como fue:

Aprovechando los vientos monzones, nos aproximábamos rápidamente a la ansiada isla. No me está permitido ser más explícito en cuanto a la situación se refiere; pero si diré que, como íbamos a llegar de un momento a otro, los vigías oteaban el horizonte día y noche. Aquella noche o, lo más tarde, a la mañana siguiente, nuestro viaje de ida habría terminado. Seguíamos la dirección S. SO. con viento favorable y mar tranquila. *La Hispaniola* balanceábase suavemente y de vez en cuando hundía el bauprés en el agua, levantando nubes de espuma. La brisa henchía todas las velas y a bordo reinaba una alegría íntima e intensa, pues iba a culminarse la primera etapa de nuestra aventura.

Al anochecer y cuando me dirigía a mi camarote para acostarme, tuve deseo de comer una manzana. Subí al puente: la guardia estaba a proa, tratando de descubrir la isla; el timonel observaba el aparejo, silbando una tonada para entretenerse y este era el único ruido que, con el chasquido del agua contra los costados y el que hacía el tajamar al hendir las olas, turbaba el silencio del crepúsculo.

Alargué el brazo y no cogí ninguna manzana. Suponiendo que habrían quedado muy pocas, salté dentro del barril y me senté en la oscuridad. El balanceo del buque y la cadenciosa tonada que silbaba el piloto debieron adormecerme, pues me sobresaltó extraordinariamente el encontronazo de un hombre que se sentó con brusquedad junto al tonel. Hizo oscilar el barril cuando apoyó en él la espalda y me despabiló del todo. Iba a salir, pero el hombre empezó a hablar y reconocí a John Silver. Por nada del mundo me hubiera mostrado desde que oí las primeras palabras que pronunció.

Permanecí encogido, temblando de miedo y de curiosidad, pues inmediatamente comprendí que la existencia de los hombres honrados que navegaban a bordo de *La Hispaniola* dependía de mí.

CAPÍTULO V

LO QUE OÍ DESDE EL BARRIL DE MANZANAS

—No, yo no —decía Silver—. Flint era el capitán y yo el piloto, porque, a causa de mi pierna cortada, no podía desempeñar otra misión. La misma andanada que me dejó cojo, se le llevó los faroles a Pew. Quien me amputó era un buen cirujano, que incluso había estudiado, pero su sabiduría no impidió que le ahorcáramos como a los demás en Corso Castle. Eran gentes de Roberts y toda su desgracia provino de que les cambiaron los nombres a sus barcos. Les llamaron *Royal Fortune* y cosas parecidas. Yo digo que cuando a un barco se le bautiza, hay que dejarle el mismo nombre; así se hizo con el *Casandra* que nos llevó sanos y salvos desde las Malabares a casa, después de que England tomara por asalto al Virrey de las Indias, y con el viejo barco de Flint, *Walrus*, al que he visto más de una vez chorreando sangre por los costados y a punto de irse a pique por el peso del oro que transportaba.

—¡Ah! —exclamó con entusiasmo uno, en quien reconocí al más joven de los marineros de a bordo—. Flint era el mejor de los filibusteros.

—También Davis era todo un hombre —repuso Silver—; yo nunca he navegado con él, porque estuve primero con England y después con Flint; pero se cuentan de él cosas suficientes para concederle mérito. Ahora yo navego

58

aquí por mi cuenta y esa es toda mi historia. Navegando con England me hice con novecientas libras y dos mil gané junto a Flint... que están en el banco, bien guardadas, y no es mala fortuna para un simple marinero. Hijos míos, escuchad mi consejo: no basta saber ganar dinero, hay que acostumbrarse a ahorrarlo, porque luce mucho más. ¿Qué se hizo de la gente de England? Nadie lo sabe. En cambio los hombres de Flint estamos aquí casi todos, muy contentos cuando nos reparten ron y nos dan de comer. En cambio, Pew tuvo la desvergüenza de gastar mil doscientas libras en un año, como si fuera un lord del Parlamento.

—¿Qué ha sido de él? —preguntó uno.

—Ya está muerto —repuso Silver—; durante los dos últimos años de su vida anduvo pidiendo limosna, robando lo que podía y cortando pescuezos; pero, a pesar de todo, moríase de hambre.

—¡Claro está! Todo eso no sirve para nada —dijo el marinero.

—¡No les sirve para nada a los imbéciles; absolutamente para nada! —gritó Silver—. Pero, óyeme: eres joven aún y más listo que una ardilla. Lo noté apenas te vi por primera vez y voy a hablarte como a un hombre...

No es difícil imaginar lo que sentí, al escuchar las mismas alabanzas que a mí me había dedicado aquel bribón, dirigidas a otro. Si hubiera podido, le habría pasado de parte a parte, a través del tonel.

Silver prosiguió, ignorando que yo le escuchaba:

—Considera lo que les ocurre a los caballeros de fortuna: corren el riesgo de ser ahorcados, pero comen y beben como gallos de pelea y, cuando terminan un crucero, encuentran su bolsa llena de cientos de libras en vez de cientos de ochavos. Luego, muchos de ellos las gastan en juergas y bebidas y vuelven a bordo con la camisa por toda riqueza; no es eso lo que debe hacerse. Yo pongo mi fortuna a buen recaudo y la guardo en varios sitios, sin poner mucho dinero en uno solo, para no infundir sospechas. Tengo cincuenta años y cuando vuelva de este viaje, me dedicaré a vivir como un caballero. Dirás que ya es hora, pero considera que, entretanto, me he dado muy buena vida, sin privarme de ningún capricho. He comido, bebido y dormido a mi gusto, excepto cuando me embarco que, relativamente, es poco tiempo. Y, ¿sabes cómo empecé...? pues siendo simple marinero, lo mismo que vosotros.

Todo eso está muy bien, pero después de este viaje perderéis todo vuestro dinero, pues supongo que no tendréis la osadía de aparecer nuevamente en Bristol.

—¿Cómo? —preguntó Silver—. ¿Dónde crees que guardo mi dinero?

—Supongo que en los bancos de Bristol o en cualquier otra parte...

—Efectivamente; allí estaba cuando levamos anclas, pero a estas horas ya lo tiene en su poder mi vieja. *La taberna del Catalejo* está vendida, con material y clientela y mi mujer se ha ido de la ciudad para reunirse conmigo, te diría dónde, pero no quiero provocar envidias entre vosotros.

—¿Y tenéis confianza en vuestra mujer?

—Los caballeros de fortuna acostumbran a fiarse muy poco de los demás, pero yo tengo mi sistema: cuando un amigo leva anclas y me deja plantado, no respira mucho tiempo el aire de este mundo. Algunos compañeros temían a Flint, otros a Pew; pero ambos y todos juntos, me tenían miedo a mí. Flint lo confesaba sin avergonzarse. La tripulación de Flint era la gente más temible que se ha hecho a la mar y el mismo diablo hubiera dudado mucho antes de embarcar con ellos, sin embargo, les imponía obediencia, porque siempre hay que andarse con ojo en el barco donde manda John Silver.

—La verdad es que este asunto no me gustaba antes de oiros hablar, pero desde ahora estoy decidido a obedeceros —dijo el joven.

—Eres un valiente, muchacho —dijo Silver estrechándole la mano con tal efusión, que el barril retembló— y nunca he visto a un muchacho con mejor planta que tú para ser un caballero de fortuna.

Entonces comprendí lo que significaba ser *caballero de fortuna*; aquellas gentes llamaban así a los piratas y la conversación que acababa de oír, culminaba el acto de corromper a un marinero que, sin duda, era el último hombre leal de a bordo. Pronto me convencí de que tal suposición era cierta, porque Silver dio un ligero silbido y un tercer marinero se acercó, sentándose junto a ellos.

—Dick está con nosotros —dijo Silver.

—¡Ya suponía yo que este muchacho sería razonable!
—contestó la voz de Israel Hands, el patrón de la chalupa—. Como no es tonto, sabe lo que le conviene. Pero, *Saltamontes*, ¿hasta cuándo va a durar esta comedia? Estoy
harto del capitán Smollett y va siendo hora de que ocupe su
cámara y mire el fondo de las botellas que allí guarda.

—Israel, nunca ha valido gran cosa tu cabeza —le contestó Silver— pero al menos supongo que puedes oír, ya que
no son orejas, precisamente, lo que te falta. Lo que tienes
que hacer, es irte a proa, vivir a disgusto, hablar en voz baja
y no emborracharte hasta que yo dé la señal.

—¿Acaso te digo que no pienso hacerlo? —gruñó
Hands—. Estoy conforme con lo que me dices, pero lo que
me interesa saber es cuándo vas a dar la señal.

—¿Cuándo? ¡Vive Dios! —tronó Silver— cuando lo
crea oportuno... lo más tarde que pueda. El capitán Smollett
trabaja para nosotros, dirigiendo el barco hacia la isla. Ahí
están el doctor y el *squire* que guardan un mapa y ni tú ni yo
sabemos dónde lo esconden. Me propongo que sean ellos
quienes nos ayuden a traerlo a bordo y, si pudiera confiar en
vosotros, malas bestias, daría el golpe cuando estuviéramos
ya de vuelta, a medio camino.

—¿Y para qué los necesitamos? ¿No somos todos marinos? —dijo Dick.

—Querrás decir que todos somos marineros —repuso
con viveza Silver—. Sabemos obedecer órdenes y sólo
siguiéndolas llevamos el barco a su destino, pero somos incapaces de marcar una derrota. Ahí es donde se os ve a todos la
oreja. Si pudiese imponer mi criterio, haría que el capitán
Smollett condujera el barco hasta que llegásemos a las zonas
de vientos alisios y así no tendríamos que lamentarnos de cál-
culos mal hechos y engullir, por todo alimento, una cuchara-
da de agua al día; pero os conozco lo suficiente para saber
hasta dónde puedo contar con vosotros y conocer vuestras
preferencias; así que no os preocupéis. Acabaremos con ese
Trelawney y los suyos apenas se hagan con el tesoro, aunque
hacerlo sea una barbaridad. ¡No estáis contentos si no os
emborracháis como cubas! ¡Vive Dios! ¡Da asco navegar con
hombres como vosotros!

—Bueno, John, cálmate —dijo Israel—. Nadie contra-
ría tus deseos.

—¡Cuántos barcos se perdieron —prosiguió Silver— y cuántos jóvenes de provecho he visto colgar al sol en la Dársena de las Ejecuciones por obrar con temeraria impaciencia! Si queréis orientar bien vuestras velas y ceñiros al viento, pronto llegaréis a disfrutar de una prosperidad envidiable. Podríais ir en carroza si me escuchárais, pero como sé que mis consejos no os hacen efecto, mañana os daré todo el ron que queráis y ¡que os ahorquen luego!

—Todo el mundo sabe que predicas como un capellán, cuando quieres —repuso Israel—; pero otros lo hacían tan bien como tú y, sin embargo, sabían divertirse un poco. Ciertamente, no eran tan secos y severos como tú y no les avergonzaba mezclarse en la juerga con sus compañeros.

—Todo eso es verdad; pero dime, ¿qué se ha hecho de todos ellos? —preguntó con viveza y desdén Silver—. Pew era uno de esos y durante el último tiempo de su vida, iba pidiendo limosna por los caminos. A Flint también le gustaba compartir las alegrías de sus compañeros y murió borracho en Savannah. ¡No hay duda de que eran hombres admirables! Se divirtieron mucho, eso es indiscutible, pero, ahora, ¿dónde están?

—¿Qué vamos a hacer con ellos, una vez estén en nuestras manos? —preguntó Dick.

—¡Eso es hablar como un hombre, vive Dios!—exclamó Silver—. Así han de tratarse los asuntos... Pues bien, ¿qué crees tú conveniente hacer? ¿Dejarlos abandonados en la isla, como habría hecho England, o degollarlos como si fueran puercos, a la manera de Flint o de Billy Bones?

—Es cierto; ese era el sistema preferido por Billy. Decía que los muertos no hablan. A estas horas ya debe saber algo de eso... Verdaderamente, era un hombre temible.

—Tienes razón, Israel —contestó Silver—; era temible y listo. Escúchame bien; todos decís que yo soy un hombre fino, casi un caballero, pues bien, creo que esta no es ocasión de andarse con remilgos y lindezas. Nuestro deber es lo primero y yo soy partidario de darles muerte a todos. No quiero que mientras estoy en el Parlamento o paseándome en carroza por las calles, se presente ese matasanos o me ponga la mano encima su amigo, el *squire*, apareciendo, sin que nadie les llame, como el diablo en misa, para acompañarme hasta la horca. Creo que hay que esperar hasta que llegue el momento oportuno: entonces, sí, ¡duro y a la cabeza!

—¡John —exclamó Israel—, eres un valiente!

—No me alabes hasta que lo compruebes —respondió Silver—. No reclamo más que una cosa: que me dejéis ajustarle las cuentas a Trelawney... ¡Quiero estrangularle yo mismo, Israel. —Y cambiando de tono, añadió—: —haz el favor, hijo mío, de coger una manzana del tonel y dármela. Tengo seco el gaznate...

Al oírle, habría saltado del barril y huido, pero me faltaron las fuerzas. Temblando, oí que Dick se levantaba. De pronto, me pareció que alguien le detenía. Hands dijo entonces:

—¡*Saltamontes*, no comas esa porquería! Es mejor que bebas un buen trago de ron.

—Tienes razón — repuso Silver—. Por esta vez, Dick, voy a confiar en ti, aunque no olvides que tengo puesta una señal en el barril. Toma la llave y ve a buscar una medida.

—A pesar del miedo que tenía, no se me ocultó que quien le había proporcionado la bebida al piloto, incapacitándole para el mando, había sido John. Dick estuvo ausente muy poco tiempo y, entretanto, Hands habló con Silver en voz tan baja, que yo no pude escuchar más que una o dos palabras; pero, entre ellas, éstas de suma importancia: *ningún otro marinero quiere unírsenos*, lo cual me dio a entender que aún podíamos contar con algunos leales.

Al volver Dick, el vaso pasó de uno a otro y los tres bebieron, brindando, uno, por la buena suerte, otro, a la salud del viejo Flint y Silver con estas palabras:

—Bebo a vuestra salud y a la mía y porque tengamos buen viento, mucho ron y comida abundante.

En aquel momento, una claridad vaga iluminó el interior del tonel. Levanté los ojos y vi que la luna llena había salido e inundaba con su luz la concavidad de la vela cangreja del trinquete. Casi al mismo tiempo, la voz del vigía gritó:

—¡Tierra!

CAPÍTULO VI

CONSEJO DE GUERRA

Desde mi escondite oí el ruido que sobre la cubierta hacían los precipitados pasos de los marineros. La tripulación acudía desde la bodega y el castillo de proa, alborozada por la voz del vigía que anunciaba el término de la primera etapa de nuestra aventura. Salí del tonel sabiendo que nadie repararía en mí y me oculté detrás de la vela de mesana. Di luego un rodeo hacia la popa y regresé al punto de partida rápidamente en el preciso momento en que Hunter y el doctor Livesey se dirigían corriendo hacia la serviola, donde ya estaban reunidos los marineros.

Casi al mismo tiempo en que aparecía la luna, se desvaneció la niebla, permitiéndonos divisar a lo lejos y en dirección sudoeste, dos bajas colinas distante una de otra un par de millas y, tras ellas, una tercera prominencia mucho más alta, cuya cima estaba aún envuelta por la bruma. Las tres tenían forma cónica y parecían ser muy escarpadas. Todo esto lo vi como en sueños, pues aún no había logrado recobrarme del espanto que pocos minutos antes sufriera al conocer las siniestras intenciones de Silver.

El capitán Smollett grito algunas órdenes y *La Hispaniola* se ciñó más al viento, orientando su proa de forma que la isla quedara a babor.

—Ahora, muchachos —dijo el capitán cuando los hombres hubieron realizado la maniobra—, decidme, ¿alguno de vosotros conoce esta isla?

—Yo, señor —respondió Silver—. Hice escala en ella siendo cocinero de un barco mercante.

—Creo que el mejor fondeadero está situado al Sur, detrás de un islote— dijo Smollett.

—Exactamente, señor. Detrás de la que llaman Isla del Esqueleto; en otro tiempo fue, un nido de piratas. Con nosotros navegaba un marinero que sabía el nombre de todos los lugares de la costa y del interior. Esa colina del Norte se llama *Monte Trinquete* y, en fila hacia el Sur, hay otras dos llamadas *Mayor* y *Mesana*. Al más alto, aquel que aún está envuelto por la bruma, le llaman *El Catalejo*, pues en él situaban los filibusteros un vigía, mientras reparaban sus barcos y se repartían el botín, con perdón sea dicho, señor.

—Este es el mapa de la isla. ¿Está bien indicado el fondeadero?

Brilláronle los ojos a John Silver al coger el mapa que el capitán le ofrecía; pero no tardé en darme cuenta de que no era el hallado entre los papeles de Billy, sino una copia exacta en la que constaba todo: nombres, fondos, alturas, excepto las crucecitas rojas y las anotaciones aclaratorias.

—Sí, señor —respondió Silver, disimulando su decepción—; ese es exactamente el lugar. Y, por cierto, al ver lo bien dibujado que está, me pregunto: ¿quién lo habrá hecho? porque los piratas eran gentes muy ignorantes, según tengo entendido. Sí, aquí está: *Fondeadero del capitán Kidd*; así lo llamaba mi compañero. Aquí hay una corriente muy fuerte que se dirige hacia el Sur y luego se remonta hacia el Norte, siguiendo la costa occidental. Habéis hecho muy bien, señor, en ceñiros al viento y alejaros de la costa para llegar al fondeadero, pues si tenéis intención de carenar allí el navío, no hay sitio mejor en toda la isla.

—Gracias, amigo —repuso Smollett—. Luego os llamaré, para que me ayudéis. Podéis retiraros.

Me sorprendió extraordinariamente la tranquilidad con que John revelaba su conocimiento de aquellos lugares y reconozco que tuve miedo al ver que se acercaba a mí. No podía saber que había escuchado sus planes oculto en el barril de manzanas, pero desde que me enteré de sus criminales intenciones, me producían tanta repugnancia su crueldad, doblez y tiranía, que me estremecí cuando, poniéndome la mano en el hombro, me dijo:

—Sin duda, no hay otra isla en la que pueda desembarcar un muchacho más a gusto que en ésta. Es magnífica; podrás bañarte, trepar a los árboles, cazar cabras salvajes y subir corriendo hasta la cima de esos montes con la misma ligereza y libertad que si fueras una de ellas... ¡Ah! ¡Esto me rejuvenece hasta el punto de hacerme olvidar la maldita muleta! Muy hermoso es ser joven y tener el cuerpo entero... Cuando quieras hacer alguna excursión por la isla, avísame y te prepararé, algo muy bueno para matar el hambre.

Y dándome un golpe amistoso en la espalda, se fue saltando, como de costumbre, hacia la cocina.

El capitán Smollett, el *squire* y el doctor Livesey, estaban en aquel momento hablando en la toldilla y aunque me daba cuenta de que era preciso decirles cuanto antes el peligro que corríamos, no me atreví a interrumpir su conversación. Mientras buscaba una excusa para acercarme a ellos, el doctor Livesey me llamó rogándome que le fuera a buscar la pipa, pues la había olvidado en su camarote y no podía estar mucho tiempo sin fumar; cuando me acerqué al grupo lo bastante para poder hablar sin que los otros me oyeran, le dije:

—Doctor, he de hablaros con urgencia. Haced que el *squire* y el capitán bajen a la cámara y, con cualquier pretexto, mandadme llamar.

El doctor tuvo un ligero sobresalto al notar que me temblaba la voz, pero se dominó enseguida.

—Gracias, Jim —dijo en voz alta. Y como si me hubiera hecho alguna pregunta, añadió—: es cuanto quería saber.

Reunióse con el *squire* y el capitán y continuó hablando con ellos. Aunque ninguno elevó la voz, ni lo dio a entender, me di cuenta de que el doctor les estaba comunicando mi petición; pues, cuando acabó de hablar, el capitán le ordenó a John Anderson que reuniera a toda la tripulación en la cubierta.

—Muchachos —dijo Smollett cuando acudieron—: tengo que deciros dos palabras. Esa tierra que véis a babor es el término de nuestro viaje y el señor Trelawney, con la generosidad a que nos tiene acostumbrados, ha querido celebrar la llegada. Estoy satisfecho de la tripulación y le he comunicado con gusto que todos los marineros, del primero al último, han cumplido con su deber. En vista de ello, este caballero ha dispuesto que el doctor Livesey y yo le acompañemos a la cámara para brindar por vuestra salud, mientras vosotros lo hacéis en cubierta, por la nuestra, con la ración extraordinaria de *grog* que se os servirá . Me parece que su amabilidad bien merece un aplauso y, si creéis lo mismo, ¡démosle todos un *viva* de honor a nuestro liberal *squire*!

Con tanta unanimidad y entusiasmo fue contestado el *viva*, que me quedé pasmado al pensar que aquellos mismos hombres habían proyectado degollarnos.

—¡Viva el capitán! —gritó Silver apenas se hizo el silencio.

Por segunda vez fue contestada cordialmente la aclamación.

Los tres caballeros bajaron a la cámara y poco después vino un marinero a decirme que el capitán me llamaba.

Bajé apresuradamente y los encontré sentados ante una botella de jerez y una caja de pasas. El doctor se había quitado la peluca, lo cual era signo de agitación y fumaba nerviosamente la pipa. La ventana de la cámara que daba a popa estaba abierta porque la noche era muy calurosa, y veíamos brillar la estela del barco a la luz de la luna.

—¿Tienes algo que decirnos, Jim? —preguntó el *squire*—. Habla, muchacho.

Brevemente, pero sin omitir ningún pormenor esencial, les referí cuanto sabía y hasta que terminé me escucharon inmóviles, sin interrumpirme.

—Siéntate, Jim —me dijo entonces el doctor.

Hiciéronme sentar junto a ellos y ofreciéndome un vaso de vino y un racimo de pasas, brindaron los tres a mi salud para demostrarme su agradecimiento.

—Capitán, reconozco que me equivoqué; habría sido mejor que os hubiera hecho caso desde el principio —dijo el *squire*—. Confieso que me he portado como un asno y espero vuestras órdenes.

—En esta ocasión —contestó noblemente el capitán—, tanto os habéis equivocado vos como yo, pues nunca pude imaginar que una tripulación fuera capaz de preparar un motín sin que ciertos signos, inequívocos para un hombre experimentado en el oficio de mandar un barco, denunciaran sus intenciones... Esa gente ha sido más fuerte que yo.

—Capitán —dijo el doctor—, todo ha sido obra de Silver. Es un hombre extraordinario y verdaderamente peligroso...

—Mejor hubiera sido encontrarle colgado de una verga —repuso el capitán—; pero cuanto estamos diciendo no conduce a nada. Si mister Trelawney me lo permite, expondré tres puntos que considero esenciales.

—Nadie manda a bordo más que vos. Hablad, pues —contestó el *squire*.

—Primero: hemos de seguir adelante, pues bastaría dar la orden de cambiar el rumbo para que en el acto se sublevaran. Segundo: hasta que encontremos el tesoro, tenemos tiempo de preparamos. Tercero: aún hay a bordo hombres leales. Ahora bien, como tarde o temprano hemos de aceptar la lucha, propongo aprovechar cualquier ocasión que nos sea favorable y atacarles cuando menos lo esperen. ¿Vuestros criados son de confianza, señor Trelawney?

—Confío en ellos ciegamente.

—Así, pues, seremos seis y si contamos a Hawkins, siete. ¿Cuántos leales hay a bordo?

—Creo que los marineros contratados por mister Trelawney permanecerán fieles...

—No creo yo lo mismo —contesto el *squire* confuso—. El patrón de chalupa Hands era uno de los míos.

—Siempre creí que podía fiarme de Hands —declaró el capitán.

—¡Cuando pienso en que todos esos criminales son ingleses, siento deseos de volar el barco! —exclamo el hidalgo.

—Nada conseguiremos con lamentaciones. De momento, nos vemos obligados a continuar prevenidos. Situación muy dura, lo sé, pero nada podremos intentar hasta que sepamos la fuerza que nos apoya.

—Jim —me dijo el doctor—; tú puedes ayudarnos más que nadie; los marineros no desconfían de ti y podrás vigilarles mejor que cualquiera de nosotros.

—¡Hawkins! —exclamo el *squire*—, ¡confiamos en ti!

Quedé anonadado bajo el peso de tanta responsabilidad; sin embargo, por una extraña serie de circunstancias, la salvación de todos se debió a mí.

En aquellos momentos, y por grande que fuera nuestra voluntad de vencer, no éramos más que siete hombres —seis en realidad, pues yo no podía contarme entre ellos—, que habrían de luchar contra diecinueve.

LIBRO TERCERO

CAPÍTULO I

MI PRIMERA AVENTURA EN TIERRA

Cuando a la mañana siguiente subí a cubierta, el aspecto de la isla había cambiado por completo. Aunque el viento amainó del todo al amanecer, durante la noche recorrimos una distancia considerable y ahora permanecíamos encalmados a una media milla de la costa Este.

Bosques grisáceos cubrían gran parte del terreno y su monótona tonalidad era interrumpida a veces por franjas de tierra amarilla y altos árboles, al parecer de la familia del pino que, solitarios o en grupos, descollaban entre los demás, pero la coloración general era triste.

Las colinas elevábanse sobre la vegetación, que parecía aletargada bajo el sol de fuego y sus peladas cimas ofrecían extrañas siluetas vigorosamente recortadas en el puro azul del cielo. La más extraña de todas era la del *Catalejo*, cuyas paredes, que se elevaban verticalmente tres o cuatrocientos pies por encima de las demás colinas, truncábanse de pronto, dando a la montaña la forma de un pedestal destinado a una estatua gigantesca.

El mar zarandeaba a *La Hispaniola* y metíanse las olas por los imbornales; chirriaban las botavaras en las garruchas, el timón daba bandazos de un lado a otro y el barco entero temblaba y crujía como una fábrica en medio del mar. Yo tenía que cogerme con fuerza al barandal y me parecía que todo daba vueltas en torno mío, pues aunque con el barco en marcha me portaba como un veterano, me era imposible conservar firme la cabeza cuando las olas lo hacían rodar de un lado para otro como una botella, sobre todo por la mañana, cuando tenía el estomago vacío.

Quizá fuera a causa del mareo o bien porque oyera y viera estrellarse con furia la resaca en los abruptos acantilados de la isla, lo cierto es que no me fue nada grata la visión de la anhelada *Isla del Tesoro*, a pesar de la radiante luz de aquella mañana tropical, de la algarabía que alrededor nuestro hacían las aves marinas al rozar las espumas buscando peces y la leyenda que desde el primer momento creé alrededor de la maravillosa tierra que guardaba el fabuloso tesoro; mis pensamientos, entonces, volviéronse sombríos al recordar la suerte cruel que acaso nos reservaba el destino y aunque al cabo de permanecer tanto tiempo embarcado hubiera debido tener impaciencia por saltar a tierra, he de confesar que se me cayò el alma a los pies.

Además, se nos preparaba una mañana de trabajo infernal, pues por estar encalmado el viento, los marineros debían remar en los botes para remolcar *La Hispaniola* hasta doblar la punta que distaba unas cuatro millas y, entrando luego en el estrecho canal, conducirla hasta el *Fondeadero de Kidd*.

Salté a una de las barcas, aunque, como es fácil suponer, mi presencia servía más de estorbo que de ayuda; hacía un calor sofocante y los hombres gruñían malhumorados, quejándose sin cesar de la tarea que se veían obligados a realizar.

Anderson patroneaba el bote en que yo iba, y en vez de mantener la disciplina se quejaba más que ninguno:

—¡Suerte que esto se acabará! —decía cuando no blasfemaba—. ¡Menos mal que no durará mucho tiempo!

Interpreté aquellas quejas como peligrosos síntomas que denunciaban la creciente rebeldía de la tripulación, pues hasta entonces habían trabajado con esmero y diligencia; la vista de la isla había bastado para que toda disciplina se quebrantara y esperasen con impaciencia el momento de amotinarse.

Durante toda la travesía John Silver permaneció junto al timonel, dirigiendo el navío y ya no podía nadie dudar de que conocía perfectamente aquellos peligrosos lugares, pues aunque el encargado de la sonda decía encontrar más agua de la que indicaba el mapa, Silver no vaciló ni una sola vez.

—El reflujo arrastra mucho en este sitio y puede decirse que el fondo ha sido excavado con una azada. ¡Adelante! —respondía con asombrosa seguridad.

Fondeamos precisamente en el lugar que estaba señalado en el mapa con un áncora, a un tercio de milla de ambas costas, la de la *Isla del Tesoro*, a la derecha, y a nuestra izquierda la del *Esqueleto*.

70

El fondo del mar era allí de arena finísima. El ruido que hizo el ancla al hundirse en el agua hizo levantar el vuelo a gran número de aves marinas, que volaron en todas direcciones chillando, para volver a posarse al poco tiempo haciendo que todo quedara otra vez sumergido en un pesado silencio.

El fondeadero estaba rodeado de tierra poblada de bosques, cuyos árboles crecían en el mismo límite señalado en tierra por la marea alta. La ribera era angosta y los cerros contiguos formaban una especie de anfiteatro amplio y árido. Dos riachuelos que por la calma con que se deslizaban sus aguas parecían arroyos pantanosos, desembocaban silenciosamente en aquel lago, si así pudiéramos llamar al *Fondeadero de Kidd* y el follaje, en los bosques de la orilla, tenía un reflejo denso, verde y tan intenso, que parecía venenoso. Desde el lugar en que nos encontrábamos, no podíamos ver la empalizada, ni el pequeño fortín que indicaba el mapa y, a no ser porque disponíamos de aquel documento en que se consignaba su existencia, hubiéramos creído ser los primeros que echaban el ancla allí, desde que la isla emergió de las profundidades del mar, No se movía ni un soplo de aire, ni se escuchaba otro ruido que el de las olas al estrellarse contra las rocas de la costa Sur. Un vaho sofocante producido por las aguas estancadas y los vegetales que la humedad y el calor pudrían, cerníase sobre el fondeadero.

Noté que el doctor hacía un gesto parecido al de un hombre que prueba un huevo ya descompuesto:

—Puede dudarse de que en esta isla haya un tesoro, pero lo que sí puede afirmarse es que hay fiebres.

La conducta de la marinería, inquietante mientras trabajaron para remolcar *La Hispaniola*, hízose amenazadora cuando volvieron a bordo; los hombres se reunían en cubierta, tomando grupos y murmurando. La orden más sencilla era acogida con actitudes hostiles y se cumplía a regañadientes. Incluso los hombres en cuya fidelidad confiábamos, empezaban a dejarse arrastrar por la corriente de sedición y sentimos cernerse sobre nuestras vidas la nube sangrienta del motín.

No eran únicamente los caballeros y sus leales quienes presentían la inminencia de la revuelta: John Silver, temiendo que un alzamiento prematuro diera al traste con sus pla-

71

nes, iba de un grupo a otro prodigando consejos y realizando con admirable diligencia las tareas que por razón de su empleo debía desempeñar. Extremaba su cortesía y para cada uno de los marineros tenía una sonrisa amable o una palabra oportuna.

Si le daban una orden, John *el Largo* quedábase un momento inmóvil, apoyado en su muleta y repetía varias veces, con buen humor: ¡*Sí, señor, sí, enseguida*! Si no tenía nada que hacer, entonaba una canción tras otra, como si quisiera ocultar con la aparente buena disposición de su ánimo la actitud de la tripulación.

De todas las siniestras señales de sublevación que aquella sombría tarde pudimos observar, creo que la peor era esta velada ansiedad de Silver. Cuando nos reunimos en la cámara para discutir lo que convenía hacer, el capitán dijo:

—Señores, si doy una sola orden más, los marineros caerán sobre nosotros. La situación es muy delicada porque si alguno se niega a obedecerme tendré que castigarle, en cuyo caso sus compañeros se solidarizarán con él, y si paso por alto la insolencia, Silver sospechará que estamos al corriente de lo que traman. Solo hay un hombre a bordo que pueda ayudarnos.

—¿Quién? —pregunto el *squire*.

—John Silver —respondió con calma Smollett—. Tiene tanto interés en calmar los ánimos como vos mismo y estoy convencido de que podría contener a los más impacientes si tuviera una ocasión favorable para hacerlo; quizá sea lo más oportuno y conveniente que nosotros le proporcionemos tal coyuntura, concediendo a toda la tripulación permiso por toda una tarde para que vayan a tierra y, si lo hacen, podremos apoderarnos del barco; en el supuesto de que no quieran desembarcar, nos resistiremos en la cámara y que Dios nos ayude a defender la justicia de nuestra causa. Desde luego, si John puede hablar con los principales en tierra, creo que los hará volver a bordo dóciles como corderos.

Acordóse adoptar la solución que proponía Smollett y a todos los leales les entregaron dos pistolas cargadas.

Hunter, Joyce y Redruth, fueron puestos en antecedentes de lo que ocurría y debo señalar que recibieron la noticia con más tranquilidad de la que esperábamos. Cuando nuestro bando estuvo así dispuesto y armado, el capitán Smollett subió a cubierta y reuniendo a los marineros, les dijo:

—Muchachos: el día ha sido muy caluroso y todos estamos cansados y con mal humor. A nadie le sentará mal un paseo por tierra y como aún no hemos izado las barcas, los que quieran ir pueden embarcar en ellas y permanecer en la isla toda la tarde. Media hora antes de ponerse el sol, dispararé un cañonazo.

Creo que todos los marineros esperaban encontrar el tesoro apenas pusieran pie en la costa, pues cuando el capitán acabó de hablar, prorrumpieron en exclamaciones de alegría que hicieron volar de nuevo a las aves sobre nosotros.

Smollett era lo bastante astuto para escabullirse en el momento oportuno, así que dejó a Silver que arreglara la partida a su gusto y bajó inmediatamente a la cámara; su proceder era el mejor en tales circunstancias, pues si hubiera permanecido entre los marineros, no habría podido fingir por más tiempo que ignoraba sus planes. La actitud del cocinero era muy clara: habíase erigido en cabecilla de los descontentos y los tripulantes de *La Hispaniola*, amotinados ya, únicamente estaban dispuestos o obedecer sus ordenes.

Los leales, bien pronto tuve la prueba de que podíamos confiar en algunos, debían ser sin duda los más estúpidos o, para hablar con más exactitud, creo que el ejemplo de los principales rebeldes les había pervertido, aunque no lo suficiente para atreverse a matarnos y apoderarse del barco, lo cual es muy distinto a su deseo de mostrarse holgazanes e indisciplinados.

Por fin, Silver distribuyó a los hombres: seis, habían de permanecer a bordo de *La Hispaniola*, y los dieciséis restantes iban a tierra. Mientras Silver y los demás que iban a tierra embarcaban, se me ocurrió la primera de las descabelladas ideas que tanto contribuyeron a salvamos la vida, pues, pensando en que los seis hombres que a bordo quedaban imposibilitarían nuestro plan de apoderamos del barco y que si a pesar de ello decidían mis amigos intentarlo, mi presencia no sería necesaria, decidí ir a tierra con los marineros.

En un momento me descolgué por un costado del barco y me acurruqué bajo el tabloncillo de proa del bote más próximo, que partió inmediatamente.

Nadie hizo caso de mí, excepto el remero de proa, que me dijo:

—¿Eres tú, Jim? Agáchate.

Sin embargo, John, desde la otra chalupa, miró con ojos penetrantes hacia la nuestra y gritó preguntando si yo estaba allí; desde aquel momento, empecé a arrepentirme de lo que había hecho.

Ambas embarcaciones dirigiéronse velozmente a tierra, pero como aquella en que yo iba estaba mejor tripulada y era más ligera, se adelantó tanto a la otra que llego mucho antes a la orilla. Cuando estuvimos entre los árboles, me cogí a una rama, salté a tierra y desaparecí entre la maleza. La chalupa de Silver aún estaba entonces a cien metros de distancia.

—¡Jim! ¡Jim! —oí que gritaba el cocinero.

Pero, como fácilmente se comprenderá, no hice caso de su llamada y corrí en línea recta hasta que la fatiga me impidió continuar.

CAPÍTULO II

EL PRIMER GOLPE

Tan contento estaba de haber burlado a Silver que empecé a encontrar en cierto modo divertida la aventura y a observar con interés la extraña y exuberante vegetación que me rodeaba.

Después de atravesar corriendo un terreno pantanoso, en el que crecían juncos, sauces y exóticos arbustos de marisma, llegué al límite de un claro arenoso y ligeramente ondulado, que tendría una milla, aproximadamente, de extensión y estaba salpicado de árboles frondosos, cuyo tronco parecíase al del roble, pero de hojas más pálidas, como las de los sauces. Al término de este claro elevábase uno de los montes, cuyas dos curiosas cimas brillaban al sol.

Entonces sentí por primera vez el placer de explorar tierras vírgenes. La isla no estaba habitada. Los marineros que llegaron a ella habíanse quedado muy atrás y en torno mío palpitaba la vida salvaje, el misterio de la selva y los rumores de la fauna desconocida que se ocultaba entre los matorrales. Vagando entre los árboles, descubría a cada instante plantas raras y vi deslizarse perezosamente varias sierpes; una de ellas, asomando de pronto su aplastada cabeza por la rendija de un peñasco, silbó amenazadoramente hacia mí. ¡Qué lejos estaba yo de suponer que aquella era la mortál serpiente de cascabel!

Llegué luego a un bosque de aquellos árboles parecidos al roble (más tarde supe que eran encinas), que brotaban casi a ras del arenoso suelo y cuyas ramas se entrelazaban, formando con sus hojas un tupido techo.

El bosque descendía de uno de los montículos de arena, ensanchándose y creciendo en altura hasta llegar a la orilla de la ancha ciénaga cubierta de juncos, por la que discurría lentamente el más próximo de los riachuelos que desembocaba en el *Fondeadero de Kidd*. Sobre la marisma, los ardientes rayos del sol levantaban un vaho sofocante y la silueta del *Catalejo* se veía temblorosa a través de la calígine.

De pronto, oí el asustado revoloteo de un pato salvaje entre los juncos y vi que el animal levantaba el vuelo graznando y que otras aves le seguían a poco, hasta tomar sobre la ciénaga una verdadera nube. La alarma de aquellos animales y su algarabía me hicieron suponer que mis compañeros se acercaban siguiendo la orilla del pantano y así sucedía, pues pronto oí el eco de una voz humana que cada vez resonaba con mayor intensidad y más próxima.

Sentí un miedo cerval y corrí a esconderme bajo la encina más cercana, donde permanecí agazapado y sin atreverme a hacer el menor movimiento.

Otra voz contestó y entonces la primera continuó hablando largo tiempo, sólo interrumpida a veces y brevemente por la de su compañero. Aumentó mi temor cuando reconocí la voz de Silver: era el que hablaba sin detenerse. A juzgar por el tono que empleaban, ambos hombres discutían con vehemencia, casi enfurecidos, pero no pude entender claramente nada de lo que decían. A poco, me pareció que Silver y su acompañante se habían detenido y calmado, pues los pájaros empezaron a posarse de nuevo en la maleza del pantano. Indudablemente debieron sentarse ambos hombres al pie de algún árbol y por eso las aves volvieron confiadamente a la espesura.

Entonces me di cuenta de que estaba olvidando el principal objeto de mi excursión a tierra, pues si me había atrevido a ir en compañía de aquellos bribones, debía también atreverme a culminar mi propósito, acercándome a ellos cuanto me fuera posible para tratar de oír y entender lo que hablasen. Podía fijar con bastante exactitud el lugar en que se hallaban Silver y su compañero, tanto por el rumor de sus voces como por unos cuantos pájaros que revoloteaban por encima de un grupo de árboles, denunciando la presencia de los intrusos y fui allí, andando a gatas, hasta que pude ver, apartando la maleza y las ramas bajas, un pequeño valle rodeado de árboles, al borde mismo del pantano; sentados sobre el césped, John Silver y uno de los marineros estaban charlando. Hacía un calor sofocante y los rayos del sol caían a plomo sobre ellos. John se había quitado el sombrero, dejándolo junto a él sobre la hierba y el sudor hacía brillar su ancha cara levantada hacia su compañero con sonriente expresión, como si le estuviese pidiendo algo.

—Sé razonable —decía Silver—. Si he querido hablarte es porque te aprecio y quiero salvarte la piel. ¿Crees que si no te tuviera afecto habría venido hasta aquí para prevenirte? Todo está ya decidido y tú no podrás evitar que se haga nuestra voluntad; aunque te lo propusieras no conseguirías desbaratar nuestros planes. Atiende: si los demás llegan a enterarse, estás perdido. Tom, ¿no comprendes que yo no podría nada contra ellos?

—Silver —respondió el marinero, congestionado por el sol y con voz temblorosa y ronca—, vos sois viejo y honrado o al menos así se os considera; tenéis dinero, lo cual no suele ocurrir a las gentes de mar y sois valiente, si no me engaño... ¿Cómo es posible, pues, que forméis parte de esa cuadrilla de asesinos? No puedo creerlo... Yo preferiría que me cortaran la mano derecha y si alguna vez falto a mi deber...

Un grito de rabia que resonó a lo lejos, en la soledad pantanosa, seguido casi inmediatamente por otro de dolor, le hizo interrumpirse. Levantaron nuevamente el vuelo los pájaros despavoridos, sus alas ensombrecieron la tierra y cuando volvió a restablecerse el silencio en el páramo, sólo

76

turbado por el aleteo de los patos al volver a posarse y el sordo rumor de la resaca, aún resonaba en mi oído aquel grito escalofriante de agonía.

Tom se había levantado, comprendiendo el significado de aquella queja, como un caballo repentinamente espoleado; en cambio, Silver no hizo el menor movimiento de sorpresa o de horror y permaneció apoyado ligeramente en su muleta, observando la reacción de su compañero, como serpiente que se dispone a lanzarse sobre su presa.

—John —gritó el marinero extendiendo hacia él los brazos.

—¡Baja las manos, hijo mío! —exclamo John poniéndose en pie y dando un salto atrás con increíble ligereza.

—Las bajo, Silver —respondió el marinero—; muy negra debéis tener la conciencia cuando cualquier movimiento os asusta. Pero, en nombre del cielo, decidme: ¿qué significa ese grito?

—¿Eso? —respondió Silver, receloso, fijando en Tom sus pupilas contraídas, que brillaban como puntas de diamante—. ¿Eso? Supongo que habrá sido Alan.

Enardecióse Tom como un héroe al escuchar la cínica respuesta.

—¿Alan? ¡Que Dios le acoja en la gloria! Y ahora, Silver creo que ya hemos hablado bastante. Hasta hoy fuimos amigos, pero de ahora en adelante no podemos serlo y, si he de morir como un perro, prefiero caer cumpliendo con mi deber... Han asesinado a Alan porque vos lo mandásteis ¿no es cierto? Pues bien, matadme también a mí, si podéis hacerlo.

Al decir esto, el valiente Tom le volvió la espalda a Silver y encaminóse hacia la orilla; sin embargo, no había de llegar muy lejos. John, asiéndose a la rama de una encina con la mano izquierda, cogió la muleta con la diestra y después de balancearla un momento, la arrojó con furia a la espalda de Tom.

La punta del palo le dio en medio de la espina dorsal con un golpe sordo y el pobre muchacho levantó convulsivamente los brazos y cayó sin sentido.

No podría decir si aquel golpe le produjo la muerte, porque el cocinero se le echó encima en el acto y hundió dos veces su cuchillo hasta el mango en el indefenso cuerpo del caído. Estaba tan cerca de ellos mi escondrijo, que pude oír claramente y con indecible espanto el jadeo bestial de Silver cuando asestó los dos tremendos golpes.

No sé lo que es desmayarse del todo, pero recuerdo que en aquel momento todo giraba en torno mío: Silver, las bandadas de patos, las cimas del *Catalejo* y la marisma, como si un gigantesco torbellino las arrastrara, mientras un gran estruendo de voces y de campanadas me ensordecía.

Cuando me recobré, el asesino había recuperado su sangre fría y estaba de pie, con el sombrero puesto y apoyado en su muleta. Ante él, yacía el inanimado cuerpo de Tom; sin mirar siquiera a su víctima, acercóse John a una mata alta y limpió en ella su cuchillo. Nada había cambiado: seguía el sol implacable levantando el húmedo vaho de la marisma y me pareció imposible que un momento antes se hubiera cometido allí un crimen, sin que yo hubiese podido hacer nada para evitarlo.

Cuando hubo limpiado el largo cuchillo, Silver sacó del bolsillo un silbato y moduló varios sonidos que sin duda debieron oírse desde muy lejos en aquel solitario paraje. Yo ignoraba el significado de aquellos silbidos, pero me hicieron temer que acudieran los demás marineros y me descubriesen. Alan y Tom ya habían sido víctimas de la crueldad de Silver; ¿qué harían con el grumete si le apresaban?

Arrastrándome tan rápida y silenciosamente como me fue posible, me retiré hacia atrás, dirigiéndome a la parte libre del bosque. Oía las llamadas y voces que se cruzaban entre Silver y sus gentes y la proximidad del peligro me daba ánimos para correr con mayor celeridad. Apenas estuve fuera de la maleza, corrí como no había corrido nunca, sin saber ni pretender averiguar la dirección en que huía, pues sólo me guiaba el deseo de alejarme todo lo posible de Silver y de sus secuaces; a medida que aumentaba la distancia entre ellos y yo, crecía mi espanto, hasta que el miedo se transformó en frenético terror. Me creí irremisiblemente perdido. ¿Cómo había de atreverme a regresar a la costa y embarcar en uno de los botes cuando sonara la señal de volver a bordo, junto a mis enemigos, cuyas manos estaban manchadas de sangre aún caliente? El primero que me pusiera la mano encima, me retorcería el cuello con la misma indiferencia que si matara un pollo; además, mi ausencia les daría a entender que únicamente me quedaba la alternativa de escoger entre morir de hambre o entregarme a ellos. ¡Adiós, *Hispaniola*; adiós *squire*, capitán y doctor; adiós ilusionado regreso a la patria!

Entretanto, no había dejado de correr y, sin darme cuenta, llegué al pie de aquella colina que terminaba en dos altos y pedregosos picos, situada en un paraje donde las encinas crecían ya más espaciadas, pareciéndose más, por su altura y robustez, a los árboles de la selva. Entre estos árboles había algunos pinos de cincuenta y hasta sesenta pies de altura y el aire parecía más fresco que en la marisma. En este lugar, un nuevo e inesperado motivo de inquietud me hizo detener de pronto, con el corazón sobresaltado.

CAPÍTULO III

EL HOMBRE DE LA ISLA

Por una de las laderas de la colina, que en aquel sitio era muy pedregosa y escarpada, rodó de pronto un guijarro que llegó hasta muy cerca del punto en que yo me encontraba. Instintivamente miré hacia arriba y vi que una sombra se ocultaba rápidamente detrás del grueso tronco de un pino. Tan poco tiempo pude observarla que me fue imposible precisar si aquel movimiento lo había hecho un hombre, un mono o un oso; lo único que pude apreciar con claridad, es que aquel ser parecía negro y cubierto de hirsuto pelo. El terror que me produjo esta visión, me dejó como clavado en el suelo y no pude dominar mi pánico, pues creía estar sitiado entre los asesinos y aquel ser indefinible que debía estar espiando atentamente mis movimientos. Sin embargo, consideré que sería mejor afrontar un peligro conocido que arriesgarme a desafiar aquellos cuya naturaleza y consecuencias ignoraba. Comparándolo con la misteriosa criatura oculta entre los árboles, Silver me parecía menos terrible y decidí retroceder. Miré hacia atrás, sin volver la cabeza del todo y eché a correr hacia la playa, dispuesto a llegar hasta las chalupas de *La Hispaniola*. Creí alejarme así de la extraña silueta, pero cuando ya esperaba verme libre de su presencia, reapareció ante mí, después de haber dado un gran rodeo entre los árboles. Yo estaba muy fatigado, casi exhausto, pero, aunque no hubiera sido así, al punto me di cuenta de que era imposible competir en ligereza con mi rival. Se deslizaba de un árbol a otro con la velocidad de un gamo y, aunque corría como un ser humano, inclinaba tanto el tronco hacia adelante que ningún otro hombre hubiera podido correr en igual posición. Cuando le observé con mayor detenimiento, no me cupo la menor duda de que era un hombre. Recordé entonces las historias de caníbales que me habían contado y poco me faltó para gritar pidiendo socorro; sin embargo, la seguridad que aquel ser era un hombre, salvaje tal vez, pero hombre, me reanimó, acrecentando de nuevo mi temor a Silver.

Me detuve mirando a mi alrededor por si veía algún sitio por el que pudiera escapar y, mientras pensaba en ello, recordé la pistola que llevaba conmigo; desvaneciéronse mis temores al comprender que ya no estaba a merced de aquel hombre y fui resueltamente hacia él. En aquel momento, se había ocultado detrás de un árbol, pero debió observar mis movimientos, pues apenas empecé a andar hacia él, se mostró y vino a mi encuentro. Sin embargo no estaba decidido a reunirse conmigo, pues retrocedió al momento y, después de aproximarse lentamente otra vez, se puso de rodillas y juntó las manos con gesto de súplica.

—¿Quién sois? —le pregunté extrañado.

—Benjamín Gunn —me contestó con una voz tan ronca como el ruido de una sierra oxidada—. Soy el pobre Ben Gunn y hace tres años que no hablo con un ser humano.

Noté entonces que aquel desgraciado era blanco y que sus facciones no eran desagradables. Las partes visibles de su cuerpo estaban tostadas por el sol; tenía labios muy oscuros y la dulce expresión de sus ojos resaltaba extraordinariamente en su cara, curtida por el sol y el aire. De todos los hombres harapientos que había visto o imaginado en mi vida, ninguno le igualaba en miseria. Iba vestido con girones de velas y telas embreadas. En la cintura llevaba una vieja correa con hebilla de cobre, que era la única pieza sólida de su increíble vestido.

—¡Tres años! —exclamé—. ¿Naufragásteis a la altura de esta isla?

—No, amigo mío. Me *dejaron*.

Yo había oído ya esta palabra y sabía que con ella se designaba un castigo terrible, bastante frecuente entre piratas, que consistía en abandonar al que violara las órdenes de su capitán en alguna isla desierta, sin dejarle más que un fusil y un poco de pólvora.

—Hace ya tres años que me dejaron aquí y desde entonces he vivido alimentándome de carne de cabra, bayas y ostras... Ya ves que por muy difíciles que sean las circunstancias, un hombre siempre encuentra forma de no morirse de hambre; sin embargo, deseo comer algo de lo que comen los cristianos. ¿No tendrás, por casualidad, un trozo de queso? ¿No? Durante las interminables noches que he pasado en esta isla, más de una vez lo he comido en sueños pero al despertarme... ¡Nada!

—Si puedo regresar a bordo —le prometí—, tendrás tanto como quieras. Entretanto, me acariciaba las manos, tocaba la tela de mi traje y miraba con asombro mis gruesos zapatos, mostrando, durante los intervalos de nuestra conversación una alegría infantil, por hallarse junto a un semejante; pero al oír mis últimas palabras se apartó de mí con recelosa sorpresa.

—¿Quién te impedirá regresar? —preguntó.

—Estoy seguro de que tú no te opondrás.

—¡Tienes razón, muchacho! —exclamó—. Y ahora, dime, ¿cómo te llamas?

—Me llamo Jim.

—¡Jim, Jim! —exclamó como si mi nombre fuera para él motivo de alegría—. He vivido tan duramente aquí, que te daría vergüenza saberlo. ¿Tú podrías creer, por ejemplo, viéndome reducido a tan miserable condición, que tuve una madre buena, cariñosa, una verdadera santa?

—La verdad es que resulta un poco dudoso... —reconocí.

—¡Ah! Sin embargo, es verdad: fue una santa. Yo era entonces un chiquillo limpio y piadoso que sabía recitar el catecismo tan deprisa que no hubieras podido separar una palabra de otra al oírme. ¡Ya ves, Jim, dónde estoy ahora! ¡Mi desgracia empezó el día en que por primera vez jugué a las chapas sobre las losas del cementerio! Mi madre me advertía constantemente que por aquel camino no podría hacer nunca nada bueno y tuvo razón; no hice caso de sus consejos y la Providencia me ha traído a esta isla para que purgue en ella las innumerables faltas que he cometido.

Aquí he podido darle vueltas en la cabeza a todo y ahora soy tan piadoso como lo era en mi niñez. Nadie conseguirá que vuelva a beber... bueno, como no sea un traguito de ron... sólo un trago, de vez en cuando... Estoy dispuesto a seguir por el buen camino y ya sé lo que debo hacer. Además, Jim —añadió bajando la voz y mirando recelosamente a su alrededor—, ¡soy rico, inmensamente rico!

Temí que el aislamiento le hubiera hecho perder el juicio a aquel pobre diablo y supongo que debió leer esta sospecha en mi expresión, porque dijo con vehemencia:

—¡Rico! ¡Rico! ¡Y te aseguro que vas a dar gracias al cielo por haber sido el primero en encontrarme!

Al decir esto, su rostro adoptó una expresión sombría y, apretándome la mano, levantó el dedo amenazadoramente preguntando con ansiedad:

—Jim, dime la verdad; ¿es ese el barco de Flint?

Ocurrióseme entonces una idea feliz y, convencido de que Ben sería nuestro aliado, le contesté:

—¿Hay algún marinero con una pierna...?

—¿Silver? — le interrumpí.

—¡Ah, Silver! Así se llamaba.

—Es el cocinero del barco y, además, cabecilla del motín.

—Si es Silver quien te envía me doy por muerto, pero no creas que te espere mejor suerte.

En un momento, resolví lo que tenía que hacer y, a manera de respuesta, le conté todo lo que nos había sucedido, haciéndole ver claramente lo peligroso y comprometido de la situación en que nos encontrábamos. Me escuchó con extraordinario interés y, cuando hube acabado de hablar, me dio unas palmadas en la espalda.

—Eres un buen chico, Jim. Mal están vuestros asuntos, pero si tenéis confianza en mí, podré sacaros del atolladero. ¿Crees que si os ayudo y consigo salvaros, el *squire* se mostrará generoso conmigo?

Le repuse que Trelawney era el más generoso de los hombres.

—No lo dudo, muchacho —dijo Ben Gunn—; pero no me interesa que me coloque de portero en cualquier casa de Inglaterra, me haga vestir una librea o me conceda cualquier recompensa parecida... no he nacido para eso, Jim. Quiero decir si llegaría a entregarme unas mil libras cuando se repartiera el tesoro.

—Puedo asegurar que sí, porque desde el principio se decidió que cada hombre tuviera una parte.

—¿Y el viaje de vuelta? — me preguntó con maliciosa mirada.

—¡El *squire* es un caballero! —exclamé—. Y, además, si conseguimos desembarazarnos de los sublevados, nos harán falta hombres para la maniobra.

—Sí; me necesitaréis —dijo, ya tranquilizado—. Ahora voy a contarte algo y de buena gana te lo diría todo, si pudiera hacerlo... Yo pertenecía a la tripulación que navegaba a las órdenes de Flint cuando vino a esta isla para enterrar el tesoro. Seis hombres muy vigorosos bajaron a tierra con él para esconderlo y permanecieron aquí durante una semana. Nosotros les esperábamos en el viejo *Walrus*... Un día oímos la señal de regreso y Flint llegó solo, en una barquichuela y con la cabeza envuelta en un pañuelo azul. Empezaba a salir el sol y pudimos observar que estaba muy pálido. Los seis que desembarcaron con él estaban muertos y enterrados. ¿Cómo pudo vencerles? Nadie a bordo pudo saberlo. Lo cierto es que luchando con ellos o asesinándoles, volvió solo. Billy Bones era el piloto y John Silver el contramaestre; ambos le preguntaron dónde estaba el tesoro. "Si queréis ir a tierra a buscarlo", les contestó "podéis hacerlo, pero el barco se hará nuevamente a la mar, en busca de riquezas". Hace tres años, y yendo yo en otro barco, dimos vista a la isla; entonces, les dije a mis compañeros: "Ahí está el tesoro de Flint, muchachos. Deberíamos desembarcar y buscarlo". Todos los marineros aceptaron mi proposición y desembarcaron, aunque el capitán no parecía estar conforme. Durante doce días buscamos inútilmente y, a medida que su desilusión crecía, me trataban con mayor dureza y desprecio; una mañana decidieron volver a bordo. "Toma, Ben Gunn" me dijeron entregándome un mosquete, un azadón y un pico. "Te dejaremos aquí solo y así podrás buscar con tiempo y tranquilidad el tesoro de Flint". No he comido desde hace tres años nada que sea digno de despertar el apetito de un hombre. Tres años interminables... Ahora, escúchame, Jim; ¿tengo yo aspecto de ser simple marinero? ¿Verdad que no? Pues bien, no lo era, te lo aseguro. —Guiñó un ojo y me pellizcó amistosamente—. Eso es lo que has de decirle al *squire*; repítele estas palabras: *No lo es ni lo ha sido nunca. Durante tres años, Ben Gunn ha sido el único habitante de esta isla y ha vivido a la intemperie con bueno o mal tiempo, pensando unas veces en su buena madre, que acaso vive aún, y rezando otras, pero ocupado la mayor parte del tiempo en otra cosa muy distinta.* Repítele estas mismas palabras al *squire* y, cuando le digas la última frase, pellízcale así... —Nuevamente Ben me pellizcó, adoptando una expresión confidencial—. Luego —prosiguió—, dile que Gunn es un buen hombre y tiene mucha más confianza (no olvides decirle esto exactamente), muchísima más confianza en un caballero de estirpe que en los caballeros de fortuna que ha tratado hasta ahora, pues fue uno de ellos y ha podido conocer bien sus traiciones y trapacerías.

—Está bien; yo repetiré cada una de las palabras que me has dicho, aunque no comprendo en lo más mínimo su significado; pero, lo que me interesa ahora, es hallar un medio para volver al barco.

—¡Eso es lo importante, tienes razón! Puedes utilizar el bote que me hice; lo tengo escondido bajo la roca blanca y, si no hubiera otro remedio, podríamos utilizarlo cuando caiga la noche.

En aquel momento y, aunque faltaban dos horas para la puesta del sol, el estampido de un cañonazo hizo retumbar todos los ecos de la isla.

—¡Ha empezado la lucha! —exclamó—. ¡Ven conmigo!

Y, olvidando mis temores, eché a correr hacia el fondeadero, seguido por Ben Gunn.

—¡A la izquierda, a la izquierda, Jim! —me dijo—. Corre siempre entre los árboles. Mira, allí maté la primera cabra... Ahora se han refugiado en la cima de los montes para evitar mis disparos. En esos montículos está el cementerio; allí acostumbro a ir a rezar cuando me parece que es domingo. No es precisamente una capilla, pero este lugar tiene cierta solemnidad; para Ben Gunn hay suficiente con eso, pues no tiene sacerdote, bandera, ni Biblia.

Siguió hablando mientras corría, a pesar de que yo no le contestaba. El cañonazo fue seguido, al cabo de un largo intervalo, por una descarga de fusilería. Hubo una nueva pausa y entonces, a menos de un cuarto de milla del lugar en que nos encontrábamos, vi ondear la bandera inglesa entre los árboles.

LIBRO IV

CAPÍTULO I

EL FORTÍN

(Relato continuado por el doctor)

Alrededor de la una y media, los botes de *La Hispaniola* se dirigieron a tierra, tripulados por Silver y los demás bribones. El capitán, el *squire* y yo, nos habíamos reunido en la cámara para discutir lo que convenía hacer. Si hubiera soplado la más ligera brisa, nos habríamos lanzado contra los seis hombres que a bordo quedaban y, una vez dominados, nos habríamos hecho inmediatamente a la mar; pero, desgraciadamente, no podíamos contar ni con una débil racha de viento y, para colmo de males, Hunter vino a decirnos que Jim Hawkins se había ido a tierra con los marineros. No se nos ocurrió pensar que el grumete se había unido a los amotinados, pero creímos que tratándose de enemigos tan crueles, quedaban pocas probabilidades de volver a verle. Subimos corriendo a cubierta. La brea parecía arder en las junturas de los tablones y del agua subía un olor pestilente. Creo que ningún otro sitio ofrecería condiciones más favorables al desarrollo de las fiebres y de la disentería, que aquel asqueroso fondeadero caldeado como un horno por los ardientes rayos del sol. Los seis bribones que se habían quedado a bordo, murmuraban en el alcázar, a la sombra de la cangreja.

Desde la fragata podíamos ver las canoas que habían ido a tierra, amarradas en la desembocadura del río y custodiadas cada una por un hombre. Uno de los guardianes estaba silbando la canción *Lilibulero*. Nuestro nerviosismo e impaciencia hacían insoportable la espera y acordamos que Hunter y yo iríamos a tierra, en el chinchorro, para explorar el terreno. Las lanchas de los amotinados estaban situadas a la derecha, por lo que nos dirigimos en dirección contraria, remando hacia el lugar en que, según el mapa de Billy, se alzaba el fortín.

Al vernos, los hombres que custodiaban las lanchas, dieron muestras de inquietud y noté que discutían acerca de lo que debían hacer. Si hubieran decidido prevenir a Silver, las cosas habrían sucedido de muy distinta forma, pero acordaron quedarse donde estaban. En aquel lugar, la costa doblaba ligeramente y remé de manera que la tierra quedara entre ellos y nosotros, así que, antes de desembarcar, perdimos de vista las lanchas. Cuando salté a tierra, eché a andar a toda prisa, poniéndome un pañuelo de seda bajo el sombrero para resguardarme del sol y empuñando dos pistolas cebadas y amartilladas por si me veía obligado a defenderme. A unos cien metros del lugar donde habíamos desembarcado, estaba el fortín, reducto hecho con troncos de árboles, capaz de albergar a unas cuarenta personas, provisto de numerosas aspilleras y construido por los filibusteros en la cima de una elevación del terreno. Junto al fortín, manaba una fuente de agua potable. Alrededor de esta construcción, había un gran espacio desembarazado de árboles y una empalizada de seis pies de altura, sin puerta, ni abertura alguna, demasiado expuesta a los tiros de los que ocuparan el fortín para que pudiera ser tomada al asalto.

Desde la cabaña, los sitiados podían defenderse con poco riesgo, cazando como perdices a los que intentaran acercarse al recinto exterior y para poder resistir un largo asedio, únicamente les hacía falta disponer de víveres suficientes, ya que, de no ser atacados por sorpresa, estaban en condiciones de hacer frente a un batallón.

Lo que más me sedujo desde el primer momento, fue el manantial, pues si bien teníamos de todo en la cámara de *La Hispaniola*, vituallas, municiones, armas y vinos, nos faltaba lo principal: el agua. Pensaba en esto, cuando resonó en el silencio de la isla el grito horrorizado de un hombre que, sin duda, iba a morir de muerte violenta. Yo estaba acostumbrado a sufrir emociones parecidas sin perder el dominio de mis nervios, pues serví en el ejército del duque de Cumberland y caí herido en la batalla de Fontenoy, pero al escuchar aquella queja se me heló la sangre en las venas. "Han matado a Jim Hawkins", pensé inmediatamente.

Bueno es tener experiencia militar y mejor aún ser médico, pues en nuestra profesión no se pierde tiempo en vacilaciones. Volví corriendo a la orilla y salté al chinchorro; afortunadamente, Hunter era un buen remero y no tardamos en llegar a *La Hispaniola*.

Todos estaban consternados, pues el grito de agonía les produjo un gran sobresalto. El *squire* estaba sentado en cubierta, pálido como un difunto y lamentando todo el daño que sus indiscreciones nos habían producido. Uno de los facinerosos que había permanecido a bordo, no parecía estar menos impresionado que él.

—He ahí un hombre —dijo el capitán Smollett señalándole—, que es novato en estas aventuras: ha estado a punto de desmayarse al oír el grito. Si empujamos un poco el timón con habilidad, no tardará en ser de los nuestros.

Smollett aprobó enseguida mi plan y acordamos los pormenores de su realización. Situamos al viejo Redruth en la galería de combate, entre la cámara y el castillo de proa, con tres o cuatro fusiles cargados y un colchón para que le sirviera de barricada.

Hunter condujo la canoa bajo el portalón de popa y Joyce y yo empezamos a cargar en ella botes de pólvora, mosquetes, sacos de galletas, barriles de carne de cerdo salada, un barril de coñac y mi inapreciable caja quirúrgica. Mientras llevábamos a cabo esta labor, el capitán y el *squire* permanecieron sobre cubierta y el primero llamó al patrón de chalupa, que era el principal de los amotinados que guardaban la goleta.

—Hands —le dijo secamente Smollett —; aquí estamos un par de hombres con dos pistolas cada uno y si alguno de vosotros hace la menor indicación a los que están en tierra, puede darse por muerto.

Quedaron muy sorprendidos de momento, pero después de una breve consulta, fueron bajando uno a uno al rancho de la marinería con la intención, sin duda, de atacarnos por la espalda. Pero cuando vieron que Redruth les apuntaba en la galería, viraron en redondo y se dispersaron por el barco.

—¡Atrás, perro! —gritó el capitán, viendo aparecer la cabeza de uno. Desapareció el interpelado y no volvió por entonces a hablarse más de aquellos seis tímidos rebeldes.

Mientras, nosotros habíamos cargado en la canoa cuanto fue posible; Hunter, Joyce y yo, salimos por el portalón de popa y remamos hacia la orilla tan deprisa como pudimos. Esta segunda salida nuestra les llamó la atención a los hombres que custodiaban las barcas. El que estaba silbando *Lilibulero* se interrumpió, al mismo tiempo que doblábamos la punta de tierra y su compañero saltó y desapareció corriendo entre los árboles.

Estuve a punto de cambiar mis planes y destruir sus barcas, pero temí que Silver y los suyos estuvieran cerca y me dije que quizá iba a perderlo todo por pretender demasiado.

Desembarcamos en el mismo sitio que la vez anterior y nos dirigimos enseguida al fortín para llevar a él la carga. Los tres hicimos el primer viaje cargadísimos y arrojamos nuestras provisiones por encima de la empalizada, dejando a Joyce de guardia y compensando su soledad con la compañía de seis fusiles. Volví con Hunter a la orilla para seguir descargando la canoa y así lo hicimos, sin un momento de descanso, hasta que todo estuvo dentro del fortín. Entonces los dos criados se parapetaron y yo volví a *La Hispaniola*, remando con todas mis fuerzas.

El hecho de que nosotros nos arriesgáramos a hacer un segundo viaje, parece más peligroso de lo que fue en realidad, pues si los marineros tenían la ventaja de ser superiores a nosotros en número, carecían de fusiles y antes de que pudieran acercarse a tiro de pistola, podíamos abrasarles impunemente a mosquetazos.

El *squire* me esperaba en el portalón de popa, sin dar muestras de su pasada debilidad. Cogió la amarra, la sujetó y cargamos nuevamente el bote con carne de cerdo, pólvora, galleta y un fusil y un cuchillo para cada uno. El resto de las armas y de la pólvora lo echamos por la borda y quedó a unas dos brazas y pico de profundidad, de manera que el acero reflejaba los rayos del sol sobre el fondo liso y arenoso. La marea empezaba a bajar y *La Hispaniola* derivaba hacia el ancla. Oímos lejanas voces que llamaban en dirección a las barcas y como esto nos tranquilizó respecto a la suerte que hubieran podido correr Hunter y Joyce, pues se encontraban bastante más lejos y hacia el Oeste, decidimos dirigirnos a tierra.

Redruth dejó su puesto en la galería y se reunió con nosotros en el bote, que habíamos acercado al velero para que Smollett pudiera embarcar cómodamente.

—¡Eh, muchachos! —gritó dirigiéndose a los que suponíamos que ocupaban el castillo de proa—. ¿Me oís?

No recibió respuesta y prosiguió:

—¡A ti me dirijo, Abraham Gray!

Silencio.

—Gray —continuó el capitán alzando más la voz—, me marcho de este barco y te mando que sigas a tu capitán. Sé que en el fondo eres un buen hombre y que tanto tú como tus compañeros no sois tan malos como queréis hacernos creer. Muchacho, con el reloj en la mano, te concedo treinta segundos de plazo para que te decidas.

Gray no daba señales de vida.

—Vamos, amigo mío —prosiguió Smollett —. No pierdas tiempo. A cada segundo que pasa, aumenta el peligro que se cierne sobre mi vida y la de estos señores que me acompañan.

Oyóse ruido de golpes y Abraham Gray apareció con la mejilla acuchillada.

—Aquí estoy, señor —dijo corriendo hacia el capitán.

Inmediatamente, Smollett y él embarcaron en la canoa y remamos con fuerza separándonos de *La Hispaniola*.

Habíamos conseguido salir del barco, pero nuestra situación seguía siendo muy comprometida. Aún nos faltaba llegar a tierra y reunirnos sanos y salvos en el fortín.

CAPÍTULO II

EL ÚLTIMO VIAJE DEL CHINCHORRO

(El doctor prosigue el relato)

Esta vez no fue tan sencillo como las anteriores llegar a tierra en la ligera embarcación. En primer lugar, iba excesivamente cargada, pues el peso de cinco hombres maduros, tres de ellos medían más de seis pies, constituían ya un peso superior al que podía soportar, al que hay que añadir el de las provisiones que transportábamos; la borda iba casi hundida por la popa en el mar; varias veces embarcamos agua y mi calzón, así como los faldones de la casaca, quedaron empapados antes de que hubiéramos recorrido cien metros. El capitán nos hizo cambiar de sitio para equilibrar el bote y conseguimos que navegara con mayor seguridad, pero aun así apenas nos atrevíamos a respirar. Además, la marea descendía, formando una fuerte corriente hacia el Oeste, a través de la ensenada, y luego, en dirección al Sur, a lo largo del canal que recorrimos por la mañana. Incluso el oleaje era un peligro para nuestra sobrecargada embarcación, aunque el mayor riesgo que corríamos, era el de ser apartados de nuestra ruta por la corriente y arrastrados lejos del punto en que debíamos desembarcar. Hubimos, pues, de remar contra la corriente para no llegar a la costa cerca del sitio en que estaban las barcas de los amotinados, donde Silver y los suyos podían aparecer de un momento a otro.

—No puedo conservar, la proa enfilada hacia el fortín — le dije al capitán. Yo llevaba el timón, mientras Redruth y Smollett, menos fatigados, manejaban los remos.

—La marea sigue desviándonos —continué—. ¿No pueden remar con más energía?

—Si lo hacemos, la canoa se llenará de agua y nos quedaremos aquí —contestó el capitán—. Tenéis que hacer un esfuerzo, doctor, y mantener la proa contra la corriente.

—¡Así nunca llegaremos a tierra! —repuse.

—¡Lo único que podemos hacer es remontar la corriente! —exclamó el capitán—. Tened en cuenta, señor, que, de no hacerlo, Dios sabe dónde iremos a parar y, además, corremos el riesgo de ser abordados por las lanchas de los piratas. Si conseguimos ahora mantener el rumbo, la corriente no tardará en ceder y entonces...

—¡Doctor! ¡La corriente es menos fuerte ya! —gritó Gray que iba sentado junto al timón—. ¡Ya podéis aflojar un poco el timón!

—¡Gracias, amigo! —le dije tranquilamente, como si nada hubiera pasado, pues ya le tratábamos como a uno de los nuestros.

De pronto, el capitán exclamó con voz que me pareció alterada:

—¡El cañón!

—Ya pensé en él —repuse comprendiendo que se refería a la posibilidad de que cañonearan el fortín—; pero no podrán desembarcarlo y, aunque lo hicieran, no podrían llevarlo a través del bosque.

—¡Mire atrás, doctor! —contestó el capitán.

Habíamos olvidado el cañón de *La Hispaniola* y cuando, siguiendo la recomendación del capitán, volvimos la vista atrás, observamos que los cinco bribones se movían alrededor de la pieza, quitando la gruesa lona que la cubría. En aquel momento recordé que la pólvora y las balas estaban en la bodega de popa y que les bastaría dar unos cuantos hachazos sobre la puerta para apoderarse de las municiones.

—Israel Hands fue uno de los artilleros de Flint —dijo Gray con voz sorda.

Desafiando el peligro, seguimos hacia adelante. Habíamos dejado atrás la corriente y, aunque avanzábamos muy despacio, yo podía llevar con facilidad el timón; desgraciadamente, nuestra lancha ofrecía un blanco magnífico a los tiradores de *La Hispaniola*, pues quedábamos completamente de lado y no de popa. Tan cerca estábamos de la fragata que podíamos oír la voz de Hands mientras hacía rodar una bala para acercarla al cañón.

—¿Quien es el que tiene mejor puntería? —preguntó Smollett.

—Creo que nadie puede aventajar a Trelawney —repuse.

—Señor, ¿queréis librarnos de uno de esos hombres? —preguntó el capitán dirigiéndose al *squire*—. Lo mejor sería que apuntárais a Israel Hands.

Con extraordinaria frialdad, Trelawney cogió un mosquete y examinó la carga.

—Ahora —ordenó el capitán—, colocaos bien para que no zozobre la barca cuando disparéis. Los demás deben procurar estarse quietos mientras apunte el *squire*.

Trelawney apoyó el mosquete en el hombro, los remos se inmovilizaron y nosotros nos inclinamos sobre la borda contraria para mantener el equilibrio; con tanta destreza lo hicimos, que no entró en la barca ni una sola gota de agua.

En aquel momento, los piratas terminaban de enfilar hacia nosotros el cañón y Hands, que estaba delante de la pieza con el atacador, era el que más descubierto se ofrecía. Sin embargo, quiso la casualidad que se inclinara en el mismo instante en que Trelawney disparaba y la bala pasó silbando sobre su cabeza, hiriendo a uno de sus compañeros. El grito que dio aquel desgraciado fue inmediatamente

92

seguido por furiosas voces, no sólo de los que le rodeaban sino de los que estaban en tierra. Al mirar en esta dirección, vimos que los demás piratas acudían corriendo a la orilla y embarcaban a toda prisa.

—¡Ahí están las lanchas! —exclamé.

—¡Entonces, adelante, tan deprisa como podamos —le repuso el capitán—. No importa que embarquemos agua, pues si no conseguimos llegar a tierra, estamos perdidos.

—Observad, Smollett —le contesté—, que no han equipado más que uno solo de los botes. Es casi seguro que los tripulantes del otro habrán ido a cortarnos el paso por tierra.

—¡Dejadles que corran cuanto quieran! Los marinos en tierra no me inquietan. Es la bala de ese cañón lo que me preocupa ahora. ¡Pardiez! Ni siquiera mi criada podría fallar un tiro como el que preparan esos condenados... Señor Trelawney, cuando veáis arder la mecha, avisadnos y nos detendremos para afirmarnos con los remos.

Habíamos recorrido una distancia considerable, si se tiene en cuenta lo cargada que iba nuestra barca, y estábamos tan cerca de la orilla que nos bastaba dar treinta o cuarenta golpes de remos más para alcanzar la estrecha faja de arena que el bajamar había dejado al descubierto.

La persecución de la barca tripulada por los piratas no nos inquietaba ya, pues la pequeña punta de tierra se interponía entre ellos y nosotros, mientras la marea baja, que tanto nos había retrasado a nosotros, reparaba el perjuicio entorpeciendo el avance de los amotinados. El último peligro grave que corríamos, era el ser alcanzados por el disparo del cañón de *La Hispaniola*.

—Me siento inclinado a detenerme para despenar a otro granuja —dijo el *squire*.

Pero veíase claramente que nada podría detener a los de *La Hispaniola*; aprestábanse ya a disparar, sin hacer caso de su compañero herido, que se arrastraba penosamente por la cubierta.

—¡Van a disparar! —gritó el *squire*.

—¡Mantened firmes los remos! —respondió Smollett rápido como un eco.

Al mismo tiempo, él y Redruth hundieron con tanta fuerza las palas en el agua que la popa de la barca se hundió. En aquel instante se oyó el estampido del cañón. Nadie supo por donde pasó la bala, pero es de suponer que el aire levantado por el proyectil en su trayectoria a poca distancia de nuestras cabezas, contribuyera en no pequeña parte al desastre que sufrimos. La canoa hizo agua por la popa y se hundió suavemente, quedando a tres pies de profundidad. El capitán y yo nos encontramos de pie, uno frente a otro, mirándonos aturdidos; los demás emergieron enseguida, chorreando y escupiendo agua, pero sanos y salvos. Habíamos salvado la vida, pero nuestros víveres y municiones se habían ido a pique; de los cinco fusiles que sacamos de la fragata, sólo quedaban dos útiles: el mío, que mantuve en alto por instinto y el de Smollett, que lo llevaba en bandolera con la culata hacia arriba. Los demás se hundieron con la barca.

Desde el lugar en que habíamos zozobrado podíamos llegar vadeando a tierra; pero, en aquel momento y para colmo de males, oímos las voces de algunos hombres que se aproximaban por el bosque próximo a la orilla. Estábamos, pues, expuestos, no sólo a que nos impidieran llegar al fortín, sino, también, a que Hunter y Joyce, viéndose atacados por media docena de piratas, no tuvieran la presencia de ánimo suficiente para resistir hasta que pudiéramos ir en su ayuda; confiábamos en el valor de Hunter, pero Joyce era un hombre correcto, insustituible para cepillar un traje, mas no tenía aptitud militar alguna.

Preocupados por todo esto, ganamos la orilla, andando con toda la ligereza que el agua nos permitía, dejando atrás a la pobre canoa y a las municiones y víveres que con ella se fueron a pique.

CAPÍTULO III

EL FINAL DEL PRIMER DÍA DE COMBATE

(Continúa el relato el doctor Livesey)

Atravesamos corriendo la arboleda que nos separaba del fortín, oyendo cada vez más cerca las voces de los piratas. Pronto percibimos también el ruido que hacían al atravesar velozmente la maleza; dime cuenta de que la escara-

muza era ya inevitable y amartillé el mosquete, diciéndole
al mismo tiempo a Smollett:

—Capitán: Trelawney es el que mejor tira y creo que
debíais entregarle vuestro fusil, pues el suyo está mojado.

Cambiaron sus armas inmediatamente y Trelawney, con
la serenidad de que hacía alarde desde que empezó la lucha,
se detuvo un momento para examinar la que le había entregado Smollett; observé entonces que Gray no estaba armado y le di mi cuchillo. Nos tranquilizó mucho verle probar
la hoja en la palma de su mano y luego, con las cejas fruncidas, esgrimirla como si agrediera a un invisible enemigo,
pues aquellos movimientos indicaban que persistía en sus
leales propósitos.

Recorrimos unos cuarenta pasos más y, cuando llegamos al lindero del bosque, vimos ante nosotros el fortín.
Corrimos hacia la empalizada y, al mismo tiempo, seis piratas capitaneados por el contramaestre Job Anderson salieron
del bosque gritando como condenados. Detuviéronse sorprendidos al vernos y antes de que pudieran reaccionar disparamos sobre ellos, no sólo el *squire* y yo, sino también
Hunter y Joyce desde el fortín. Uno de los bribones cayó y
los otros se internaron a toda prisa en el bosque sin pensar
siquiera en hacernos frente. Cargando de nuevo los mosquetes, rodeamos la empalizada para ver al caído. Estaba
muerto: la bala le había atravesado el corazón. Empezába-
mos a felicitarnos por haber hecho huir tan pronto a nuestros enemigos, cuando sonó un disparo de pistola entre la
maleza; la bala pasó rozándome y Redruth vaciló, cayendo
de bruces. El *squire* y yo disparamos hacia los matorrales;
pero, como no vimos a nadie, es probable que no hiciéramos
más que gastar pólvora en balde. Amartillamos de nuevo los
mosquetes y nos inclinamos sobre Tom, al que ya auxilia-
ban Gray y Smollett. Me bastó mirarle para comprender que
estaba herido mortalmente y creo que la rapidez con que
disparamos hacia el bosque dispersó a los amotinados, permitiéndonos atender al desgraciado guardabosque y pasarlo
por encima de la empalizada sin ser nuevamente atacados.
El buen Redruth, que no había pronunciado nunca una palabra de sorpresa, queja o temor, desde que compartió los riesgos de nuestra aventura hasta aquel instante en que agonizaba tendido en la galería de la cabaña, nos evocó la imagen

95

de un troyano que muriese serenamente en el callejón de su muralla. Habíamos servido fielmente, cumpliendo sin vacilar nuestras órdenes y todos estábamos apenados por el próximo fin de aquel compañero que, a pesar de su edad, pues a cualquiera de nosotros nos llevaba veinte años o quizá más, cumplió siempre con su deber, sin medir obstáculos ni riesgos. El *squire* se arrodilló junto a él y le besó la mano llorando cómo un niño.

—¿Es que voy a morir, doctor? —preguntó.

—Amigo Tom... volverás a los lugares que recuerdas con cariño...

—Señor, hubiera querido disparar contra esos bribones antes de esto... pero...

—Tom —rogó el *squire* sollozando—, di que me perdonas.

—El respeto que os debo me impide hablaros así, pero ya que lo queréis, sea. ¡Amén!

Hizo una pausa y rogó que alguien leyera una oración.

—Acostumbra a hacerse siempre... —dijo como si se excusara.

Poco después y sin haber dicho nada más, expiró.

Entretanto, el capitán, cuyos bolsillos estaban extrañamente abultados, había ido sacando de ellos una gran cantidad de objetos diversos: la bandera británica, una Biblia, un rollo de cuerdas, una pluma, un tintero, un libro de derrota y algunos paquetes de tabaco.

En el espacio libre que existía entre la empalizada y el fortín había encontrado un grueso tronco de pino que colocó verticalmente, con la ayuda de Hunter, en un rincón de la cabaña donde se cruzaban los troncos formando un ángulo; trepando por él subió al techo del fortín y puso en la improvisada asta la bandera inglesa.

Esto pareció tranquilizarle y satisfacerle mucho; luego descendió y empezó a inventariar nuestras existencias en municiones y víveres, como si no existiera en el mundo nada más interesante; pero, al darse cuenta de que Tom agonizaba, se puso en pie descubriéndose respetuosamente y cuando el fiel criado expiró, acercóse a su cadáver con otra bandera inglesa que extendió sobre él.

—No os apenéis demasiado, señor —dijo estrechándole la mano a Trelawney—; nada ha de temer un hombre que muere defendiendo a su señor y obedeciendo a su capitán. Quizá lo que digo no sea teológico, pero es la verdad.

Luego, llamándome aparte con un gesto, me dijo:

—Decidme, doctor Livesey, ¿cuántas semanas faltan para que llegue el barco que prometió Blandly?

Le contesté que el plazo no era de semanas, sino de meses, indicándole que el barco de socorro sería enviado si no estábamos de vuelta en agosto, pero no antes.

—No os será difícil calcular el tiempo que falta —añadí.

—Pues bien —repuso Smollett rascándose la cabeza—, aunque tengamos en cuenta lo mucho que puede ayudarnos la Providencia, hay que reconocer que nos encontramos en un gran aprieto.

—¿Qué queréis decir?

—Es una lástima que hayamos perdido la carga del chinchorro en nuestro último viaje y lo que quiero decir es que, si bien tenemos municiones suficientes, nuestros víveres son tan escasos que quizá un hombre menos sea un gran alivio para nosotros...

Y al decir esto señaló el cadáver de Redruth.

En aquel momento, una bala de cañón pasó silbando sobre el techo del fortín y fue a caer lejos, en el bosque.

—¡Seguid tirando, amigos! —gritó el capitán.— ¡Seguid tirando, que ya os queda poca pólvora!

Al segundo tiro, apuntaron mejor y el proyectil cayó en el interior de la empalizada, levantando una nube de arena, pero sin producir daño alguno.

—Capitán —dijo el *squire*—, desde *La Hispaniola* no se ve el fortín y, por tanto, deben apuntar a la bandera. ¿No sería conveniente arriarla?

—¿Arriar la bandera? —gritó Smollett—. Nunca. No lo haré por nada del mundo.

Apenas pronunció estas palabras, compartimos todos su deseo, pues aparte de que el pabellón representaba la justicia de nuestra actitud, era una prueba de que despreciábamos los disparos de los forbantes.

Durante toda la tarde siguieron disparando. Los proyectiles caían unas veces muy cerca y otras muy lejos, pero se veían obligados a tirar tan alto para que las balas salvaran el bosque y fueran a caer en el fortín, que llegaban a nosotros sin fuerza y se hundían blandamente en la arena.

Protegidos por las paredes del reducto no temíamos las consecuencias del cañoneo y, aunque una bala atravesó el techo y se hundió en el suelo, pronto nos acostumbramos al juego y lo consideramos como si se tratara de una molesta partida de *cricket*.

—Creo que algo bueno podría salir de este bombardeo —dijo el capitán—, pues es probable que la arboleda que se extiende ante el fortín esté libre de enemigos y como la marea habrá ya bajado mucho, quizá podamos recuperar una parte de los víveres que se fueron a pique. ¡Vamos, amigos: dos voluntarios que se presten a ir conmigo en busca de carne!

Gray y Hunter fueron los primeros en ofrecerse y, una vez armados, los tres saltaron la empalizada adentrándose en el bosque. Sin embargo, el intento fue inútil, pues los piratas o eran más atrevidos de lo que suponíamos o tenían demasiada confianza en la efectividad del cañoneo, porque cuatro o cinco estaban recogiendo nuestras provisiones y trasladándolas a una barca que se mantenía cerca de la orilla, contrarrestando la fuerza de la corriente con algunos golpes de remo. Silver, que estaba sentado en la popa del bote, dirigía la operación y los otros piratas iban armados con mosquetes, salidos, sin duda, de algún secreto escondrijo.

Por tanto, el capitán y sus dos acompañantes no tardaron en regresar y aquél, sentándose ante el libro de derrota, empezó a escribir. He aquí el principio de lo que entonces redactó:

Alejandro Smollett, capitán; David Livesey, médico de a bordo; Abraham Gray, ayudante de carpintero; John Trelawney, armador; Jonh Hunter y Ricardo Joyce, criados del armador, únicos que han permanecido fieles entre la tripulación del navío, con víveres para diez días a media ración, han izado la bandera británica en el fortín de la Isla del Tesoro; Tomás Redruth, criado del armador, ha sido muerto por los rebeldes; Jim Hawkins, grumete...

Y, al mismo tiempo que yo pensaba, preocupado, en la suerte de Jim, oímos voces por la parte de tierra.

—Alguien nos llama —vino a decirnos Hunter que era el centinela.

98

—¡Doctor! ¡*Squire*! ¡Capitán!... ¡Oye, Hunter! ¿Estáis ahí?

Corrí a la puerta y vi que Hawkins, sano y salvo, saltaba en aquel momento la empalizada.

CAPÍTULO IV

LOS DEFENSORES DEL FORTÍN

(Jim Hawkins prosigue su interrumpido relato)

Apenas vio Ben Gunn la bandera, se detuvo cogiéndome del brazo para que le imitara y luego, sentóse en el suelo diciendo:

—¡Bueno, ahí están tus amigos!

—Temo que sean los piratas —le contesté.

—¡Quiá! En un lugar como éste, sólo frecuentado por caballeros de fortuna, Silver hubiera izado la bandera negra; puedes tener la seguridad de que tus amigos se han refugiado en ese viejo reducto construido por Flint. ¡Ah! ¡Ese Flint era un gran hombre! Exceptuando el ron, nada, ni nadie, pudo ponerse a su lado o aventajarle... No conocía el miedo, aunque ¡eso sí! temía a Silver.

— Es posible que así sea —le respondí— y esa es una razón más para que procure reunirme cuanto antes con los míos.

—Ve, pero yo no te acompaño. Tú eres un buen muchacho y muy inteligente, pero piensas como un chico; Ben Gunn es más perspicaz y no te acompañaría, aunque le prometieras una cuba de ron, antes de que ese caballero de linaje dé su palabra de honor. Sobre todo, no olvides repetir que Ben Gunn es bueno y que le pide una muestra de confianza; al decirle eso, pellízcale.

Por tercera vez y con la misma expresión maliciosa en sus curtidas facciones, me pellizcó el brazo con fuerza.

—Ya sabes dónde encontrarme, Jim —continuó—; si os hago falta y el hidalgo ofrece garantías. Estaré en el mismo sitio donde hoy me viste. El que venga, deberá ir solo y llevar un trapo o cualquier otra cosa blanca en la mano. Dile al caballero, que Ben Gunn tiene poderosas razones para exigir eso...

99

—Bien, bien; me parece comprender que tienes que proponerle algo al *squire* o al doctor y necesitas hablar con ellos. ¿No es cierto?

—Sí. Yo estaré donde ya te he dicho, desde las doce de la mañana hasta las seis de la tarde.

—¿Puedo marcharme ya?

—Sí, sí, Jim; pero no olvides lo que te he pedido —rogó—; dile al caballero que hablaré cuando me garantice lo que le pido y que tengo poderosas razones para solicitar su palabra de honor. Y ahora, creo que puedes irte... Jim, te ruego que no me traiciones, si caes en manos de Silver... No le digas que estoy en la isla aunque te someta a tortura...

Sus palabras fueron interrumpidas por una fuerte detonación y un momento después una bala de cañón se hundía en la arena a menos de cien metros del lugar en que estábamos conversando; aquello bastó para que ambos huyéramos en direcciones opuestas. Durante una hora, siguieron cayendo proyectiles en el bosque y yo corría de un escondite a otro creyéndome perseguido por las terribles balas. Cuando el bombardeo llegaba a su fin, aunque no me atrevía a acercarme a la empalizada, donde continuaban cayendo balas constantemente, empecé a recobrar el ánimo y dando un gran rodeo hacia el Este, me escondí entre los árboles que crecían a la orilla del mar. Anochecía; la brisa marina agitaba las frondas y rizaba la gris superficie del fondeadero; la marea había bajado mucho, dejando al descubierto grandes extensiones de arena; el viento, muy fresco después del sofocante calor de la tarde, me hacía tiritar bajo mi chaqueta de marinero.

La Hispaniola estaba anclada en el mismo sitio, pero la *Jolly Roger*, la bandera negra de los piratas, ondeaba en la punta de un mástil. Mientras la miraba, brilló de pronto un nuevo fogonazo seguido por un estampido que repitió varias veces el eco y otra granada silbó en el aire. Este fue el último cañonazo de la jornada. Estuve algún tiempo observando los movimientos que siguieron a la explosión. Oí que los piratas destrozaban algo a hachazos en la playa y cerca de la estacada; luego supe que habían destruido el chinchorro.

A lo lejos, junto a la desembocadura del río brillaba una hoguera y entre este punto y *La Hispaniola* iba y venía un bote que transportaba a los marineros a quienes yo había visto tan taciturnos poco antes y que ahora cantaban alegres como chiquillos. Sin embargo, noté que en su alegría tenía tanta parte el ron como el haber conseguido apoderarse del barco.

Entonces, resolví acercarme al fortín. Yo estaba escondido bastante lejos del reducto, en la faja de tierra arenosa que se extiende al Este del fondeadero y que comunica con la *Isla del Esqueleto* cuando baja la marea; al ponerme de pie para dirigirme al fortín, vi una roca aislada y bastante alta, que por ser muy blanca destacaba entre los marjales. Se me ocurrió que quizá fuera aquella la roca aludida por Ben Gunn y pensé que si algún día necesitaba su barca ya sabría dónde encontrarla. Luego, fui rodeando los bosques hasta ganar el lado de la empalizada correspondiente a la costa y poco después me recibieron con grandes muestras de alegría mis buenos señores y amigos.

Relaté inmediatamente mis peripecias desde que llegué a tierra con los piratas y cuando ellos, a su vez, me hubieron referido los riesgos de su aventura, empecé a mirar con curiosidad en torno mío. El fortín estaba construido con troncos de pino sin desbastar; el suelo de la cabaña se alzaba en algunos sitios a un pie y medio aproximadamente sobre la arena. A la entrada había un porche y bajo él manaba una fuente cuya agua iba a caer en una pila muy original, pues era un caldero de hierro desfondado y hundido en la arena hasta la borda, como decía el capitán.

De la cabaña no quedaban más que las paredes y el techo, pero en uno de los rincones había una ancha losa de piedra que servía de hogar y un viejo brasero de hierro mohoso para contener las brasas. Los árboles necesarios para construir el reducto habían sido cortados en la ladera del montículo próximo y en el recinto de la empalizada; la robustez y longitud de los troncos daba idea de lo alta y hermosa que debía ser la arboleda talada. Casi toda la tierra fértil había sido arrastrada por las lluvias o enterrada bajo el arenal una vez cortados los árboles y sólo por donde corría el agua que bajaba desde la caldera, una espesa capa de musgo, algunos helechos y plantas trepadoras permanecían verdes entre la arena.

Alrededor de la empalizada y más cerca de lo que convenía para su defensa, según me dijeron, extendíase el bosque, alto y denso, formado exclusivamente por pinos hacia la parte de tierra, que se mezclaban con algunas encinas cerca de la orilla del mar.

La fría brisa que ya he mencionado silbaba por las rendijas de la cabaña y salpicaba el suelo con una lluvia incesante de arena finísima que se nos metía en los ojos, en las narices y en las orejas, obligándonos a comer con bastantes molestias, pues ni siquiera nuestra comida se veía libre de esta plaga; la arena giraba en el fondo del caldero como un *porridge* a punto de hervir. La chimenea de la cabaña no era más que una abertura cuadrada en el techo, así que no salía por ella más que una parte del humo y el resto se quedaba en la estancia, sofocándonos e irritándonos los ojos.

Añádase a esto que Gray, nuestro nuevo compañero, llevaba la cabeza vendada a causa de la herida que sufrió en la cara al separarse de los piratas y que el cadáver del pobre Tom Redruth permanecía extendido a lo largo de la pared, rígido y frío, bajo los colores de la bandera inglesa.

Si hubiéramos permanecido en el fortín cruzados de brazos, pronto nos habría dominado una melancolía invencible, pero el capitán Smollett no era hombre que permitiera holgazanear. Nos llamó a todos y nos agrupó en dos secciones. El doctor, Gray y yo, formamos una; el *squire*, Hunter y Joyce, la otra. Y, aunque estábamos muy fatigados, envió a dos de nosotros en busca de leña, ordenando que los demás cavaran una fosa para enterrar a Redruth. El doctor fue nombrado cocinero y yo colocado de guardia a la puerta. Smollett iba sin cesar de uno otro, animándonos y ayudándonos si era preciso.

De vez en cuando, el doctor se reunía conmigo para respirar el aire puro y desenturbiar sus ojos, tan irritados por el humo que parecían querer salírsele de las órbitas y cada vez me dirigía algunas palabras.

—Ese Smollett, vale más que yo —me dijo una de las veces en tono confidencial—. Y cuando yo juzgo así a una persona, quiero decir muchas cosas, Jim.

En otra ocasión, se acercó a mí y permaneció silencioso algún tiempo. Luego, inclinóse, mirándome fijamente, mientras preguntaba:

—¿Está en su sano juicio ese Ben Gunn?

—Lo ignoro, señor y me guardaría muy bien de afirmarlo.

—Si dudas, es que está cuerdo. Cuando un hombre ha permanecido durante tres años royéndose las uñas en una isla desierta, no puede esperar que sus palabras y maneras sean las de un hombre equilibrado. ¿Tienes la seguridad de que era queso lo que te pidió?

—Sí; quería queso —le respondí.

—Pues, bien, Jim; ahora comprenderás las ventajas que se derivan de ser aficionado a los buenos manjares. ¿Recuerdas la caja de rapé que traje conmigo...? ¿Sabes por qué no la he abierto aún? ¡Ah¡ Por la sencilla razón de que en la caja no hay tabaco, sino un pedazo de queso de Parma, excelente y muy nutritivo. ¡Se lo daremos a Ben Gunn!

Antes de cenar, enterramos a Redruth en la arena y permanecimos en pie y descubiertos ante la fosa, durante algún tiempo.

Disponíamos ya de una gran cantidad de leña, pero Smollett movió la cabeza diciendo que, al día siguiente, era preciso trabajar con mayor interés y actividad. Después de comer un poco de tocino en conserva y beber cada uno un vaso de agua mezclada con mucho ron, los tres jefes se reunieron en un rincón para considerar y discutir lo que habríamos de hacer en lo sucesivo.

Parece ser que juzgaban muy comprometida nuestra situación, porque eran tan escasas nuestras provisiones, que el hambre nos obligaría a rendirnos mucho antes de que llegara el barco de socorro. Nuestro único recurso, era matar el mayor número posible de piratas, obligándoles de esta forma a que renunciaran a atacarnos o huyeran a bordo de *La Hispaniola*. Ya habían muerto cuatro, reduciéndose, por tanto, a quince el número de nuestros enemigos. Dos estaban heridos y, uno de ellos, el que estaba junto al cañón cuando disparó Trelawney, gravemente, si no había muerto ya. Acordóse no disparar contra ellos más que cuando pudiéramos afinar la puntería y siempre bien protegidos, para ahorrar vidas y municiones. Además, teníamos dos aliados muy poderosos: el ron y el clima; por lo que se refiere a la ayuda que nos prestaba el primero, cada noche oíamos cantar y gritar a los piratas hasta poco antes del amanecer y, en cuanto al segundo, el doctor, apostando su peluca como cada vez que quería expresar un gran convencimiento de lo que iba a decir, aseguraba que antes de una semana habrían muerto la mitad, pues acampaban en los marjales y carecían de medicamentos para combatir las fiebres.

—Así pues —añadió—, si ahora no consiguen vencernos, podrán darse por muy satisfechos si consiguen salvarse huyendo con *La Hispaniola*. El barco reúne excelentes condiciones y con él pueden dedicarse a piratear.

—¡Será el primero que habré perdido en mi vida! —exclamó Smollett.

Como puede suponerse, yo estaba muy fatigado y aunque tardé algún tiempo en conciliar el sueño, cuando lo conseguí me dormí como un tronco.

Hacía algún tiempo que los demás se habían levantado, tomado el desayuno y traído más leña, cuando me despertó la agitación que hacían los ocupantes del fortín en torno mío y sus exclamaciones.

—¡Una bandera blanca...! —oí que gritaba alguien. Esta advertencia fue seguida por un grito de sorpresa y estas inesperadas palabras:

— ¡Es Silver! ¡Viene hacia el fortín!

Me levanté de un salto y, frotándome los ojos, corrí a mirar por una de las aspilleras.

CAPÍTULO V

LA EMBAJADA DE SILVER

Los hombres, efectivamente, estaban delante de la estacada y uno de ellos agitaba una tela blanca. El otro era nada menos que Silver, con su invariable expresión de placidez y permanecía en pie, tranquilamente, junto a su compañero.

Era muy temprano aún y el frío de aquel amanecer, uno de los peores que recuerdo haber pasado en mi vida, nos penetraba hasta los huesos. El cielo era claro y completamente despejado, los primeros rayos del sol doraban las copas de los árboles, pero el lugar en que se encontraban los dos piratas permanecía aún en la sombra estaban ambos como sumergidos hasta las rodillas en la neblina que durante la noche había brotado del pantano.

El frío y aquella densa y baja niebla, bastaban para dar a entender lo peligroso que era el clima de la isla.

—Quedaos en el interior —ordenó el capitán—; no me extrañaría que esto fuera una treta de los piratas—. A continuación gritó—: ¿quién va? ¡Alto, o disparo!

—¡Parlamentarios! —contestó Silver.

El capitán hablaba desde el porche, sin salir al exterior, para no correr el riesgo de ser herido a traición. Volvióse hacia nosotros y dijo:

—¡Que pase a ocupar sus puestos la guardia del doctor! Vos, Livesey, vigilad el lado Norte, mientras Jim y Gray ocupan, respectivamente, el Este y Oeste. La guardia del fortín debe estar preparada para rechazar inmediatamente cualquier ataque.

Dirigiéndose nuevamente a los piratas, les preguntó:

—¿Qué queréis?

—Señor, el capitán Silver quiere hablar con vos para ofreceros sus condiciones —dijo el marinero que acompañaba a John.

—¡No conozco a ningún capitán Silver! —repuso Smollett, añadiendo en voz baja—: ¡Esa sí que es una carrera rápida!

—Soy yo, señor —contestó el mismo Silver—. Estos buenos muchachos me nombraron capitán después de vuestra deserción...

Silver pronunció lentamente la palabra *deserción*.

—Estamos dispuestos a someternos —prosiguió—, si conseguimos llegar a un acuerdo. De momento, únicamente os pido que me dejéis salvar esta empalizada y un minuto de tregua, cuando salga, para ponerme fuera del alcance de vuestros disparos, si no logramos entendernos.

—Amigo mío —repuso el capitán—; no tengo el menor deseo de hablar contigo. Si quieres venir, puedes hacerlo, pues únicamente tú eres capaz de cometer una traición... y, en ese caso, ¡que Dios te ayude!

—¡Me basta con eso, capitán! —contestó alegremente Silver—. Sé que sois un caballero.

Vimos que el portador del trapo blanco hacía esfuerzos por retener a John, lo cual no era sorprendente después de la altiva respuesta de Smollett; pero Silver se apartó de su acompañante, dándole un amistoso golpe en la espalda, como si sus temores fueran ridículos. Acercóse luego a la empalizada y tirando por encima de ella la muleta, se encaramó en las estacas con gran vigor y agilidad y saltó al interior del recinto sin el menor tropiezo.

Estaba yo tan interesado en lo que sucedía, que comprendí enseguida que no podría prestar ningún servicio interesante como centinela; así que, desertando de mi puesto, me deslicé sigilosamente situándome detrás del capitán, que estaba sentado en el umbral de la puerta con los codos apoyados en las rodillas, la cabeza entre las manos y la vista fija en el viejo caldero, enterrado en la arena, silbando por lo bajo la canción: *Niños y niñas, venid.*

Silver tuvo que hacer un gran esfuerzo para subir la cuesta del cerro, desde la empalizada hasta el fortín. Lo escarpado de la pendiente, la arena fina que le impedía afirmar la contera de la muleta y los troncos cortados que salían del suelo, le obligaban a andar como un barco que lucha con vientos contrarios. Sudando y sin decir palabra, acabó de subir y cuando estuvo junto al capitán le saludó cortésmente. Iba vestido con un gran levitón de paño azul, adornado con botones de cobre, que le llegaba hasta la rodilla y, echado sobre el cogote, un sombrero galoneado.

—Bien, Silver —dijo el capitán levantando los ojos—. Creo que lo mejor que puedes hacer ahora es sentarte.

—¿No me dejáis entrar, capitán? —contestó Silver plañideramente—. Hace demasiado frío esta mañana para sentarse al aire libre.

—Si hubieras querido comportarte honradamente, a estas horas estarías sentado tranquilamente en la cocina de *La Hispaniola*. Tú lo has querido y únicamente puedo decir que si quieres volver a ser el cocinero de a bordo, te trataremos bien, pero si te empeñas en llamarte capitán Silver, jefe de una compañía de piratas, ¡irás a la horca!

—¡Bien, bien, capitán! —contestó Silver sentándose en la arena—. Luego me ayudaréis a levantarme. ¡Ah! Este sitio es muy bonito. ¡Caramba! Ahí está Jim; buenos días, muchacho. Doctor, os presento mis respetos. Señores, veo que estáis aquí reunidos como una familia feliz.

—Silver, si tienes algo que decirme, no pierdas tiempo—, dijo el capitán.

—Tenéis razón, capitán; lo primero es lo primero —repuso Silver—. Verdaderamente anoche hicisteis, señores, un buen trabajo; no niego que fue realizado con habilidad y rapidez, y reconozco que no sabía que alguno de los vuestros supiera manejar tan bien un espeque. Mis hombres estaban un poco asustados; quizás yo mismo me asusté también un poco, y por eso he decidido venir. Pero, tened en cuenta, capitán, que eso no volverá a suceder. En adelante, sabremos tener el ojo abierto y no abusar del ron. Es posible que anoche bebiéramos demasiado; pero os aseguro que yo estaba sereno, aunque rendido de fatiga; si hubiera despertado un minuto antes, no habríais escapado fácilmente, pues cuando llegué junto a él no había muerto aún.

—¿Algo más? —preguntó el capitán con calma.

Las palabras de Silver eran un enigma para el capitán; pero su actitud no lo dio a entender. Yo recordé enseguida las últimas palabras de Ben Gunn y supuse que había hecho una visita sangrienta a los piratas, mientras estaban durmiendo, alrededor del fuego, bajo la influencia del alcohol, y calculé, con alegría, que el número de nuestros enemigos se había reducido a catorce hombres.

—Quizás tengáis razón —contestó John ya sereno—. No pretendo determinar lo que para los caballeros es leal o desleal. En fin, como veo que preparáis la pipa, permitidme que haga lo mismo.

Llenó entonces la pipa, la encendió y ambos fumaron en silencio algún tiempo, con la vista fija en el hornillo y levantándola de vez en cuando para observarse detenidamente, o inclinándose hacia un lado para escupir. Ambos formaban un contraste digno de verse.

—Así, pues, capitán —dijo Silver lentamente—, dadme ese mapa y no disparéis más contra esos pobres marineros, ni vayáis a romperles la cabeza mientras duermen. Aceptado esto, podréis elegir entre regresar al barco con nosotros, una vez haya sido embarcado el tesoro, o permanecer aquí si teméis que alguno de esos hombres, un poco rudos, quiera vengarse de alguna injusticia cometida por vos o los vuestros. En el primer caso, me comprometo a dejaros, sanos y salvos, en algún sitio seguro y, en el segundo, a compartir con vosotros las provisiones y rogarle al primer barco que encuentre que venga a recogeros. No negaréis que esto es ponerse en razón, ¿verdad? Creo que no podíais esperar nada mejor... Y

107

supongo que cuantos se encuentran en este reducto me han oído —añadió alzando más la voz—, pues lo que acabo de decir les interesa a todos.

El capitán se levantó entonces y sacudió la ceniza de la pipa en la palma de la mano.

—¿Esto es cuanto tenías que decirme? —preguntó tranquilamente.

—¡Sí, truenos, sí! —gritó John—. Y si no queréis aceptar mi proposición, en lo sucesivo veréis una lluvia de balas en vez de ver a John Silver.

—Muy bien. Ahora, escúchame; si venís todos, uno a uno y sin armas al fortín, me comprometo a llevaros con grilletes a Inglaterra, para que seáis juzgados allí. Si no os parece bien, sabed que me llamo Alejandro Smollett, he izado aquí la bandera de mi Rey, y que os haré ahorcar a todos... No podréis encontrar el tesoro, ni dirigir el barco. Sois incapaces de vencernos combatiendo; Gray, luchando contra cinco, pudo escapar y reunirse con nosotros. Date cuenta, maese Silver, de que ni siquiera podrás hacer que *La Hispaniola* salga del fondeadero y que estáis en una isla desierta. No te digo más; en adelante, juro que he de enviarte una bala si vuelvo a echarte la vista encima. ¡Vete, hijo mío! ¡Vete deprisa! ¡A paso gimnástico, si te es posible!

El semblante de Silver estaba descompuesto y encendido por la cólera; parecía que los ojos le iban a salir de las órbitas. Sacudió, nervioso, las cenizas de la pipa y exclamó:

—¡Dadme la mano para que pueda levantarme!

Nadie se acercó a él. Entonces Silver, murmurando terribles maldiciones, se arrastró por la arena hasta que pudo cogerse al porche y apoyarse, ya de pie, en su muleta.

—¡Menos que ese salivazo valéis todos juntos! —gritó escupiendo en la fuente—. Antes de una hora habré aplastado esta vieja choza, como si fuera un barril de ron. ¡Reíd, truenos, reíd! ¡Ya veremos quien se ríe dentro de un rato! Los más afortunados de entre vosotros, serán aquellos que mueran en la pelea.

Y pronunciando otra blasfemia espantosa, se alejó vacilando al andar sobre la arena, traspuso la empalizada con la ayuda del pirata que llevaba la bandera blanca, y un momento después desaparecían ambos entre los árboles.

108

CAPÍTULO VI

EL ATAQUE

Cuando perdimos de vista a Silver, el capitán, que le había seguido con mirada atenta, volvió al interior de la cabaña y, exceptuando a Gray, no encontró a nadie en su puesto. Aquella fue la primera vez que le vimos encolerizado.

—¡Cada uno a su sitio! —rugió.

Apenas le obedecimos, añadió cambiando de tono:

—Gray, eres el único que ha permanecido en su puesto, como un verdadero marino y consignaré tu disciplina en mi diario. Señor Trelawney, me sorprende que olvidéis tan fácilmente vuestros deberes, y en cuanto a vos, doctor, me parece imposible que hayáis vestido alguna vez el uniforme de los soldados ingleses; si os comportasteis así en Fontenoy, mejor hubiera sido que os quedarais en casa.

El grupo del doctor, del que yo formaba parte, había vuelto, en silencio, a situarse en los lugares que le habían sido señalados, y los demás defensores empezaron a cargar los mosquetes de reserva, avergonzados por las justas palabras de Smollett.

El capitán nos estuvo mirando largo rato en silencio y luego dijo:

—Amigos; Silver ha salido de aquí encendido de cólera, como me proponía y no tardaremos en ser atacados. Somos inferiores en número, pero nos batiremos a cubierto; hace un momento hubiera dicho que pelearíamos con disciplina, pero ya no estoy seguro de que lo hagáis. No dudo de que síí cumplís mis órdenes, venceremos.

Luego dio una vuelta al fortín, para convencerse de que todo estaba en perfecto orden.

En los lados secundarios del fortín, al E. y al O., había dos aspilleras; en la parte S., donde estaba el porche, otras dos, y cinco en la fachada N. Disponíamos de veinte mosquetes; la leña estaba repartida en cuatro montones llanos, y encima de ellos habíamos colocado cuatro mosquetes, municiones y machetes, de manera que pudieran cogerse fácilmente.

—Apagad el fuego. Ya no hace frío y hemos de evitar que el humo nos enturbie la vista.

El *squire* cogió el brasero encendido y apagó las brasas echando arena encima.

—Hawkins no ha desayunado aún. Anda, muchacho, sírvete y vuelve a tu puesto. Come deprisa, porque no podemos perder tiempo. Hunter, reparte una ronda de aguardiente.

Y mientras se cumplían sus órdenes, el capitán ultimaba los pormenores de su plan defensivo.

—Doctor, vos guardaréis la puerta sin exponeros demasiado; permaneced en el interior. Hunter, vigilad el lado Este... Joyce, ocúpate del Oeste... Y a vos, Trelawney, como sois el mejor tirador, os confío las cinco aspilleras del Norte. Gray os ayudará a defenderlas. Ese punto es el más peligroso, porque si los bandidos llegan a conquistarlo y disparan contra nosotros desde las aspilleras, lo vamos a pasar muy mal... Jim, creo que tú y yo seremos más útiles cargando mosquetes y ayudando cuando haga falta, que disparando.

Como había dicho el capitán, ya no hacía frío y apenas se levantó el sol por encima de la arboleda que rodeaba la cabaña, se evaporó inmediatamente la niebla. Pronto empezó a calentarse la arena y a derretirse la resina que había en los troncos de que estaba construido el fortín. Nos quitamos las chaquetas y abrimos el cuello de nuestras camisas, arremangándonos las mangas cuanto pudimos y permanecimos en nuestros puestos ardiendo de impaciencia.

Cuando hubo transcurrido una hora, el capitán exclamó:

—¡Lléveselos el diablo! ¡Esta espera es tan fastidiosa, como el sonido de un tambor en un entierro! Gray, abre bien los ojos...

En aquel momento tuvimos el primer indicio de que los piratas empezaban el ataque.

—Señor, ¿debo disparar cuando se me ponga a tiro un pirata? —preguntó Joyce.

—¡Hombre de Dios, ya te dije que sí! —contestó Smollett asombrado.

—Gracias, señor — contestó Joyce con la misma cortesía flemática.

Hubo un largo espacio de enervante espera, pues la pregunta de Joyce nos había puesto nuevamente en tensión y empuñábamos los mosquetes con todos los sentidos alerta, bajo la mirada enérgica de Smollett, que estaba en el centro de la estancia con las cejas fruncidas y los labios apretados. De pronto Joyce levantó el mosquete y disparó. Apenas se había extinguido el eco de la detonación, cuando, a su disparo, respondieron los piratas con una descarga cerrada; las balas chocaron contra la empalizada, sin que ninguna entrara en el fortín. Cuando se desvaneció el humo producido por los disparos, vimos que la estacada y el bosque circundante estaban tan silenciosos y tranquilos como si nada hubiera sucedido. Ni una rama se movió para denunciar la presencia de los asaltantes entre los árboles, ni conseguimos localizarlos por algún nuevo fogonazo de sus mosquetes.

—¿Hiciste blanco, Joyce? — preguntó el capitán.

—Creo que no, señor.

—Gracias, Joyce; es conveniente decir la verdad —murmuró Smollett—. Carga su mosquete, Jim. ¿A cuántos piratas visteis, doctor?

—Puedo decir, sin temor a equivocarme, que frente a mí había tres, porque he visto tres fogonazos. Dos brillaron casi al mismo tiempo y el tercero, un poco más retrasado y hacia el Oeste.

—¡Tres! —repitió el capitán—. ¿Cuántos enemigos atacaron vuestro puesto, mister Trelawney?

Calcularlo era ya más difícil, pues mientras el *squire* aseguraba haber visto siete fogonazos, Gray decía que fueron ocho o nueve. Los del E., sólo vieron uno y lo mismo dijeron los del O. Era evidente, por tanto, que el ataque más fuerte iba a desarrollarse por el lado N. y que los bandidos se limitarían a hostilizar los demás puntos; sin embargo, Smollett no alteró su plan de defensa, persuadido de que si los piratas conseguían dominar algunas aspilleras poco defendidas, podrían fusilarnos desde ellas sin peligro. No tuvimos tiempo de reflexionar mucho, porque, de pronto, oímos un furioso clamoreo y un pelotón de piratas, que salió corriendo por el lado N., se lanzó al asalto de la empalizada, al mismo tiempo que los demás, ocultos entre los árboles, rompían nutrido fuego contra nosotros. Una bala pasó silbando bajo el porche y le rompió el mosquete al doctor.

Los piratas se encaramaban como monos a la empalizada. El *squire* y Gray, dispararon sin interrupción y tres bandidos cayeron, uno en el interior del recinto y los otros dos fuera. Uno de ellos, sin duda sufría más miedo que lesión,

111

porque se puso en pie de un salto y desapareció entre los árboles, corriendo como alma que lleva el diablo.

Dos habían mordido el polvo, otro se dio a la fuga y cuatro consiguieron franquear la estacada, mientras siete u ocho bandidos, parapetados en la arboleda, e indudablemente provistos de varios mosquetes, dirigían un fuego nutrido e inútil contra el fortín.

Los cuatro piratas que habían conseguido saltar la empalizada, se abalanzaron sobre el reducto, gritando como poseídos y enardecidos por las voces con que les animaban sus compañeros desde el bosque. Los defensores dispararon varias veces, pero con tanta rapidez y azoramiento, que no hicieron blanco. En un instante coronaron el montículo los piratas y estuvieron junto al fortín. La cabeza del contramaestre Job Anderson apareció en la aspillera central:

—¡Adelante! ¡A ellos! —gritaba Job con voz de trueno.

Al mismo tiempo, uno de los piratas cogió desde fuera el mosquete de Hunter y se lo quitó de las manos, dándole con él tan recio golpe, que el desgraciado cayó al suelo sin sentido. Entretanto, un tercer bandido que corría alrededor de la cabaña, apareció de pronto en el porche y se lanzó empuñando un machete sobre el doctor. Nuestra situación había cambiado del todo en pocos minutos: poco antes, disparábamos, bien parapetados, sobre un enemigo que había de moverse sin protección alguna y, de pronto, teníamos que hacer frente a nuestros adversarios, al descubierto y sin poder devolver sus golpes.

La cabaña estaba llena de humo y a esta circunstancia le debíamos nuestra seguridad relativa. Yo estaba ensordecido por las detonaciones y lamentos de los heridos.

—¡Fuera, hijos míos! ¡Rodead la casa! —ordenó el capitán—. ¡Coged los machetes!

Cogí un machete y alguien, que cogió otro al mismo tiempo que yo, me dio un golpe en la mano que apenas noté. Salí corriendo hacia la explanada que rodeaba el fortín, sobre la que caía la cegadora luz del sol, dándome cuenta de que alguien me seguía, aunque entonces no supe quien era.

Delante de mí, el doctor descendía corriendo por la pendiente, persiguiendo al pirata que se lanzara poco antes sobre él y en el momento en que le reconocí, bajó el brazo y asestó una puñalada a su enemigo, que cayó de espaldas.

112

—¡Rodead la cabaña, amigos! —gritó nuevamente el capitán.

A pesar del tumulto, noté que pronunciaba estas palabras con voz ligeramente alterada.

Obedecí maquinalmente su orden y, con el cuchillo en alto, doblé la esquina del fortín, encontrándome frente a Job Anderson, cuyo machete vi brillar en el momento que lo alzaba sobre su cabeza para herirme. No tuve tiempo de asustarme, porque viendo que el arma no iniciaba su mortal trayectoria hacia mí, di un salto de un lado, me resbaló un pie en la arena y caí rodando por la pendiente.

Cuando salí del fortín, los demás piratas estaban escalando la empalizada para exterminarnos. Uno de ellos, que llevaba un gorro de dormir rojo y un machete de abordaje entre los dientes, había pasado ya una pierna al otro lado de la estacada y lo que he relatado, mi encuentro con Anderson y mi caída, sucedió en tan poco tiempo que, cuando miré de nuevo hacia la empalizada, el pirata estaba aún a horcajadas sobre ella y otro asomaba únicamente la cabeza por encima. Sin embargo, en tan corto intervalo, el combate había terminado victoriosamente para nosotros.

Gray, que me seguía de cerca, había derribado a Job, antes de que éste tuviera tiempo de rectificar la dirección del golpe que me destinaba. Otro bandido cayó herido mortalmente, mientras disparaba hacia el interior de la cabaña por una aspillera y agonizaba, empuñando la pistola aún humeante, y ya he descrito como el doctor acabó con un tercer pirata. De los cuatro filibusteros que habían franqueado la empalizada, sólo quedaba con vida uno, que, arrojando el machete, salió corriendo y al llegar junto a la valla, intentó dos o tres veces escalaría de nuevo para refugiarse en el bosque.

—¡Disparad antes de que salte! —gritó el doctor—. ¡Parapetaos de nuevo en la cabaña!

Pero como nadie le obedeció, el pirata pudo escapar y fue a reunirse con los que estaban entre los árboles. Un momento después, no quedaba otro rastro de los asaltantes que los cinco cadáveres, cuatro de ellos dentro de la empalizada y otro fuera.

El doctor. Gray y yo, corrimos a refugiarnos en el fortín, pues los forbantes podían reanudar el combate de un momento a otro. Cuando llegamos a la cabaña, el humo se había desvanecido un poco y a la primera ojeada comprendimos el precio que nos había costado la victoria. Hunter estaba tendido en el suelo, cerca de su aspillera y, a su lado, Joyce, con una bala en el cráneo, no había de levantarse más. En el centro de la estancia, el *squire* sostenía al capitán y tan pálido estaba uno como otro.

—El capitán está herido —dijo Trelawney.

—¿Han huido? —preguntó Smollett.

—Los que han quedado con vida, sí —repuso el doctor—. Pero hay cinco ahí fuera que no huirán nunca más.

—¡Cinco! —exclamó el capitán.— ¡Esto ya va mejor! Si ellos han tenido cinco bajas y nosotros tres, somos cuatro contra nueve y tenemos más posibilidades de vencerles ahora, que cuando luchábamos siete contra diecinueve.

Pronto los forbantes no fueron más que ocho, pues el hombre que hirió el *squire* a bordo de *La Hispaniola*, murió aquella misma noche. Pero esto, naturalmente, no lo supieron los defensores del fortín hasta después.

LIBRO QUINTO

CAPÍTULO I

MI AVENTURA EN EL MAR

No volvieron a hostilizarnos aquel día los piratas y ningún disparo turbó el silencio del bosque. Según dijo el capitán *ya habían recibido aquel día una buena ración* y, por ello, pudimos disponer de una tregua que utilizamos para atender a los heridos y preparar la cena. El *squire* y yo, nos ocupamos de la cocina, encendiendo el fuego en el exterior del fortín, a pesar del peligro que corríamos al exponernos a los disparos de nuestros sitiadores, para librarnos del humo y de las escalofriantes quejas de los pacientes del doctor Livesey.

De los ocho hombres que fueron heridos durante la acción, únicamente tres respiraban aún: el pirata que cayó junto a la aspillera, Hunter y el capitán Smollett. Para los dos primeros, no había salvación posible; el pirata murió mientras el doctor le operaba y Hunter estuvo agonizando todo el día, respirando roncamente, como Billy cuando sufrió el ataque de apoplejía, sin recobrar el conocimiento. El culatazo le había roto varias costillas y, al caer, se fracturó el cráneo. Aquella misma noche, sin decir una sola palabra, ni exhalar un gemido, entregó su alma a Dios.

Las heridas del capitán eran graves, pero no mortales, pues, por fortuna, ningún órgano vital había sido lesionado. La bala disparada por Anderson, pues fue Job el primero que le hirió, le rompió el homóplato, rozándole ligeramente un pulmón; el otro proyectil, le desgarró algunos músculos del antebrazo izquierdo. El doctor dijo que Smollett se repondría fácilmente, siempre que estuviera algunas semanas inmóvil y hablara lo menos posible.

El corte que yo tenía en la mano carecía de importancia, y Livesey se limitó a ponerme un emplasto y a tirarme cariñosamente de las orejas.

Después de comer, el doctor y el *squire* sentáronse a deliberar junto al capitán. Hablaron largamente y, pasado el medio día, el doctor se puso el sombrero, cogió dos pistolas

115

y un machete, se metió en el bolsillo el mapa que indicaba el lugar donde estaba oculto el tesoro y, echándose al hombro un mosquete, saltó la empalizada y, andando con paso rápido, desapareció entre los árboles. Gray y yo estábamos sentados al otro extremo del fortín, con objeto de que los reunidos pudieran hablar con libertad; cuando vimos salir al doctor, Gray se quedó tan asombrado que se olvidó de fumar y exclamó:

—¡Truenos! ¿Se habrá vuelto loco mister Livesey?

—No lo creo —le respondí—. De cuantos estamos aquí, él sería el último en perder el juicio.

—Pues bien, si el doctor no está loco, debo estarlo yo...

—Apostaría cualquier cosa a que va en busca de Ben Gunn.

Luego supe que había acertado al suponerlo. Pero, entretanto, como en la cabaña el calor era sofocante y la arena quemaba en el interior de la estacada, se me ocurrió una idea, tan descabellada y temeraria, como la salida del doctor Livesey. Empecé por envidiarle, porque en aquellos momentos debía estar andando bajo la fresca sombra de los árboles, gozando del canto de los pájaros y del agradable olor de los pinos, mientras yo había de permanecer en el fortín, con la camisa sucia de resina caliente, rodeado de sangre y cadáveres, y acabé sintiendo una repugnancia más fuerte que el miedo.

Mientras limpiaba el fortín y los platos de la comida, mi repugnancia y envidia fueron en aumento, hasta que, encontrándome cerca de un saco de pan y notando que nadie me observaba, decidí saltar también la empalizada; me llené los bolsillos de galleta, pensando que, con esta provisión, aunque escasa, no moriría de hambre si me sucedía algún contratiempo.

Diréis, con razón, que iba a cometer una locura, pero estaba decidido a realizar mi temerario propósito, adoptando antes todas las precauciones posibles. Cogí un par de pistolas y, como ya tenía un cuerno de pólvora y un saquito de balas, me creí suficientemente armado. Mi proyecto no era, en sí, descabellado. Quería bajar hasta la franja arenosa situada al E., que separa el fondeadero del mar abierto y llegar hasta la roca blanca, bajo la cual me había dicho Ben Gunn que guardaba su bote, lo cual juzgué entonces, y ahora

116

pienso lo mismo, de gran importancia para nosotros. Pero, como estaba seguro de que no me dejarían salir del reducto, decidí callar mis planes y escapar cuando nadie se fijara en mí. Esta manera de proceder, bastaba para hacer censurable el resto de mi arriesgada aventura, pero yo era entonces impulsivo como todos los niños y estaba firmemente decidido a realizar mi empeño. Las circunstancias contribuyeron a favorecer mi evasión, pues el *squire* y Gray estaban cambiándole los vendajes a Smollett, sin preocuparse de lo que yo hacía. Salté la empalizada, entré en el bosque y, antes de que mi ausencia fuera notada, ya estaba lejos del alcance que mis amigos podían dar a sus voces. Con esto cometía una segunda locura mucho peor que la primera, ya que dejaba la defensa y vigilancia del reducto confiada únicamente a dos hombres. Sin embargo, quiso la suerte que también esta vez fuera beneficiosa para todos mi imprudencia.

Me dirigí hacia la costa oriental de la isla, pues estaba decidido a aventurarme por la franja arenosa para evitar que me vieran desde el fondeadero. Aunque estaba muy avanzada la tarde, el sol era todavía ardiente. El ruido de la resaca y el rumor de la fronda, que oí mientras atravesaba el bosque, me indicaron que la brisa marina soplaba antes que de ordinario. Pronto sus ráfagas de aire fresco y salobre llegaron a mí con más intensidad y cuando hube recorrido una corta distancia, me hallé en el límite de la arboleda; frente a mí se extendía el mar, intensamente azul, bajo la cegadora luz del sol; en los arrecifes costeros, cabrilleaban las olas, deshaciéndose en espumas al chocar contra las rocas.

Nunca he visto el mar tranquilo en torno a la *Isla del Tesoro*. Aunque el sol brillara sin que una nube empañara su luz y la superficie del mar estuviese tranquila, siempre corrían a lo largo de la costa grandes olas que iban a estrellarse contra los acantilados y creo que no había un sólo lugar en la isla al que no llegara el tempestuoso fragor.

Seguí avanzando a lo largo de los arrecifes y, cuando creí haber adelantado lo suficiente hacia el S., me oculté entre la maleza y me dirigí cautelosamente hacia la franja arenosa. A mi espalda estaba el mar y, al frente, el *Fondeadero de Kidd*.

La brisa, como si su prematura violencia la hubiera fatigado, empezaba a ceder, siendo reemplazada por ráfagas ligeras y variables del S. y SE. que arrastraban grandes masas de bruma; sin embargo, el fondeadero, protegido por la *Isla del Esqueleto*, permanecía tan encalmado como el día que echamos el ancla en él. En la lisa superficie de las aguas se reflejaba *La Hispaniola* desde la punta del palo mayor, en el que ondeaba la *Jolly Roger*, hasta la línea de flotación, con la misma fidelidad que en un espejo. A un costado del barco estaba uno de los botes con Silver en el tabloncillo de popa, le reconocí enseguida; a bordo de la fragata, inclinados sobre la borda, se divisaban dos hombres, uno de los cuales iba con un gorro encarnado: era el mismo pirata a quien viera algunas horas antes, cuando intentaba saltar la empalizada del fortín. Los tres hablaban y reían, aunque no pude oír ni una sola palabra de las que decían, porque estaban a más de una milla de distancia. De pronto, resonaron gritos horribles, sobrehumanos, que me aterrorizaron, hasta que reconocí la voz del loro *Capitán Flint* y hasta me pareció distinguir las brillantes plumas del aventurero pájaro, posado en el puño de su amo.

El sol se había ocultado ya detrás del *Catalejo*; la bruma empezaba a espesarse y caía rápidamente la noche, lo que me hizo temer que, si no andaba con rapidez, me sería imposible hallar el bote de Ben Gunn. Como me encontraba todavía a un octavo de milla de la roca blanca, que se destacaba claramente por encima de los matorrales, tardé mucho tiempo en llegar a ella y hube de deslizarme a gatas, más de una vez, entre la maleza. Cuando apoyé las manos en su rugosa superficie, era casi de noche. En la base de la peña había una diminuta caverna, tapizada de musgo, oculta por una ondulación del terreno y por la maleza que, allí, me llegaba a las rodillas. En el centro de esta pequeña cueva, había una tienda, hecha con pieles de cabra montés, muy parecida a las que emplean los gitanos en Inglaterra. Me deslicé en el agujero y levanté uno de los lados de la tienda. Ben Gunn no me había engañado: allí estaba el bote construido toscamente por él. Incluso para mí, aquel armazón, burdo y torcido, cubierto con piel de cabra con el pelo hacia dentro, era excesivamente pequeño y no concibo cómo hubiera podido un hombre maduro mantenerse a flote en la inverosímil embarcación. Tenía un banco en el centro, puesto muy bajo, una especie de codaste en la popa y una pagaya para impulsarla y dirigirla.

118

Entonces no había visto aún la embarcación llamada *coraclo*, utilizada por los antiguos bretones, pero luego tuve ocasión de ver uno y no se me ocurre nada mejor para describir el de Ben Gunn, que compararlo con el primero y más desgraciado coraclo que se haya construido nunca. Sin embargo, tenía con creces la única ventaja de los coraclos: era muy ligero y fácil de transportar.

Pudiera creerse que el hallazgo de la embarcación satisfacía mi deseo de vagabundear; pero, con el éxito de mi comprobación, se me ocurrió otra idea, que habría puesto en práctica aunque Smollett me lo hubiera prohibido: cortar, durante la noche, las amarras de *La Hispaniola* y dejarla ir a la deriva.

Estaba convencido de que los piratas, después de la derrota que habían sufrido por la mañana, estaban deseando hacerse a la mar y alejarse de la isla; pensé también que impedírselo sería una buena jugada y como había visto que los encargados de guardar el navío quedaban aislados, sin chalupas que pudieran llevarles a tierra, creí que podría hacerlo sin correr ningún peligro. Me senté esperando a que fuera noche cerrada y comí, con mucho apetito, algunos trozos de galleta. Entre mil, no se habría encontrado una noche más favorable a la realización de mis planes que aquella. La bruma ocultaba completamente el cielo y, cuando se extinguieron las últimas luces del crepúsculo, la *Isla del Tesoro* quedó sumergida en impenetrables tinieblas. Cuando salí de la caverna con el coraclo a la espalda, dos cosas eran visibles: una, la hoguera encendida por los derrotados piratas en la marisma, alrededor de la cual, cantaban y bebían; y otra, un débil resplandor indicaba el punto donde estaba anclada *La Hispaniola*. La marea había hecho girar al barco sobre sí, mismo y la proa se dirigía ahora hacia mí. Las únicas luces que estaban encendidas a bordo, eran las de la cámara y la borrosa claridad que se veía, era el reflejo en la bruma de la luz que salía por el alto ventanal de popa. Hacía ya un rato que había empezado el reflujo y tuve que atravesar una ancha faja de tierra cenagosa, en la que me hundí varias veces hasta la rodilla, para llegar al borde del agua. Vadeando un corto trecho, conseguí, no sin dificultades, y volviéndolo con mucha destreza, botar el coraclo.

CAPÍTULO II

LA BAJAMAR

El esquife, como tuve ocasión de comprobar antes de abandonarlo, era muy seguro para una persona de mi peso y talla, pero difícil de manejar. Lo más frecuente era que, a pesar de mis esfuerzos, navegara a la deriva. El mismo Ben Gunn había reconocido que su primitiva embarcación parecía muy caprichosa, cuando no se estaba habituado a ella, y pronto hube de reconocer que yo no lo estaba. Casi siempre andaba de lado, y estoy seguro de que, sin la ayuda de la corriente, no hubiera llegado nunca al barco. Por fortuna, la marea me llevaba hacia *La Hispaniola*.

De pronto, el barco apareció ante mí, destacándose en la obscuridad como una masa confusa; pronto empecé a distinguir, con mayor claridad, los palos, el aparejo y el casco. Un momento después, ya que a medida que avanzaba la corriente hacíase más rápida, pude cogerme al cable del ancla, que estaba tenso como la cuerda de un arco, pues el reflujo empujaba a *La Hispaniola* con fuerza; en torno al casco murmuraban las aguas, como si el barco estuviera varado en el centro de un torrente. Me bastaba cortar la amarra, para que *La Hispaniola* quedara a la deriva.

Todo podía realizarse, pues, de acuerdo con mis esperanzas; pero al momento se me ocurrió pensar que una maroma tirante, cortada de pronto, era tan peligrosa como un caballo salvaje. Si me decidía a cometer la imprudencia de cortarla, tenía mil probabilidades contra una, de que el latigazo nos hiciera saltar por el aire al coraclo y a mí. Este peligro me detuvo y si la suerte no me hubiera favorecido una vez más, habría tenido que abandonar mi proyecto; la ligera brisa que al caer la noche soplaba del S. SE., cambió de cuadrante, después del crepúsculo, viniendo entonces del SE. Mientras pensaba en las ventajas que de este cambio de viento podían derivarse, una ráfaga, más fuerte que las demás, empujó contra la corriente a *La Hispaniola* y noté, con gran alegría, que el cable se aflojaba y que la mano con que se mantenía asido a él, se hundía en el agua.

Decidido a aprovechar la ocasión, saqué el cuchillo, lo abrí con los dientes y corté, una a una, las trenzas de la

120

maroma, hasta que solo dos cordones mantuvieron sujeta la nave y luego esperé a que disminuyera nuevamente la tensión para cortarlos.

Mientras cortaba la amarra oí destempladas voces en la cámara, pero no presté atención porque mi espíritu se hallaba absorbido, en aquellos instantes, por graves pensamientos; sin embargo, como nada mejor tenía que hacer hasta que cediera otra vez el cable, escuché y reconocí las voces de Israel Hands y del pirata que llevaba un gorro encarnado. Ambos estaban completamente borrachos y debían continuar bebiendo, porque vi que uno de ellos abría la lucerna de popa y tiraba al agua algo que me pareció una botella vacía, lanzando, al mismo tiempo, un grito inspirado sin duda por el ron. Pude comprender que, además de ebrios, estaban encolerizados, pues mezclaban, a la granizada odiosa de sus blasfemias, tan terribles injurias, que tuve la seguridad de que iban a agredirse de un momento a otro. Sin embargo, después de cada paroxismo calmábanse un poco, hablaban en voz más baja, hasta la crisis siguiente que, a su vez, se extinguía sin golpes.

En la costa, seguía ardiendo la fogata entre los árboles y, junto a ella, entonaba, de vez en cuando, algún pirata, una canción triste y monótona, con un trémolo al final de cada verso, que, al parecer, no había de terminarse hasta que se agotara la paciencia del cantor. La había oído con frecuencia durante la travesía y recordaba estas palabras:

Y sólo queda uno vivo, los demás han muerto,
de setenta que eran al salir del puerto.

Pensé que la doliente cantilena era más que apropiada para unas gentes que habían sufrido por la mañana tan duro descalabro. Pero, en realidad, por lo que luego pude ver, aquellos piratas eran tan insensibles como el mar que tan acostumbrados estaban a recorrer.

Por fin, llegó la brisa; *La Hispaniola* remontó con suavidad la corriente, acercándose a mí, y noté que la amarra se aflojaba; con un brioso esfuerzo corté de un solo tajo los dos cabos restantes. Como la brisa hacía muy poco efecto en el coraclo, enseguida me vi arrastrado por la marea contra la proa de la fragata. Al mismo tiempo, *La Hispaniola* giró sobre sí misma, quedando atravesada en medio de la corriente.

Tuve que trabajar como un demonio, pues a cada momento temía que la fragata me hiciera zozobrar y, como vi que no conseguiría apartar el coraclo, lo conduje en derechura a la popa. Al fin conseguí librarme del peligroso vecino y, cuando daba el último impulso, mis manos tropezaron con un cable delgado que colgaba de la toldilla. Inmediatamente me agarré a él. No podría decir por qué lo hice. Al principio me así por instinto; pero, cuando comprobé que el cable podía sostenerme, sentí la irresistible tentación de echar una mirada por la lucerna de popa.

Fui halando el coraclo hasta que estuve muy cerca de la popa y, entonces, a pesar de lo peligroso que era hacerlo, me icé a pulso, hasta que pude ver el techo y una parte de la cámara.

Entretanto, la fragata y el diminuto convoy, se deslizaban rápidamente y habían ya llegado a nivel de la fogata encendida en la marisma por los piratas.

Como dicen los marineros, el barco *hablaba en voz alta* al surcar las innumerables ondulaciones producidas por la corriente y, antes de mirar hacia el interior de la cámara, no podía comprender que los que iban a bordo no se dieran cuenta de que la Hispaniola navegaba a la deriva, porque el murmullo que hacía el agua al chocar contra sus costados era muy fuerte. Me bastó una mirada para saber la causa de su indiferencia y sólo me atreví a quedarme mirando durante un segundo la escena que se desarrollaba en la cámara: los dos piratas estaban luchando con salvaje violencia y cada uno de ellos atenazaba la garganta de su adversario.

Sobresaltado, me dejé caer en el banco del coraclo y lo hice a tiempo, pues de haberme retrasado un instante, habría caído al agua. Hasta que, cerrando los ojos, me acostumbré de nuevo a la oscuridad, quedaron fijas en mi retina las facciones enrojecidas y furiosas que se agitaban a la luz de la humeante lámpara.

La triste cantilena que un pirata entonaba con voz ronca, junto a la hoguera, se interrumpió y los demás forbantes corearon el estribillo que tantas veces había oído:

Quince hombres van en el cofre del muerto;

¡Ay, ay, ay, la botella de ron!
El diablo y el ron se encargaron del resto;
¡Ay, ay, ay, la botella de ron!

Estaba pensando en lo ocupados que estarían el diablo y el ron, en aquellos momentos, dentro de la cámara de *La Hispaniola*, cuando me sorprendió una brusca bordada del coraclo; al mismo tiempo, la fragata se inclinó mucho y pareció cambiar de dirección. La velocidad había aumentado, entretanto, de un modo extraño.

Abrí los ojos: a mi alrededor saltaban olas diminutas, fosforescentes, que reventaban con ruido seco y agudo. *La Hispaniola*, cuya estela seguía a pocos metros del casco, parecía vacilar también y sus mástiles se balanceaban ligeramente. Al fijarme, observé que la fragata derivaba hacia el S. Volví la cabeza y me dio un vuelco el corazón: la hoguera que ardía en la marisma, brillaba a mi espalda, lo cual era una prueba de que la corriente giraba en ángulo recto, arrastrando con ella a la esbelta *Hispaniola* y al inseguro coraclo. Cada vez más deprisa, surcaban ambas embarcaciones las inquietas olas del estrecho, dirigiéndose hacia alta mar.

De pronto, la fragata cambió de rumbo y, casi al mismo tiempo, se oyeron gritos en el interior y pasos torpes que subían por la escalera de la cámara, lo cual probaba que los borrachos piratas habían interrumpido, por fin, la pendencia y se daban cuenta de su peligrosa situación. Me tendí en el esquife y encomendé mi alma a Dios. Estaba seguro de que, al salir del canal, chocaríamos contra las rocas, donde hallarían triste fin mis inquietudes y, aunque hubiera logrado esperar la muerte con serenidad, no podía mirar sin terror lo que iba a suceder.

Debí estar tendido durante varias horas, zarandeado por las olas, calado por las salpicaduras y esperando la muerte a cada nuevo bandazo. Lentamente, me fue rindiendo el cansancio. Un sopor invencible se apoderó de mí, a pesar del temor que sentía, y me quedé dormido, soñando con la vieja posada del *Almirante Benbow*.

CAPÍTULO III

LA TRAVESÍA DEL CORACLO

Cuando a la mañana siguiente desperté, el sol estaba ya bastante alto, aunque la masa imponente del *Catalejo*, que allí descendía casi a pico hasta el mar, lo ocultaba. Mis temores no se habían realizado y seguía dando tumbos a bordo del esquife por el extremo SO. de la *Isla del Tesoro*.

El pico de la *Bolina* y el monte de *Mesana*, quedaban a mi derecha; pelado y sombrío el monte, cortado por despeñaderos de cuarenta a cincuenta pies de altura y flanqueado por gran cantidad de rocas desprendidas. Yo estaba a un cuarto de milla, aproximadamente, de tierra y mi primera intención fue desembarcar. Pero, cuando vi la furia con que las olas iban a estrellarse en las grandes rocas, lanzando al aire, con estruendo, penachos de agua y espuma, cambié enseguida de propósito, pues comprendí que, si me aventuraba más cerca, me estrellaría contra los peñascos o agotaría mis fuerzas al intentar en vano escalarlos. A este temor hay que añadir el que me produjo ver sobre las rocas planas o dejándose caer al mar, con mucho ruido, unos cincuenta monstruos, viscosos como babosas, de gran corpulencia. Luego supe que eran inofensivas vacas marinas, pero su aspecto y el inexpugnable cinturón de rocas, me hicieron abandonar la idea de desembarcar en aquel abominable paraje, pues prefería morir de hambre antes que desafiar tales peligros.

Pronto se me ofreció una solución; al N. del pico de la *Bolina*, la costa se prolongaba largo trecho en línea recta, dejando, durante la marea baja, una espaciosa playa. Más al N., se adelantaba otro cabo, señalado en el mapa como *Cabo de los Bosques*, cubierto de altos pinos que llegaban hasta la misma orilla del mar. Recordando que Silver había dicho que la corriente se dirigía hacia el N., a lo largo de la costa O., y observando que ya me hallaba bajo su influencia, preferí dejar atrás la *Punta de la Bolina* y reservar mis energías para intentar un desembarco en el *Cabo de los Bosques*, lo que, al parecer, me sería más fácil.

El oleaje era ancho y suave. El viento soplaba del S. con regularidad, o sea, que me impulsaba en la misma dirección que la corriente; las olas se elevaban y descendían sin romper; de otro modo, yo hubiera perecido bastante tiempo antes, pero, en aquella calma, la ligereza y estabilidad del esquife eran extraordinarias.

Desde el fondo del coraclo, donde continuaba tendido, veía con frecuencia erguirse, a uno y otro lado, unas olas formidables, cuya potencia me hacía temer por mi vida; pero el esquife daba un ligero salto, giraba un momento y descendía entre dos olas, ligero como una pluma. Ver la seguridad con que salvaba las grandes olas, me animó un poco y me senté en el banco para ensayar mis cualidades de remero. Desgraciadamente, apenas lo intenté, comprendí que el menor movimiento producía violentas reacciones en la marcha y equilibrio del esquife, que, abandonando el suave vaivén a que ya me había acostumbrado, descendió en derechura por la vertiente de una ola, con tanta rapidez que contuve la respiración, asustado, hasta que hundió la proa en el lomo de la ola siguiente, levantando gran cantidad de espuma.

Aterrorizado, adopté mi posición anterior y el coraclo volvió a ser razonable, salvando nuevamente el oleaje con facilidad. Sin embargo, mi situación no era halagüeña ni mucho menos; pues, si no podía moverme ni dirigir el esquife, ¿cómo conseguiría llegar a tierra? A pesar de lo que me preocupaba y amedrentaba el peligro de no alcanzar nunca la costa, pude conservar la serenidad. Con mucho cuidado al moverme, achiqué el agua que había entrado en la embarcación con el sombrero y me atreví a mirar, incorporándome un poco por encima de la borda, para observar como se las arreglaba el coraclo para deslizarse con tanta suavidad. Entonces vi que las olas, en vez de ser montañas de agua, como parecen cuando se las contempla desde la cubierta de un barco o desde la costa, parécense a una cadena de colinas con planicies y valles.

Abandonado a sí mismo, el coraclo abríase camino, por decirlo así, siguiendo las partes bajas y evitando las vertientes y las espumeantes crestas.

—Bueno —pensé—, esto demuestra que debo permanecer en la misma posición para no romper el equilibrio; pero también es cierto que puedo pasar la pagaya por encima de la borda y remar de vez en cuando, en los momentos de calma, e intentar dirigirlo así a tierra.

Dicho y hecho: apoyé los codos en la borda y, en esta postura, extremadamente fatigosa, di dos o tres golpes de remo para orientar la proa del esquife hacia la costa; trabajo que, como fácilmente puede comprenderse, era incómodo y lento. Sin embargo, pronto me di cuenta de que adelantaba y, cuando estuve cerca del *Cabo de los Bosques*, aunque vi que lo pasaría de largo, había conseguido ganar algunos centenares de metros hacia el E. Desde el esquife podía ver los pinos, cuyas ramas, intensamente verdes, agitaba el viento y estaba seguro de que podría desembarcar en la siguiente punta de tierra.

Verdaderamente, ya era tiempo de hacerlo, porque la sed empezaba a torturarme. Los rayos del sol, al reflejarse en las olas, me cegaban y la sal del agua que constantemente caía y secábase sobre mí, me quemaba los labios y resecaba mi garganta, contribuyendo a aumentar el doloroso martilleo que atormentaba mis sienes. La proximidad de los árboles me hacía desear con verdadero frenesí el goce de su fresca sombra, pero la corriente me llevó pronto más allá del promontorio y vi algo que cambió radicalmente la naturaleza de mis pensamientos.

Delante de mí, y a menos de media milla de distancia, *La Hispaniola* navegaba con las velas desplegadas. Inmediatamente comprendí que iba a caer prisionero de los piratas, pero tanto me atormentaba la sed, que no sabía si alegrarme o entristecerme de que me cogieran. Mucho antes de que llegara a una conclusión respecto a lo que me convenía más, se apoderó de mi espíritu una gran sorpresa y no pude más que asombrarme de lo que estaba viendo.

La Hispaniola tenía desplegados sus foques y la vela mayor; las lonas brillaban al sol, tensas e inmaculadas como si fueran de plata o de nieve y las tres estaban henchidas; la fragata dirigíase hacia el NO. y me pareció que los que iban a bordo se proponían dar la vuelta a la Isla, para regresar al fondeadero. Luego empezó a virar hacia el O. y pensé que me habían visto y procuraban darme caza, pero quedó contra el viento y sus velas colgaron fláccidas y aleteantes.

—¡Torpes! —exclamé pensando en lo que les habría dicho Smollett—. Seguramente deben estar aún borrachos como cubas.

La fragata viró muy despacio, volvieron a hincharse sus velas y se alejó navegando con rapidez durante uno o dos minutos, para detenerse de nuevo, sin viento; esto sucedió dos o tres veces. *La Hispaniola* navegó en todas direcciones para detenerse cada vez con las velas colgando. Era evidente que nadie llevaba el timón, ni dirigía la maniobra; pero, en ese caso, ¿qué se había hecho de los piratas que la custodiaban? Supuse que estarían durmiendo su formidable borrachera o habrían desertado para reunirse en tierra con los demás y se me ocurrió subir a bordo para intentar dirigirla hasta donde pudieran hacerse con ella mis amigos. La corriente empujaba hacia el S. y. con la misma facilidad, a la fragata y al coraclo; pero la marcha de *La Hispaniola* era intermitente y tan largas sus paradas que avanzaba muy poco; así era indudable que si consiguiera sentarme y remar, habría de darle alcance pronto. Me tentaba lo aventurado del plan que me proponía realizar y el recuerdo del barril lleno de agua que estaba siempre en cubierta, redoblaba la energía de mi propósito.

Me incorporé inmediatamente y, apenas lo hice, quedé calado por la espuma que levantó el brusco salto del coraclo; pero esta vez me mantuve con firmeza y empecé a remar prudentemente en pos de *La Hispaniola*. Al momento, embarqué tanta agua, que hube de detenerme para achicarla con el sombrero, mientras el corazón me palpitaba en el pecho como un pájaro asustado; poco a poco fui adaptándome a la maniobra de remos que exigía el esquife y seguí acercándome rápidamente al barco, sin otros contratiempos que algunos maretazos a proa y remojones de espuma. Veía brillar la barra del gobernalle que estaba abandonada; en la cubierta no había nadie y, creyendo que si el barco no estaba abandonado, sus guardianes estarían durmiendo la borrachera, pensé encerrarles durante su sueño y dirigir el barco hasta donde me pareciese conveniente.

Entretanto, la fragata había hecho lo que menos me convenía: encalmarse. Marchaba hacia el S., dando bandazos continuamente y, cada vez que perdía viento, sus velas aleteaban ruidosamente, hasta que las ráfagas volvían a empujarla. Esto era lo peor que podía ocurrirme, abandonada a sí misma, con las velas que retumbaban como cañones y las poleas rodando y chocando en el puente, el barco seguía alejándose de mí, arrastrado por la corriente.

Por fin, la suerte quiso favorecerme: empezó a amainar la brisa hasta el extremo de que, durante un corto espacio de tiempo, la calma fue absoluta y entonces *La Hispaniola*, sometida tan sólo al efecto de la corriente, giró muy despacio, hasta quedar de popa frente a mí; la lucerna de la cámara estaba abierta de par en par y la lámpara encendida aún. La vela mayor, colgaba como un ala rota.

Como la distancia que me separaba de la fragata había aumentado en poco tiempo, hube de hacer grandes esfuerzos para recuperar lo perdido y, cuando sólo me faltaban unos cien metros para llegar a ella, sopló una ráfaga que hinchó todas sus velas y el barco avanzó, entre espumas, con la ligereza y suavidad de una golondrina. Sin embargo, mi desesperación fue seguida por la incontenible alegría que sentí al ver que *La Hispaniola* deteníase otra vez y giraba lentamente, hasta que su proa quedó orientada hacia mí. El viento la empujó de nuevo y ansiosamente estuve observando que el barco venía con rapidez a mi encuentro. El afilado tajamar de *La Hispaniola* hacía hervir las olas a corta distancia de mi frágil coraclo y entonces me pareció la fragata mucho más alta y esbelta, aumentadas sus proporciones por la perspectiva que mi punto de vista me ofrecía. Para salvarme, hube de adoptar, sin pérdida de tiempo, una decisión. En el momento en que el coraclo salvaba la cresta de una ola, la fragata salvaba la siguiente y el bauprés pasó por encima de mi cabeza. Me puse en pie y di un salto con tal energía que el coraclo se hundió. Me cogí con una mano al botalón de foque y afirmé un pie entre el estay y la braza; mientras me hallaba así, sosteniéndome jadeante en tan incómoda postura, un golpe sordo me advirtió que la fragata acababa de chocar con el coraclo y que habría de permanecer en *La Hispaniola* sin retirada posible.

CAPÍTULO IV

CÓMO ARRIÉ LA BANDERA PIRATA

Apenas conseguí acomodarme sobre el bauprés, cuando el foque se hinchó con una ráfaga de aire que lo hizo sonar secamente, como el estampido de un cañonazo. Al brusco

128

empuje de la vela, estremecióse *La Hispaniola* hasta la quilla; pero un instante después, como las demás velas seguían recogiendo viento, el foque volvió a quedar fláccido.

Estuve a punto de caer al mar y temiendo que volviera a suceder el imprevisto empujón, me deslicé a lo largo del bauprés y caí de cabeza sobre la cubierta, a sotavento del castillo de proa y la vela mayor que, totalmente desplegada, ocultaba gran parte del castillo de popa. No vi a nadie y sobre las tablas, que no habían sido baldeadas desde el día en que estalló la rebelión, quedaban las huellas del paso de los piratas; una botella vacía, con el cuello roto, rodaba de un lado a otro, única apariencia de vida del barco abandonado.

Inesperadamente, *La Hispaniola* tomó viento y los foques chasquearon con violencia; estremecióse la fragata como un caballo herido por la espuela y al mismo tiempo, la botavara dio la vuelta hacia el otro lado, chirriando la escota entre las garruchas, descubriendo enteramente la popa, donde estaban los dos vigilantes. El del gorro encarnado estaba tendido de espaldas, con los brazos abiertos en cruz y el rostro ceniciento como el de un espectro. Sus dientes al descubierto, tenían un brillo amarillento y velado. Israel Hands estaba junto a él, sentado, con la espalda contra la amurada, la cabeza caída sobre el pecho, abiertas las manos y apoyadas en la cubierta y la cara pálida como la cera.

Durante algún tiempo, *La Hispaniola* siguió dando bandazos como un caballo resabiado, tomando viento las velas y girando de un lado a otro la botavara, hasta hacer crujir el palo con el empuje. De vez en cuando escuchábase el choque de las olas contra los costados del barco y un velo de espuma saltaba las amuras. El gran barco navegaba con más dificultad que mi ligero y mal construido coraclo, cuya armazón reposaba ya en el fondo del mar.

A cada bandazo, el pirata del gorro encarnado rodaba de un lado a otro y era un espectáculo horrible ver que la violencia de los movimientos no cambiaba su actitud y la mueca de sus labios. También Hands parecía encogerse al saltar el barco y sus piernas iban resbalando lentamente sobre la cubierta; de suerte que se me iba ocultando poco a poco su cara, hasta que no vi más que una oreja y el bucle cortado de una patilla. Observé al mismo tiempo, que alrededor de ambos forbantes había grandes manchas de sangre y supuse que se habían asesinado mutuamente bajo el efecto de su furiosa embriaguez.

Mientras pensaba en esto, hubo un momento de calma y el barco se detuvo. Israel Hands volvió la cabeza un poco y, exhalando un gemido, volvió a sentarse en la posición anterior. Aquel gemido que denunciaba un sufrimiento y una debilidad mortales, y el gesto de dolor que expresaba su boca abierta, me conmovieron; sin embargo, recordando la conversación que oyera desde el barril de manzanas, dominé mi primer impulso.

Me dirigí hacia la popa y me detuve al llegar al palo mayor.

—He venido a bordo, mister Hands... — dije con ironía.

Volvió hacia mí lentamente los ojos, pero estaba muy débil para expresar sorpresa y sólo pudo articular esta palabra:

—Aguardiente...

No había tiempo que perder y esquivando la botavara, que giraba constantemente barriendo la cubierta, me deslicé hasta la escalerilla de popa y bajé a la cámara; es imposible describir el desorden que reinaba en ella. Los cajones, que seguramente registraron buscando el mapa de la isla con las indicaciones de Flint, estaban esparcidos por el suelo y forzadas todas las cerraduras; el suelo estaba lleno de barro, en todos los lugares donde se habían sentado los forbantes para beber o deliberar, después de haber andado por los barrizales de la marisma donde establecieron su campamento. En los tabiques, pintados de blanco y con molduras doradas, veíanse numerosas huellas de sus manos vigorosas y sucias. Docenas de botellas vacías rodaban por el suelo, siguiendo el balanceo del barco y uno de los libros de medicina del doctor Livesey estaba abierto sobre la mesa, con la mitad de sus páginas arrancadas seguramente para encender las pipas de los amotinados. La humeante lámpara iluminaba este desorden con luz vacilante y débil como una sombra. Cuando bajé a la bodega, vi que habían desaparecido los barriles y gran cantidad de botellas; indudablemente, ninguno de los piratas pudo ser sobrio desde que consiguieron apoderarse del barco. Al fin pude encontrar en la despensa una botella en la que aún quedaba un poco de aguardiente para Hands y para mí algunas galletas, frutas en conserva, un trozo de queso y un grueso racimo de uvas. Volví al puente con todo esto y deposité lo mío tras el gobernalle, fuera del alcance de Israel; me dirigí luego al barril del agua y gocé la delicia de apagar la sed que me atormentaba. Cuando hube hecho esto, le di el aguardiente a Hands, que bebió un buen trago sin apartar la botella de sus labios.

—¡Truenos! —exclamó—. ¡Buena falta me hacía esto!

Entretanto, yo me había sentado junto al gobernalle y empezaba a comer.

—¿Estáis gravemente herido?

Hands gruñó, o, mejor dicho, aulló:

—Si ese condenado doctor estuviera aquí, no tardaría mucho tiempo en curarme; pero nunca he tenido suerte. En cuanto a ése —continuó señalando al pirata del gorro encarnado—, está muerto y bien muerto. Al fin y al cabo, se ha perdido poco. Y tú, ¿de dónde diablos vienes?

—Hands, he venido a bordo para tomar posesión de este barco y sería conveniente que, en adelante y hasta nueva orden, me consideréis como capitán de *La Hispaniola*.

El patrón de chalupa me miró torvamente, pero no dijo nada. El aguardiente había coloreado ligeramente sus mejillas, aunque parecía estar exhausto y seguía vacilando a cada bandazo.

—A propósito —continué—, no me gusta el color de esa bandera, ni lo que significa, y con vuestro permiso voy a arriarla. Es preferible navegar sin pabellón que izar ése...

Y sorteando nuevamente el golpe de la botavara, corrí al lugar desde el que se iza la bandera, tiré de la cuerda y la *Jolly Roger* cayó sobre la cubierta.

—¡Se le acabó el mando al capitán Silver! —grité alegremente, echando al agua el odioso trapo negro. Luego, me quité respetuosamente la gorra y añadí—: ¡Dios salve al Rey!

Israel me observaba con mirada penetrante y astuta, sin levantar la cabeza.

—Supongo —dijo al fin— que vos, capitán Hawkins, querréis ir a tierra. ¿Podríamos hablar un poco?

—¡Claro! —repuse—. Decid lo que queráis, Hands.

Empecé a comer tranquilamente, mientras el patrón de chalupa me decía señalando con débil gesto el cadáver del otro pirata:

—Ese hombre era un irlandés fuerte y tozudo... Se llamaba O'Brien y me ayudó a largar las velas cuando nos propusimos conducir a la Hispaniola hasta un buen fondeadero, pero como está muerto y bien muerto, no se me ocurre quien puede ayudarme ahora... porque tú, seguramente, no podrás hacerlo. Sin embargo, creo que todo podrá arreglarse si me das de comer y beber y un pañuelo para vendarme la herida. A cambio de eso, yo te iré indicando lo que hay que hacer. Supongo que esto es proponer un trato con claridad, ¿no es cierto?

—Mi respuesta es que no quiero regresar al *Fondeadero de Kidd*, sino a la *Bahía del Norte* y echar el ancla allí tranquilamente.

—¡Así se hará, pues! No soy un marinero de agua dulce y sé hacerme cargo de todo. He jugado, la suerte no ha querido favorecerme y tú mandas. Iremos a la *Bahía del Norte* y, si quieres, llevaremos a *La Hispaniola* a la Dársena de las Ejecuciones.

Estas palabras me parecieron bastante razonables y cerramos el trato inmediatamente. Tres minutos después, *La Hispaniola* navegaba rápidamente a lo largo de la costa de la *Isla del Tesoro*; yo esperaba que pudiéramos doblar el cabo antes del mediodía y poner rumbo a la *Bahía del Norte*, antes de que bajara la marea, pues así podríamos anclar sin dificultad hasta que el pleamar nos permitiera bajar a tierra.

Até la barra del timón y bajé a mi camarote para buscar un pañuelo de seda que me había dado mi madre. Volví con él a cubierta y vendé la profunda herida que Hands había recibido en el muslo; cuando el pirata hubo bebido algunos sorbos de aguardiente, se reanimó rápidamente, enderezó el busto, habló en voz más alta y pronto pareció un hombre distinto.

La brisa nos ayudaba admirablemente y a su impulso *La Hispaniola* se deslizaba ligera como un pájaro, y el paisaje de la isla cambiaba a cada momento. Pronto dejamos atrás las tierras altas y empezamos a navegar cerca de un terreno bajo y arenoso, en el que crecían algunos pinos de poca altura; poco después, doblamos la rocosa punta que formaba el extremo septentrional de la isla.

La responsabilidad que con el mando de la fragata había contraído, me entusiasmaba y gocé lo indecible contemplan-

132

do el cambiante panorama que ante mis ojos se ofrecía iluminado por un sol radiante. Tenía agua y víveres abundantes y mi conciencia, atormentada por el remordimiento de haber desertado, empezaba a tranquilizarse por la gran conquista que había hecho apoderándome de *La Hispaniola*. Creo que no hubiera deseado más de lo que ya tenía, si los ojos de Israel Hands no me siguieran con burlona expresión y desapareciese de sus labios su inalterable sonrisa irónica.

Era una sonrisa de sufrimiento y debilidad, sonrisa amarga de anciano, pero en la que se notaba una sombra de perfidia. Los ojos astutos del herido, espiaban mis pasos sin cesar y en ellos brillaba un reflejo de traición y crueldad.

CAPÍTULO V

EL PATRÓN HANDS

Como si quisiera servir mis deseos, el viento saltó al Oeste y pudimos continuar navegando velozmente hasta la *Bahía del Norte*; sin embargo, como no podíamos echar el ancla, ni nos atrevíamos a embarrancar hasta que la marea se retirase un poco más, hubimos de esperar, con impaciencia, el momento oportuno. Hands me enseñó a poner al pairo el navío y después de muchas tentativas infructuosas, conseguí fachearlo. Luego nos sentamos, uno frente a otro, para comer un poco.

—Capitán —dijo el pirata, después de algún tiempo de silencio—; ahí está mi viejo compañero O'Brien y creo que deberías echarlo por la borda. No soy demasiado melindroso, ni me arrepiento de haberle despachado; pero creo que no es decorativo. ¿A ti que te parece?

—No tengo fuerza suficiente, ni me gusta semejante trabajo; por mí, puede quedarse ahí.

—Este barco tiene desgracia —continuó, guiñándome un ojo—. En él han muerto muchos marineros, desde que salimos de Bristol. Nunca había visto tan mala suerte... Ahí tienes a O'Brien que es uno de los pobres difuntos: está bien muerto, ¿verdad? Yo no tengo instrucción; pero tú, que sabes leer y contar, dime, con franqueza, si crees que un hombre, muerto del todo, pueda volver a este mundo...

133

—Vos podréis matar el cuerpo, Hands, pero no el alma, cuya vida es eterna; ya tenéis edad para saberlo. O'Brien quizá nos esté mirando desde la otra vida...

—¡Ah!! —repuso—. Pues sería una pena que eso fuera cierto, porque no se conseguiría nada matando gente. Sin embargo, las almas cuentan muy poco por lo que he podido ver; no me asustan los espíritus, Jim. Y ahora quisiera que me hicieras el favor de bajar a la cámara a buscar una... una... ¡maldita memoria...! no me acuerdo del nombre... Bueno, súbeme una botella de vino; estoy demasiado débil para beber aguardiente.

La falta de memoria del herido me hizo sospechar que intentaba hacerme traición y, desde luego, no creí que prefiriera beber vino. No había duda de que sus palabras eran un pretexto para hacerme abandonar la cubierta, aunque no pude comprender lo que se proponía.

Los ojos del pirata evitaban los míos, moviéndose de un lado a otro sin cesar, tan pronto elevados al cielo, como mirando de soslayo el cadáver de O'Brien. Le contesté enseguida, porque comprendí que ante un hombre tan estúpido como Israel, no habría de serme difícil ocultar mis sospechas.

—Efectivamente, será mejor que bebáis vino. ¿Lo queréis blanco o tinto?

—No me importa el color con tal de que sea bueno y abundante.

—Está bien. Os traeré Oporto, aunque necesitaré algún tiempo para buscarlo.

Bajé la escalerilla haciendo mucho ruido, me quité luego los zapatos, corrí por el pasaje, subí la escala del rancho de proa y asomé la cabeza por encima de la cubierta. Aunque sabía que Hands no esperaba verme aparecer por allí, adopté todas las precauciones necesarias para no ser descubierto y mis sospechas no tardaron en hallar confirmación.

El bandido, ayudándose con las manos, se había puesto, primero, de rodillas e incorporado luego, a pesar de que la herida de la pierna debía hacerle mucho daño, pues oí que ahogaba un gemido al ponerse en pie. Con paso bastante rápido atravesó la cubierta y, al llegar a la banda de babor, sacó de un rollo de cuerdas un largo cuchillo y una daga corta, manchada de sangre hasta la empuñadura. La

134

miró detenidamente y comprobó su punta en la yema de un dedo, adelantando la mandíbula inferior con gesto cruel; escondió rápidamente aquellas armas bajo su camisa y volvió renqueando a sentarse de espaldas a la amurada. No necesitaba ver más. Israel estaba armado, podía moverse libremente y, cuando tanto empeño había puesto en verse libre de mi presencia en cubierta, no cabía duda de que pretendía asesinarme.

¿Qué pensaría hacer una vez hubiera acabado conmigo? ¿Intentaría atravesar la isla desde la *Bahía del Norte* hasta el campamento de la marisma, o dispararía el cañón de *La Hispaniola* para que sus compañeros acudieran en su socorro? Como es lógico, no podía yo saberlo en aquellos momentos. Sin embargo, estaba seguro de poder contar con él para un asunto que nos interesaba a los dos: el anclaje de la fragata en la cala.

Ambos deseábamos encallarla en la arena en algún lugar seguro y abrigado, a fin de que pudiera ser puesta nuevamente a flote sin mucho trabajo y peligro. Hasta que este propósito se hubiera cumplido, mi vida no corría peligro. Mientras pensaba en esto no permanecí inactivo; volví rápidamente a la cámara, me puse los zapatos y tuve la suerte de encontrar enseguida una botella de vino. Subí con ella a cubierta y encontré a Hands, doblado sobre sí mismo y con los párpados entornados, como si su debilidad fuera tanta que no pudiese soportar la luz del sol. Me miró cuando le entregué la botella y a poco, con el ademán propio de un hombre que está acostumbrado a hacerlo, rompió el gollete y bebió largamente, pronunciando antes su brindis favorito: *¡Buena suerte!*

Durante algún tiempo, permaneció tranquilo y luego, sacando una pastilla de tabaco, me rogó que le cortara un trozo.

—Anda, Jim, hazlo. No tengo cuchillo y, aunque lo tuviera, estoy tan débil que no me serviría para nada... Muchacho, creo que he perdido los puntales. Esta será, sin duda la última vez que me haces este favor, pues tengo la seguridad de que me voy para siempre.

—Bueno —le contesté—; cortaré al tabaco, pero si yo me encontrara tan mal como vos decís estarlo, rezaría algunas oraciones para morir como un cristiano.

—¿Por qué he de rezar? Vamos, dime, ¿por qué he de rezar?

—¿Aún me lo preguntáis? Vuestra conciencia está atormentada porque habéis vivido pecando y vuestros días han transcurrido entre traiciones y asesinatos. ¿Me preguntáis por qué habéis de rezar y a vuestros pies yace el cadáver de ese hombre, al que vos disteis muerte. ¡Debéis rezar para que Dios os perdone todo eso, en su infinita misericordia!

Hablé con exaltación, pensando en las armas que ocultaba bajo la ropa y de las que pensaba servirse para matarme.

Israel bebió un largo sorbo de vino y dijo con inesperada solemnidad:

—He navegado durante treinta años, viendo lo bueno y lo malo de la vida, así como lo mejor y lo peor. He soportado las tempestades, el hambre, las cuchilladas y otras muchas cosas parecidas y te aseguro que nunca he visto obtener ventajas, respeto o dinero, obrando honradamente. El primero en herir tiene mis preferencias, porque los que caen para siempre no muerden; esa es mi opinión y creo que también la verdad... Y ahora, escúchame —prosiguió cambiando de tono—: ya hemos hablado bastante de semejantes tonterías. La corriente nos favorece en este momento y debes obedecer mis órdenes, capitán Hawkins, para que acabemos cuanto antes nuestro viaje, ¿te parece bien?

Únicamente habíamos de recorrer dos millas, pero navegar en aquellas aguas era difícil, porque la entrada de la bahía no sólo era angosta y de aguas poco profundas, sino que se hallaba sometida a los vientos del E. y el O., por lo cual, el barco que pretendiera fondear en ella, había de estar muy bien dirigido. Creo que me porté como un buen marinero y estoy seguro de que Israel era un excelente piloto, porque empuñó el timón con tal habilidad, que sorteamos los escollos y entramos en el estrecho canal con tanta precisión, que cualquier marino hubiera disfrutado viéndolo.

Apenas franqueamos la embocadura, la tierra nos rodeó completamente. Las orillas de la bahía estaban pobladas por bosques tan tupidos como los que crecían en las del *Fondeadero de Kidd*; pero éste era más largo y estrecho, semejante al estuario de un río, como en efecto lo era.

Ante nosotros, en la extremidad S. de la cala, se veían los restos de un barco abandonado, que había sido un her-

moso navío de tres palos, pero debía hacer tanto tiempo
que sufría la inclemencia de los elementos, que, en parte,
estaba cubierto de algas y sobre el puente habían arraiga-
do los matorrales de la costa, que entonces estaban llenos
de flores. Esta visión desolada inspiraba cierta melancolía, pero demostraba que la bahía era un lugar muy poco
frecuentado.

—He aquí, Jim —dijo Israel—, un sitio encantador para
embarrancar un barco. Arena fina, ni una sola ráfaga y flores que crecen hasta en ese viejo velero abandonado como
en un jardín.

—¿Cómo podremos poner otra vez a flote el barco?

—Es muy fácil; llevas un cabo a tierra durante la bajamar, le das una vuelta alrededor de cualquiera de aquellos
pinos grandes, lo traes a bordo de nuevo y das otra vuelta en
el cabrestante. Luego, no has de hacer más que esperar a que
suba otra vez la marea. Cuando llega la pleamar, el barco
tira de la amarra y se endereza fácilmente hasta quedar flotando como ahora. ¡Atención ahora, muchacho! Estamos
cerca del lugar donde hemos de embarrancar y el barco anda
demasiado. ¡Un poco a estribor…! ¡despacio! ¡A babor!
¡Sin guiñar! ¡Así…!

Siguió dando órdenes que yo cumplía con premura,
hasta que de repente gritó:

—¡Ahora, muchacho! ¡Orza!

Empujé la caña del timón y La Hispaniola viró al
punto, dirigiéndose luego rápidamente hacia la costa baja y
frondosa.

La atención que puse en cumplir las maniobras que
Hands me ordenaba, hizo que distrajera un poco la estrecha
vigilancia con que hasta entonces había espiado cada uno de
los movimientos del pirata y, en aquel instante, estaba esperando con tanto interés el momento en que La Hispaniola
chocara con la arena, que me olvidé del peligro que corría.
Quizá me puso en guardia un leve rumor de pasos o su sombra, más presentida que vista; lo cierto es que, al volver la
cabeza, vi que el pirata se acercaba a mí empuñando la daga.

Ambos debimos gritar cuando nuestras miradas se
encontraron; pero mientras mi exclamación era de terror, la
suya parecíase al mugido furioso de un toro que embiste. Se
lanzó sobre mí y esquivé su golpe saltando de lado hacia la

proa. Al hacerlo, solté la barra del timón, que giró con fuerza y creo que esto me salvó la vida, pues le dio un fuerte golpe a Hands en medio del pecho y le derribó aturdido. Antes de que hubiera podido recobrarse, ya estaba yo fuera del rincón en que me había acorralado y disponía de todo el puente para defenderme y escapar a su persecución. Cuando llegué ante el palo mayor me detuve, empuñé una de las pistolas y, aunque Hands se aproximaba a mí, apunté fríamente. Apreté el gatillo, pero el agua de mar había inutilizado la carga y falló el disparo. Maldije entonces mi negligencia, pues, si me hubiera preocupado de tener preparadas mis armas, no sería en aquellos momentos un cordero perseguido por un lobo o bajo la cuchilla del matarife.

A pesar de su herida, Hands se movía con agilidad y andaba con rapidez; a la radiante luz del sol, sus cabellos grises, contrastaban más con su rostro encendido de cólera. Como mi adversario estaba ya muy cerca, no intenté disparar la otra pistola, pues tenía la seguridad de que fallaría también. Lo que me parecía muy claro, era la necesidad de no retirarme ante él, pues pronto me hubiera acorralado en la proa como antes lo hiciera a popa, en cuyo caso, el dolor producido por nueve o diez pulgadas de daga entrando en mi cuerpo, sería la última sensación de mi vida terrena. Interpuse entre él y yo el palo mayor, que era muy grueso, y apoyé en él las palmas de las manos, con todos mis nervios en tensión. Viendo que intentaba escapar en otra dirección, se detuvo a su vez y durante algún tiempo estuvo haciendo fintas para cogerme, juego muy semejante al que tantas veces distrajo mis ocios en Black-Hill-Cove, aunque nunca lo practiqué con el corazón tan agitado como en aquella peligrosa coyuntura. No me era difícil burlarle, pues lo mismo que a él, herido y ya de alguna edad, habría podido hacérselo a un hombre joven y fuerte.

Me di cuenta de dos cosas: la primera, que el juego podía prolongarse indefinidamente y la segunda, que no podía separarme del palo mayor. En tal situación nos encontramos, cuando *La Hispaniola* encalló en la arena, vaciló un momento y luego se inclinó bruscamente a babor. El puente quedó formando un ángulo de cuarenta y cinco grados con la superficie del mar; el agua entró por los imbornales, formando una charca entre la cubierta y la amurada.

138

Hands y yo perdimos el equilibrio y rodamos juntos hasta la borda. El cadáver de O'Brien cayó entre nosotros, con los brazos en cruz y rígido como un leño. Tan cerca de Hands me llevó el brusco choque de la fragata, que mi cabeza chocó contra sus pies con tan fuerte golpe que me castañetearon los dientes, a pesar de lo cual, pude ponerme en pie antes que mi enemigo, quien perdió algún tiempo en desembarazarse del cadáver de O'Brien.

La inclinación del barco hacía imposible correr por el puente y era preciso encontrar inmediatamente algún camino de retirada, porque el bandido estaba ya muy cerca de mí; rápido como el pensamiento, salté a los obenques de mesana y trepé por el palo sin detenerme, hasta que llegué a la cruceta. Mi agilidad me salvó la vida, porque cuando Israel me tiró la daga, fue a clavarse en el palo, a muy poca distancia por debajo de mis pies; el bandido se quedó mirándome con la boca abierta, después de tirar la daga, como una representación estatuaria de la sorpresa y del embrutecimiento. Aproveché aquella corta tregua para cargar de nuevo las pistolas, ante la atónita mirada del forbante, que empezaba a comprender que la suerte se volvía a mi favor. Después de vacilar un momento, empezó a trepar penosamente, con el cuchillo entre los dientes; pero como la pierna herida dificultaba sus movimientos haciéndole exhalar constantemente gemidos de dolor, tuve tiempo de preparar mis armas tranquilamente, antes de que hubiera escalado una tercera parte de la distancia que nos separaba.

—¡Un paso más, mister Hands —le previne, apuntándole con ambas pistolas— y os abraso la cabeza! ¡Ya sabéis que los que caen para siempre, no muerden! —añadí irónicamente.

Detúvose al instante y por su expresión comprendí que hacía grandes esfuerzos para discurrir alguna iniciativa; pero pensar era para él una operación tan lenta y laboriosa, que no pude contener la risa.

—Jim —dijo quitándose el puñal de la boca—; creo que tú y yo nos hemos equivocado y es preciso que hagamos las paces. Si La Hispaniola no hubiera encallado, entonces habría acabado contigo, pero como nunca me ayuda la suerte, me veo obligado a darme por vencido ante un grumete, lo cual es muy duro para un viejo lobo de mar.

139

Escuchaba atentamente sus palabras, orgulloso como un gallo en una tapia, cuando, de pronto, vi que su mano hacía un movimiento hacia atrás. Un instante después, oí que algo silbaba en el aire, como si una flecha hubiera pasado junto a mi oreja, sentí un dolor agudo en el hombro y me encontré clavado por la espalda en el palo. Con el sufrimiento y la sorpresa, pues tengo la seguridad de que entonces no me propuse hacerlo, ni apuntar siquiera, se dispararon ambas pistolas y me cayeron de las manos. Pero no cayeron solas: con un grito ahogado, el bandido abrió los brazos y, un momento después, se hundía en las tranquilas aguas del fondeadero.

CAPÍTULO VI

¡DOBLONES ¡ ¡DOBLONES¡ ¡DOBLONES!

Dada la posición de *La Hispaniola*, sus mástiles estaban muy inclinados sobre el mar y yo suspendido sobre el agua. Como Hands se encontraba más abajo, fue a caer entre la borda y el lugar en que yo me encontraba; emergió una vez, rodeado de sangre y espuma, y luego se hundió definitivamente. Cuando el remolino producido por su inmersión se calmó, vi que su cuerpo, como una masa confusa, estaba tendido sobre la arena del fondo, en el espacio sombreado por el casco de la fragata. Uno o dos peces se escurrían a lo largo del cadáver. Algunas veces, el ligero temblor de las aguas, daba la impresión de que el bandido intentaba incorporarse; pero estaba muerto del todo, y su cuerpo sería pasto de los peces en el mismo sitio donde él quiso asesinarme.

Cuando me cercioré de ello, empecé a sentir angustia y espanto a la vez. La sangre me corría por el pecho y la espalda, y el puñal me quemaba en el hombro herido como un hierro candente. Sin embargo, no eran estos sufrimientos los que más me atormentaban, sino la terrible posibilidad de que al faltarme las fuerzas, hubiera de sumergirme en aquellas aguas verdes e inmóviles y caer junto al cuerpo de Israel Hands. Los dedos se me crisparon sobre el palo hasta que me sangraron las uñas, y cerré los ojos como si así pudiera apartar de mi espíritu la idea del peligro. Poco a poco fui

140

recobrando la serenidad, volvió a latirme normalmente el pulso y conseguí dominarme. Mi primer impulso fue retirar el puñal que me mantenía clavado al mástil; pero al notar que estaba profundamente hundido en la madera, me estremecí y renuncié al intento. Precisamente el temblor que sacudió mi cuerpo, fue una ayuda providencial, porque habiendo faltado muy poco para que el pirata errara el golpe, la hoja del cuchillo había pasado solamente la piel del hombro que, al extremecerme, se desgarró enseguida.

La sangre manó inmediatamente, con mayor abundancia; pero me tranquilicé, pues sólo estaba sujeto por la chaqueta y la camisa.

Di un tirón brusco y, ya en libertad, descendí por la jarcia de babor. Por nada del mundo me hubiera aventurado a hacerlo por la de estribor, suspendida sobre el agua, y desde la que había caído, un momento antes, Israel Hands.

Bajé luego a la cámara y curé mi herida como Dios me dio a entender. Me dolía mucho aún y sangraba abundantemente; pero no era profunda, ni peligrosa, y además no entorpecía los movimientos del brazo. Hecho esto, subí de nuevo a cubierta y miré a mi alrededor; el cadáver de O'Brien continuaba junto a la amura, y parecía un maniquí de tamaño natural, pero sin los colores que animan a los muñecos. Como era dueño absoluto de la fragata, decidí desembarazar el puente de aquel cadáver. La posición en que se encontraba, hizo más fácil mi tarea y como la sucesión de trágicas aventuras casi me habían hecho perder del todo el miedo que sentía por los muertos, lo cogí por la cintura, como si fuera un saco de afrecho, y lo arrojé por la borda.

Se hundió con ruidoso chapuzón; el gorro encarnado quedó flotando y cuando el remolino se calmó, vi que yacía junto al cadáver de Israel Hands y que ambos parecían moverse con la temblorosa ondulación del agua. O'Brien, a pesar de su juventud, era completamente calvo y su brillante cabeza quedó apoyada en las rodillas de su asesino. Y los peces se deslizaban rápidamente en torno a ellos.

La marea empezaba a subir y el sol estaba tan próximo al ocaso, que la sombra de los pinos empezaba a extenderse por el fondeadero, llegando hasta el puente de la fragata. La brisa nocturna empezaba a soplar, silbando dulcemente en

141

el cordaje y aunque la bahía estaba abrigada por la colina que alzaba al E. sus dos altos picos, comprendí que podría poner en peligro al barco. Arrié a toda prisa los foques y los amontoné sobre cubierta; pero con la vela de mesana, mi labor fue más difícil. Al embarrancar la fragata, la botavara giró, y su punta, así como uno o dos pies de lona, se hundieron en el agua, lo cual hacía aún más peligrosa la situación. Estaba tan tenso el trapo, que no me atreví a intervenir. Al fin saqué el cuchillo y corté las drizas. La punta de la cangreja dobló inmediatamente y la gran lona cayó al agua, donde estuvo flotando algún tiempo hinchada como una vejiga. A continuación tiré de la cargadera, pero no pude moverla. Había hecho todo lo posible para salvar a *La Hispaniola* y, en adelante, la fragata y yo habíamos de correr nuestra suerte, confiando únicamente en ella.

Entretanto, íbanse espesando las sombras en el fondeadero, y por un claro del bosque se filtraban los rayos del sol que caían, como una lluvia de oro, sobre las floridas matas que crecían entre los restos del barco abandonado. Empezaba a hacer frío; la marea se retiraba hacia el mar y la fragata acentuaba su inclinación al descender las aguas. A duras penas conseguí llegar hasta la proa, donde observé que había ya muy poca profundidad en aquella parte de la playa, por lo que, cogiéndome a un cable para mayor seguridad, me descolgué por la borda. El agua me llegaba a la cintura, la arena era firme y ondulada; fui vadeando hasta la orilla, dejando a la espalda la fragata, con la vela mayor extendida sobre la superficie del fondeadero y, casi al mismo tiempo, ocultóse completamente el sol, mientras la brisa murmuraba suavemente a través de los pinos.

Pensé entonces que, por lo menos, había conseguido salir del mar y que no volvía a la isla con las manos vacías. En lugar seguro quedaba *La Hispaniola*, libre al fin de piratas, y en ella podrían embarcarse mis amigos para hacernos nuevamente a la mar. Estaba impaciente por regresar al fortín para vanagloriarme de mis hazañas; quizá mereciera una reprimenda, pero el haber recuperado la fragata era una proeza tal, que el mismo capitán Smollett se vería obligado a reconocer que yo había sabido aprovechar el tiempo, siendo, a la vez, mi mejor argumento de defensa.

142

Convencido de que todo esto se realizaría punto por punto, me dispuse a regresar al fortín para reunirme con mis amigos y, recordando que el riachuelo que desembocaba en el *Fondeadero de Kidd*, discurría cerca de la colina, cuyas dos cumbres quedaban a mi izquierda, tomé esta dirección.

El bosque era poco extenso y, siguiendo la base de la colina, no tardé en rodearla; poco después crucé el riachuelo, con agua hasta el tobillo, y llegué cerca del lugar donde encontrara, por primera vez, a Ben Gunn. Casi era ya noche cerrada y al salir de la cañada, por donde se deslizaban las aguas del riachuelo, me pareció ver un débil resplandor en lo alto y supuse que Ben habría encendido fuego para preparar su comida; imprudencia que me sorprendió mucho, pues el resplandor podía ser visto también por Silver y sus hombres que acampaban en la marisma, junto al río.

Íbanse espesando las tinieblas y cada vez me era más difícil orientarme, pues tanto la masa del *Catalejo*, como la colina que había dejado atrás, perdían sus contornos en la oscuridad y las estrellas apenas lucían; además, como no podía ver el terreno, tropezaba constantemente con matas y raíces, o caía en los hoyos abiertos en la arena.

De pronto una claridad blanca se extendió en torno mío; miré hacia la cumbre del Catalejo y vi que estaba iluminada por un suave resplandor; poco después me llamó la atención una cosa ancha y plateada que se movía lentamente entre los árboles y comprendí que había salido la luna, lo cual me permitió acercarme al fortín con mayor rapidez. Sin embargo, al penetrar en la arboleda que precedía al reducto, acorté el paso temiendo, que por mi imprudencia, pusieran sus defensores punto final a mi aventura disparando sobre mí.

La luna ascendía y su luz se derramaba en los claros del bosque, formando grandes manchas claras. Inesperadamente vi aparecer un resplandor diferente entre los árboles; una luz roja, que se ensombrecía de vez en cuando como la producida por el rescoldo de una hoguera. No comprendí, entonces, quien podría haberla encendido.

Por fin llegué al límite de la arboleda; la parte occidental del claro donde se alzaba el fortín, quedaba completamente iluminado por la luna, mientras la cabaña, y el resto del terreno, aún estaban sumidos en la oscuridad, surcada por plateadas franjas de luz. Al otro lado de la casa acababa

143

de arder una gran hoguera, y el rojo resplandor de las brasas contrastaba con la pálida luz de la luna. No se veía a nadie y el murmullo de la brisa era el único rumor que turbaba el silencio de la noche.

Me detuve sobresaltado, pues no teníamos la costumbre de encender grandes hogueras y, por orden de Smollett, economizábamos todo lo posible la leña. Entonces empecé a temer que hubiese ocurrido algún contratiempo grave durante mi ausencia.

Cautelosamente, di la vuelta a la empalizada, por la parte del O., manteniéndome siempre en la zona de sombras y, cuando hube llegado a un lugar que me pareció propicio, franqueé la empalizada. Luego, y para poder acercarme con mayor sigilo al fortín, me deslicé, andando a gatas, hasta la esquina N. de la cabaña. A medida que me acercaba, oía con mayor claridad un ruido que, si bien no es armonioso y del que en otras ocasiones me había lamentado, me pareció entonces una agradable melodía: mis amigos estaban roncando tan alta como apaciblemente. El grito del marinero de cuarto: ¡sin novedad! nunca me pareció tan tranquilizador como aquella noche. Sin embargo, debo reconocer que la guardia se hacía bastante mal, pues si en vez de ser yo el que había escalado la empalizada, lo hubieran hecho los piratas de Silver, mis amigos habrían pasado, en un abrir y cerrar de ojos, de su tranquilo sueño a mejor vida.

—Esto sucede porque Smollett está herido —pensé, arrepintiéndome de haber desertado, cuando tan necesaria era mi presencia para cumplir algún turno de guardia.

Cuando llegué a la puerta, me puse en pie. El interior de la cabaña estaba completamente a oscuras y nada pude distinguir, aunque me esforcé en penetrar las tinieblas; únicamente se oían los ronquidos de los durmientes y un rumor como de aleteos y picotazos que no podía explicarme de ninguna manera. Entré sigilosamente, con los brazos extendidos.

—Me iré a dormir a mi sitio —pensaba riéndome interiormente— y mañana cuando despierten, se van a llevar una sorpresa mayúscula.

De pronto, una voz estridente gritó en las tinieblas:

—¡Doblones! ¡Doblones! ¡Doblones!

Los gritos siguieron y en aquel momento me pareció que ningún poder humano podría interrumpirlos.

144

¡Era el *Capitán Flint*, el loro de Silver! El extraño rumor que oyera al entrar, eran los picotazos que daba sobre la madera y él quien, montando la guardia mejor que los piratas, denunciaba mi presencia con su odioso estribillo. No tuve tiempo de reaccionar. Los penetrantes chillidos del pájaro habían despertado a los ocupantes de la cabaña, que se levantaron inmediatamente; al momento, Silver, lanzando una horrible blasfemia, preguntó:

—¿Quién va?

Intenté huir, pero tropecé con alguien, retrocedí y caí entre unos brazos que instantáneamente se cerraron sobre mí.

—¡Dick, trae una antorcha! —dijo Silver, una vez asegurada mi captura.

Y uno de los piratas salió de la casa y regresó seguidamente con una tea encendida.

LIBRO SEXTO

CAPÍTULO I

EN EL CAMPO ENEMIGO

A la rojiza luz de la antorcha, vi que mis peores presentimientos se realizaban. Los piratas ocupaban la cabaña y disponían de nuestros víveres. Allí estaban el barril de coñac, los trozos de carne en conserva y las cajas de galleta, en el mismo sitio; pero lo que me llenó de espanto, fue no ver en ningún sitio huella de prisioneros. Pensé que debían haber perecido todos mis amigos y me reproché no haber estado allí para compartir su suerte y morir con ellos.

Los corsarios eran seis; los demás habían muerto. Cinco estaban en pie y en sus facciones abotargadas se notaba que la voz del loro había interrumpido bruscamente su pesado sueño de borrachos. El sexto se limitó a incorporarse sobre el codo. Estaba pálido como un difunto y el trapo manchado de sangre que rodeaba su cabeza, era claro indicio de que había sido herido y vendado recientemente. Entonces me acordé del pirata herido que huyera a los bosques durante el ataque al fortín y no dudé ni un momento de que era él. El loro estaba posado sobre el hombro de Silver, arreglándose las plumas. John *el Largo*, me pareció más pálido y severo que de costumbre. Llevaba aún el hermoso traje con el que vestía su dignidad de capitán pirata, pero bastante manchado de barro y roto por las matas y ramas espinosas.

—¡Vaya! —exclamó—. ¡Si es Jim Hawkins! ¡Voto al diablo! Me parece muy bien que hayas venido a vernos sin avisar. ¡Muy bien, chico, muy bien!

Sentóse en el barril y empezó a llenar la pipa.

—Déjame el eslabón, Dick —dijo cuando la tuvo preparada. Encendió tranquilamente y prosiguió—: fija la antorcha en el montón de leña y vosotros, caballeros, podéis volver a tenderos. No es necesario permanecer en pie delante de Jim y como es un buen muchacho sabrá excusaros... Así, pues, Jim, has querido darle una sorpresa al viejo John, ¿no es cierto? Siempre he creído que eras un chico inteligente, pero no esperaba que vinieras.

146

Como es fácil suponer, yo no contesté ni una palabra. Me habían colocado de espaldas a la pared y así permanecía, mirando cara a cara a Silver, sereno en apariencia, pero con el corazón oprimido por una sombría desesperación. Silver echó dos o tres bocanadas de humo con calma, añadiendo luego:

—Pues bien; ya que estás aquí, voy a hablarte con franqueza: siempre te he considerado como un muchacho valiente y eres el vivo retrato de John Silver, cuando tenía tu edad. Desde el principio de esta aventura, he pensado compartir contigo el tesoro y hacer de ti un caballero; este es el momento oportuno para preparar un porvenir brillante... El capitán Smollett tiene demasiado empeño en imponer disciplina, aunque he de reconocer que es un buen marino y si su lema es que el deber es el deber, no te conviene caer en sus garras. Incluso el doctor Livesey se ha mostrado poco dispuesto a ayudarte y nos ha dicho que eres un pícaro desagradecido. Tu situación puede resumirse así: no conseguirás reunirte con tus amigos, porque ellos no quieren saber nada de ti y, a menos que formes un tercer bando, lo cual sería muy triste dada la situación que nos separa, no tienes otro remedio que unirte al capitán Silver.

Hasta aquí, todo iba bien. Las palabras de John indicaban que mis amigos vivían, lo cual me tranquilizó mucho, y aunque yo creyera en parte lo que acababa de decirme, respecto a la indignación que por mi atolondramiento sentían, sus noticias, más que abatirme, sirvieron para confortarme.

—Excuso decirte que estás en nuestro poder —continuó Silver—, porque tú mismo puedes comprender que no conseguirías escapar... Me gustan los sistemas persuasivos, pues nunca he podido conseguir nada con amenazas. Si encuentras aceptable lo que acabo de proponerte, quédate con nosotros y en paz; en el caso contrario, eres libre de contestar negativamente. ¡Completamente libre, muchacho! Creo que ningún marino podría exponer un trato con más claridad que yo lo hago.

—¿Debo responder ahora? —pregunté con voz temblorosa.

A través de las corteses palabras de Silver y de su tono amigable, adiviné la amenaza de muerte suspendida sobre

147

mi cabeza; tenía las mejillas ardiendo y el corazón palpitaba dolorosamente en mi pecho.

—¡Claro que no! —contestó Silver—. Esas cosas deben pensarse despacio y ninguno de nosotros está impaciente, porque tu compañía nos es muy grata.

—Pues bien —le dije reanimándome poco a poco—; ya que debo escoger, tengo derecho a preguntar qué ha sido de mis amigos y por qué estáis aquí. Quiero que me digáis la verdad.

—¿La verdad? —gruñó uno de los piratas—. ¡Cualquiera la sabe!

—¡Hazme el favor de no hablar hasta que te pregunten! —exclamó Silver en tono amenazador, dirigiéndose a su compañero. Luego, adoptando nuevamente una actitud amable, prosiguió—: Ayer, por la mañana, el doctor Livesey se presentó en nuestro campamento con una bandera blanca y me dijo: "Capitán Silver, habéis sido traicionado. *La Hispaniola* se ha hecho a la mar". Es posible que nosotros hubiéramos bebido un poco más de la cuenta y que el ron y nuestros cantos la ayudaran a levar anclas. No negaré, tampoco, que no vigilábamos el barco. El caso es que, cuando miramos hacia el fondeadero, pudimos comprobar que el doctor no mentía. Creo que nunca se ha podido reunir una pandilla de imbéciles más acabados que la nuestra y yo soy el más estúpido de todos... El doctor me dijo entonces: "pues bien, capitán Silver, hagamos un pacto". Llegamos a un acuerdo y concertamos que la cabaña, las bebidas y la leña, que tan oportunamente se os ocurrió cortar, y, para resumir, todo lo que contenía este maldito barco, desde las crucetas a la quilla, pasaba a nuestro poder. Todo lo que puedo decirte de tus amigos, es que se fueron y la verdad es que no sé donde pueden estar ahora.

Hizo una pausa para aspirar sosegadamente la pipa y luego prosiguió:

—Y para que no se te ocurra pensar que tú estabas comprendido en el trato, repetiré las últimas palabras de nuestra conversación: "¿cuántos son los que han de salir del fortín?" "Cuatro", me contestó, "uno de los cuales está herido. En cuanto al chiquillo, no sé dónde está, ni me importa saberlo. ¡Que se vaya al diablo! ¡Ya estamos hartos de él!" Eso es lo que dijo tu amigo.

148

—¿Eso es todo?

—Te aseguro que es cuanto puedo decirte, hijo mío — contestó Silver.

—Así, pues, ¿debo decidirme ahora?

—Efectivamente, Jim — respondió sonriente Silver.

—En tal caso, sabed que no soy tan tonto como para ignorar lo que me espera. No me importa un comino lo que pueda suceder y, a fuerza de estar entre vosotros, empiezo a mirar fríamente a la muerte. Sin embargo, cualesquiera que sean los propósitos que alimentáis en este momento, quiero deciros que vuestra situación es desesperada: no tenéis barco, tesoros, ni hombres. El sueño ambicioso que os hizo traicionar a mis amigos, se ha convertido en una realidad poco halagüeña y tened en cuenta que, el causante de todas las desgracias que sufrís, soy yo. ¡Por mí os encontráis ahora en la más incómoda postura que pueda sufrir una banda de corsarios! Yo me encontraba oculto en el barril de manzanas la noche en que dimos vista a la isla y escuché todo lo que habló Silver con Dick y con Hands, que ahora está haciendo compañía a los peces, repitiéndoselo luego a quienes llevaban el mando del barco. He cortado la amarra de *La Hispaniola*, matando después a los guardianes que en ella dejasteis, para conducirla a lugar seguro, donde está a nuestra disposición. Nunca más volveréis a verla. ¡Ahora me toca reír a mí! Desde que empezasteis esta insensata aventura, la fortuna ha estado de mi parte. Podéis matarme o perdonarme la vida; no os temo... Sin embargo, debo añadir que, si no acabáis conmigo, podré seros muy útil cuando estéis ante el tribunal que habrá de sentenciaros por rebelión y piratería. Podéis sacrificar inútilmente una vida más o conservarla, para que el día de mañana sea un testimonio que os salve a todos de la horca. Ahora, haced lo que mejor os parezca.

Me detuve, falto de aliento, pues puse en estas palabras toda mi energía y para ello hube de hacer un gran esfuerzo. Ninguno de los piratas habló, limitándose a mirarme como un rebaño indeciso. Aprovechando aquella pausa, añadí:

—Ahora, John Silver, debo pediros, ya que sois el que más vale de todos los piratas aquí reunidos, que si esto acabara mal para mí, le digáis al doctor Livesey cual ha sido mi actitud.

—Lo haré, Jim —dijo Silver en un tono tan extraño, que no supe si se burlaba de mí o le había impresionado mi valor.

—Yo voy a añadir una fechoría más a las que acaba de confesar ese bergante —dijo Morgan, que era el marinero de rostro color caoba a quien conocí en Bristol, en la taberna del *Catalejo*—. Reconoció a *Perro Negro*...

—Pues bien —rugió Silver—. Añadiré a mi vez algo en la cuenta: ¡Jim Hawkins le robó el mapa a Billy Bones en la posada *Almirante Benbow* y por su culpa vamos de coronilla desde el principio!

—¡Basta ya! ¡Acabemos con él! —gritó Morgan lanzando una terrible blasfemia y, moviéndose con la misma agilidad que si tuviera veinte años, se puso en pie y desenvainó su cuchillo.

—¡Quieto! —gritó Silver. —¿Te has creído que eres el capitán? ¡Aquí no manda nadie más que yo y estoy dispuesto a demostrarlo! Hace treinta años que estoy enviando hombres al otro mundo, a unos colgados de un cable y otros echados por la borda. Todos han servido para alimentar a los peces y si quieres que te pase lo mismo, no tienes más que mirarme entre los ojos. ¡Truenos! Ninguno de los que lo hicieron ha vuelto a ver la luz del día.

Morgan se detuvo dando muestras de vacilación, pero un ronco murmullo de sus compañeros aprobó su actitud anterior.

—Morgan tiene razón — dijo uno de los corsarios.

—¡Ya estoy harto de tu dominio, Silver! ¡Que me ahorquen si me dejo intimidar alguna otra vez por ti! —añadió otro.

—¿Es que alguno de los caballeros aquí presentes quiere medirse conmigo? —tronó Silver inclinándose sobre el barril con el brazo extendido y la pipa, aún encendida, entre los dedos—. Decid claramente lo que queréis, pues supongo que no sois mudos. De nada me hubieran servido tantos años de riesgos y aventuras, si cualquier borracho pudiese venir a desafiarme impunemente... Ya sabéis lo que se acostumbra a hacer en estos casos entre caballeros de fortuna; pues bien, el que se atreva a pelear que coja un cuchillo y juro que habré visto lo que tiene dentro del vientre antes de que se apague esta pipa.

Nadie aceptó el reto.

—Debo reconocer que todos sois valientes —continuó John volviendo a ponerse la pipa entre los dientes—; pero que no valéis gran cosa cuando es preciso mover un cuchillo; ahora bien: me habéis nombrado capitán porque valgo mucho, muchísimo más que todos vosotros juntos y ya que no aceptáis una pelea conmigo, como hacen los caballeros de fortuna que tienen hombría, os aseguro que tendréis que obedecerme. La compañía de este muchacho me complace extraordinariamente, porque no he visto ninguno tan inteligente como él; por otra parte, es más valiente que cualquiera de los cobardes que están ahora en la cabaña y si alguno de vosotros se atreve a tocarle un pelo, le romperé la cabeza. Creo que me habéis entendido todos.

Yo permanecía de pie junto a la pared y aunque presenciaba con el sobresalto que es fácil de suponer la violenta escena, las enérgicas palabras de Silver me hicieron concebir alguna esperanza.

John apoyóse nuevamente en el muro, con los brazos cruzados y la pipa entre los dientes, tan tranquilo como si estuviera en una iglesia. Sin embargo, miraba de soslayo a sus hombres y estoy seguro de que ningún movimiento le pasaba desapercibido. Poco después, los corsarios se reunieron al fondo de la cabaña y el rumor de su charla llegaba a nosotros como el murmullo de un arroyo.

Uno tras otro levantaron sus ojos hacia nosotros y sus torvas miradas tenían una expresión siniestra a la rojiza luz de la antorcha. Sin embargo, no se fijaban en mí, sino que se concentraban en su jefe.

—Supongo que tenéis muchas cosas que deciros —dijo Silver escupiendo con fuerza— y me parece muy bien; lo único que no es tan correcto, es que habléis en voz baja. Decidme lo que sea y si no queréis hacerlo, callaos.

Os ruego que me perdonéis —contestó uno de los piratas—; cumplís con exactitud ciertas atribuciones de mando, pero olvidáis otras que os convendría tener en cuenta. El caso es que esta tripulación está descontenta; le molestan las censuras injustas y me atrevo a decir que tiene los mismos derechos que otras tripulaciones. Sin contravenir ninguna de las reglas que nos habéis dictado, creo que podemos deliberar. En este momento os reconocemos aún como capitán nuestro, pero exijo que nos permitáis hacer uso del derecho a reunirnos en privado para deliberar.

Y saludando correctamente, de acuerdo con las ordenanzas de la marina, el pirata que había hablado, un hombre de unos treinta y cinco años, alto, seco, de aspecto enfermizo y ojos amarillentos, se dirigió fríamente a la puerta y desapareció. Los demás le siguieron y, al pasar junto a Silver, murmuraba cada uno frases de excusa.

—Esto es jugar limpio —dijo uno.

—Consejo de marineros —murmuró Morgan.

Y así fueron saliendo todos, hasta que Silver y yo quedamos solos en el interior de la cabaña.

John retiró entonces la pipa de sus labios y me dijo con voz apenas perceptible:

—Ahora, Jim, hijo mío; estás a dos dedos de la muerte y, lo que es peor, del tormento. Van a destituirme, pero no olvides que, pase lo que pase, yo estaré a tu lado en cuerpo y alma. No pensaba así antes de oírte; estaba desesperado por haber perdido el tesoro y expuesto a bailar en la horca por si lo fuera suficiente; pero he comprendido que tú eres el hombre que me hacía falta y me digo: "defiende ahora a Jim Hawkins y él te defenderá después. Eres su último recurso y Jim también lo es para ti. Y si ahora, Silver, puedes salvarle, él defenderá tu piel".

Entonces empecé a comprender la actitud del jefe pirata.

—Así, ¿creéis que todo está perdido?

—Desde luego. Al perder *La Hispaniola*, nos perdimos nosotros. Sabes que soy fuerte, pero cuando miré hacia el fondeadero y vi que había desaparecido la fragata, se me aflojaron las velas. En cuanto a este consejo, no te preocupes, porque está formado por imbéciles y gandules y, a poco que pueda, te salvaré de sus garras. A cambio de mi ayuda, no olvides que has de salvarme de la horca.

Escuché asombrado a Silver, porque apenas podía creer que el astuto filibustero pusiera su vida en mis manos.

—Haré cuanto pueda —prometí.

—¡Trato hecho! —exclamó Silver—. Hablas como un hombre, ¡vive Dios! y confío en tu palabra.

152

Se acercó renqueando a la antorcha y encendió la pipa.

—Comprende mi posición, Jim —me dijo cuando volvía hacia mí—; ahora soy partidario del *squire*... Sé que has dejado el barco en algún lugar seguro, aunque no comprendo como te las arreglaste para dirigirlo... estoy seguro de que Hands y O'Brien me hicieron traición, pues nunca confié en ellos. Ahora bien: no olvides que yo no pregunto nada, pero tampoco quiero que me pregunte nadie lo que no quiero decir. Sé perder y darme cuenta de las circunstancias adversas. ¡Ah, muchacho! ¡cuántas cosas hubiéramos podido hacer entre los dos!

Tomó un vaso de estaño y acercándose al barril, cogió un poco de coñac.

—¿Gustas, amigo?

Le dije que no y añadió:

—Pues voy a beber un poco, para estar a tono con lo que va a pasar dentro de poco tiempo. Y ya que hablamos de cosas importantes, ¿podrías decirme por qué me dio el doctor Livesey el mapa de Flint?

Debieron expresar mis facciones tal sorpresa, que Silver comprendió inmediatamente la inutilidad de seguir interrogándome.

—Ya veo que no sabes nada —dijo—. El caso es que, buena o mala, hay una razón oculta que movió a Livesey a entregarme el mapa.

Bebió un sorbo de coñac, moviendo la cabeza, con el gesto del hombre que teme lo peor.

CAPÍTULO II

OTRA VEZ LA MOTA NEGRA

Hacía largo rato que duraba la deliberación de los piratas, cuando uno de ellos entró en la cabaña y repitiendo el saludo que hiciera al salir, en el que no se ocultaba cierto matiz irónico, pidió que le dejáramos la antorcha un momento. Silver le dijo lacónicamente que podía hacerlo, y el hombre volvió a salir, dejándonos a oscuras.

—Jim, el aire huele a tormenta —murmuró John, que, a partir de nuestro pacto, me hablaba en tono afectuoso y familiar.

Me acerqué a la aspillera más próxima y miré hacia afuera. Las brasas de la gran hoguera estaban casi apagadas y entonces comprendí que necesitaran la antorcha. Estaban los forbantes reunidos cerca de la empalizada y uno de ellos mantenía en alto la tea; otro, estaba arrodillado y tenía un cuchillo en la mano, cuya hoja reflejaba, mezclados, los rayos de la luna y el fulgor de las brasas. Los demás estaban inclinados, observando atentamente lo que hacía el que empuñaba el cuchillo. Fijándome detenidamente en él, observé que tenía también un libro en la mano y me preguntaba cómo podía haber llegado a sus manos; el hombre se puso en pie, le imitaron los demás y todos se dirigieron hacia la cabaña.

—¡Ya vienen! —dije volviendo a situarme donde antes estaba, pues me pareció contrario a mi dignidad que me vieran observarles.

—¡Que vengan, que vengan! —respondió tranquilamente Silver—. Aún no se me han acabado las municiones.

Abrióse la puerta y los cinco piratas se detuvieron en el umbral; tras un momento de vacilación, adelantóse uno de ellos, cuyo paso hubiera resultado cómico en otras circunstancias, pues, cada vez que ponía el pie en el suelo, dudaba entre seguir andando o reunirse de nuevo con sus compañeros. Llevaba el brazo derecho extendido y el puño cerrado.

—¡Acércate, hijo mío, que no te voy a devorar! —gritó Silver—. Vamos, no seas gallina. Conozco el ceremonial y no pienso agredir a un parlamentario.

Animado por estas palabras, el bandido anduvo con mayor decisión y cuando llegó junto a John, y después de deslizar algo en su mano, volvió la espalda y corrió hasta donde le esperaban los demás.

Silver miró un momento lo que acababa de darle el pirata y luego dijo:

—Bueno; esperaba la mota negra, pero... ¿de dónde habéis sacado este papel, desgraciados? ¡Truenos! ¡Habéis cortado la hoja de una Biblia! ¿Quién ha sido el insensato que se ha atrevido a cortarla? Esto os traerá mala suerte.

—¡Ya decía yo que nada bueno podía resultar de esto! —exclamó Morgan.

—Ahora, ya habéis acordado lo que os conviene —siguió John—, y nada puede salvaros de la horca. Todos vais a bailar la misma danza. ¿Quién tiene una Biblia?

154

—Dick —contestó uno.

—Entonces, muchacho —aconsejó serenamente Silver—, puedes empezar a preparar tu alma, porque eres el que más culpa tienes. ¡Te veo con la corbata anudada!

El pirata de los ojos amarillentos dijo:

—Ya hemos hablado bastante, John. Acabamos de darte la mota negra por unanimidad. Lee lo que está escrito al otro lado y luego di lo que quieras.

—Gracias, Jorge —contestó Silver—; me complace observar que conoces a fondo las reglas y eres partidario de las soluciones rápidas. Vamos a ver... ¡Ah! Depuesto, ¿verdad? Vaya, vaya; está muy bien escrita esta palabra; parece letra impresa. ¿Es tu letra, Jorge? Esto aumenta tu importancia entre la tripulación... No me extrañaría que llegaras a ser capitán. ¿Queréis hacer el favor de acercar la antorcha? Este tabaco se apaga constantemente.

—¡Vamos, Silver, ya es hora de que no te burles de nosotros! —exclamó Jorge—. Ya sabemos que tienes un humor extraño, pero convendría que ahora te olvidaras de las bromas y vinieras a votar con nosotros. Hay que elegir nuevo jefe.

—Si no me engaño, dijisteis que conocíais las reglas —respondió Silver—; pero veo que no. No me moveré de aquí, porque soy vuestro capitán, hasta que me hayáis expuesto vuestras quejas. Mientras no lo hagáis, la mota negra vale tanto como un trozo de galleta roído por las ratas.

—¡Oh! —respondió Jorge—. En lo que voy a decirte, estamos todos de acuerdo y tú mismo habrás de reconocer que nos sobra la razón. En primer lugar, has estropeado el viaje, no puedes negarlo. En segundo término, has permitido que nuestros enemigos se escaparan de esta cabaña, donde los teníamos sitiados. Ignoro los motivos que tenían para marcharse; pero, la verdad, es que lo deseaban ardientemente. Además, nos impediste atacarles cuando salían. Y, para concluir, defiendes a ese muchacho. Creemos que estás jugando con dos barajas y te equivocas si esperas engañarnos.

—¿Es eso todo? —preguntó Silver.

—Creo que con lo dicho basta. Por tu culpa nos vamos a secar al sol con una cuerda al cuello.

—De acuerdo. Ahora, escuchadme. Voy a contestar sucesivamente a las cuatro acusaciones. Todos sabéis lo

155

que me proponía hacer para conseguir el tesoro; pues bien, si me hubierais obedecido, a estas horas navegaríamos a bordo de *La Hispaniola*, tranquilos y satisfechos, con víveres abundantes y riquezas fabulosas encerradas en la bodega. ¿Quién ha contravenido siempre mis órdenes? ¿Quién ha sido el maldito que se atrevió a contrariar los planes de su capitán legítimo? ¿Quién el que se propuso endosarme la mota negra desde el primer día que bajamos a tierra y ha empezado esta danza que se parece, como una gota de agua a otra, al rigodón que acostumbra a bailarse en la Dársena de las Ejecuciones? Ya que no queréis contestarme, os lo diré yo: los culpables fueron Anderson y Hands, a los que te uniste tú, Jorge Merry, ¿y tienes la insolencia de pretender mi puesto, cuando nos has perdido a todos? ¡En toda mi vida, no he visto audacia mayor que la tuya!

Interrumpióse Silver y las facciones de los piratas denotaron que sus palabras no habían sido pronunciadas en vano.

—¡Creo que la acusación número uno ha sido contestada debidamente! —exclamó John, secándose el sudor que perlaba su frente, pues había hablado con tal vehemencia que su voz hacía retemblar la cabaña—. No quiero seguir tratando con individuos que han perdido el seso y la memoria. ¿En qué pensaban vuestras madres el día que os dejaron embarcar? ¡Marinos! ¡Caballeros de fortuna! Me parece que habéis nacido para sastres...

—Sigue, John; responde a las otras acusaciones —pidió Morgan.

—¡Lo haré, malditos! ¡Con mucho gusto! Decís que este viaje ha fracasado. ¡Pues claro que sí! ¡No os dais cuenta exacta de nuestra situación! A mí empieza a dolerme el cuello. Supongo que habréis visto alguna vez a un ahorcado. Un palo, una cuerda, los cuervos revoloteando alrededor del cadáver... un hermoso cuadro, no hay duda. Pues bien; cuando los marineros vayan por el río, señalarán con el dedo y preguntarán: "¿quién es ése?" y, como más de uno me conoce, les responderán: "es John Silver". Y hasta la boya siguiente se oye el ruido de las cadenas. Por culpa de Hands, de Anderson y de otros locos tan peligrosos como Jorge, estamos a un paso de la Dársena. Por lo que se refiere a este muchacho, mi defensa se limitara a preguntaros si queréis prescindir de un rehén que puede sernos de gran utilidad.

¿Queréis caer en manos de los jueces, atados de pies y manos, por haber asesinado al único que os podía ayudar? ¡No seáis estúpidos! Estoy convencido de que Jim es nuestro último recurso y, mientras yo pueda evitarlo, no le mataréis. Dijisteis también que dejé escapar a los defensores de la cabaña... ¿es que os parece poca comodidad tener un médico, diplomado y todo, que venga cada día por la mañana y por la tarde a visitaros? Contesta tú, Morgan, que tienes la cabeza rota, o tú, Merry, que aún no hace seis horas estabais temblando de fiebre. ¿Habéis olvidado que ha de venir un barco de socorro? Cuando llegue, veremos si es inútil haber conservado rehenes. En cuanto al segundo punto, recordad que todos me pedisteis de rodillas que hiciera un pacto, porque estabais acobardados e ibais a morir de hambre. Si lo dicho no basta, ahí va otra de las razones que me hicieron concertar la tregua.

Así diciendo, Silver arrojó al suelo un papel que identifiqué enseguida con el amarillento mapa de Flint, que encontré en el cofre de Billy Bones. No podía comprender que el doctor le hubiera dado a Silver la única guía que poseíamos para encontrar las riquezas escondidas; pero si para mí era inexplicable, los piratas no daban crédito a sus ojos cuando vieron el papel en el suelo. Tras un momento de vacilación, se lanzaron todos sobre él, como lo hubiera hecho un grupo de gatos, si un ratón hubiese cometido la imprudencia de pararse ante ellos. Frenéticos, se lo arrancaban de las manos y, quien hubiera oído sus gritos, los juramentos y risotadas con que acompañaban el examen del viejo papel, habría supuesto que ya tenían el tesoro almacenado a bordo.

—Sí —dijo uno de los piratas—; este es el mapa de Flint. Aquí están sus iniciales, *J. F.* y su rúbrica. Así firmaba siempre.

—Todo está muy bien... pero, ¿cómo podremos llevarnos el tesoro, si no tenemos barco? —objetó Jorge.

Silver se levantó de un salto y apoyando la mano en la pared, gritó:

—¡Si pronuncias una sola impertinencia más, tendrás que vértelas conmigo! ¡Eso tenías que haberlo preguntado antes de perder mi fragata! ¡Discurrid, ahora, vosotros, si podéis hacerlo con menos cerebro que una hormiga! Por mí puede venir el diablo a buscaros, pero como tú sabes hablar con cortesía, me tratarás respetuosamente en lo sucesivo, ¿lo entiendes bien, Jorge?

—Justo es reconocerlo —dijo Morgan.

—¡Ya lo creo! —dijo John—. Yo encuentro el tesoro y vosotros perdéis el barco. ¿Quién se ha portado mejor? ¡Y ahora, dimito! Nombrad capitán al que os parezca conveniente, porque ya estoy de vosotros hasta la coronilla.

—¡Elegimos a Silver! ¡Viva el *Saltamontes*! —gritaron todos.

—Esa es la canción, ¿verdad, hijos míos? —dijo Silver—. Jorge, creo que tendrás que esperar un momento más favorable para ser capitán... y puedes dar gracias a Dios por no haber hecho rencoroso a John Silver. Bueno, amigos; supongo que la mota negra ya no sirve para nada. En resumen, Dick ha llamado a la desgracia y estropeado al mismo tiempo su Biblia.

—¿No podría apartar el maleficio, besando el libro? —preguntó Dick, evidentemente inquieto por las palabras de John.

—¡Ni pensarlo! —contestó rápido el jefe—. Una Biblia, con una hoja cortada, tiene tanto valor como un libro de canciones y para nada sirve jurar sobre ella.

—¿De veras no obliga a nada el juramento faltándole al libro una hoja? —preguntó Dick con cierta alegría—. En todo caso, me parece conveniente guardarla.

—Toma, Jim; este será un recuerdo curioso —dijo Silver entregándome la mota negra.

Era el redondel del tamaño de una moneda de una corona. Estaba blanco de un lado, porque los forbantes habían recortado la última hoja; el otro contenía algunos versículos del Apocalipsis y, entre otras, estas palabras que me hicieron una gran impresión: *Quedaron excluidos los perros y los homicidas*. El lado impreso había sido ennegrecido con un tizón, que empezaba ya a desprenderse, ensuciándome los dedos; en el lado blanco estaba escrita, con pésima caligrafía, la palabra *Depuesto*. Mientras escribo estos recuerdos, tengo ante mí esta curiosa comunicación, pero del escrito no queda otra huella que un arañazo, como si hubieran pasado la uña sobre el papel.

158

Así terminó la aventura de aquella noche. Antes de acostarnos, fue distribuida una ración de coñac y la venganza de Silver se limitó a nombrar centinela a Merry, amenazándole con darle muerte si cometía alguna traición.

Tardé mucho en dormirme, desvelado por los recuerdos de aquella jornada en la que había arriesgado mi vida: el cadáver de Hands, el peligro que corría entre aquellos bandidos y la difícil posición que había aceptado Silver al someter con una mano a los piratas, mientras procuraba salvar con la otra su miserable existencia.

John dormía tranquilamente y roncaba muy fuerte. A pesar de su maldad, me compadecí del jefe pirata, pensando en los peligros que le rodeaban y en la siniestra horca, donde seguramente habrían de acabar sus sangrientas aventuras.

CAPÍTULO III

BAJO PALABRA DE HONOR

Me despertó, o, mejor dicho, nos despertó a todos, porque hasta el centinela pareció incorporarse con tanta violencia que hizo temblar la puerta donde estaba apoyado, una voz clara y vigorosa que llamaba desde el límite del bosque:

— ¡Ah de la cabaña! ¡Aquí está el doctor!

Efectivamente, era el doctor Livesey y aunque me alegraba escuchar de nuevo su voz, mi satisfacción estaba enturbiada por el recuerdo de mi indisciplinada actitud y, pensando en las consecuencias de mi atolondramiento, así como en el final desastroso de mi aventura, no me atreví a mirarle con la frente alta.

Debía haberse levantado apenas empezó a apuntar el alba, pues aún no había salido el sol y, cuando miré por una de las aspilleras, le vi como viera en cierta ocasión a Silver: con las piernas hundidas en la baja niebla.

—¿Sois vos, doctor? Hago votos para que podáis disfrutar de un día excelente —exclamó Silver que en un momento se había despejado, recobrando su radiante expresión de bondad—. Como dice el proverbio: *El pájaro madrugador es el que se lleva la mejor parte.* ¡Jorge, sacude la pereza y ayuda al doctor Livesey para que pueda pasar la empalizada... Todo va bien, doctor; vuestros pacientes están satisfechos y tranquilos.

Hablaba desde lo alto del cerro, con una mano apoyada en la pared de la cabaña y descansando el cuerpo sobre la muleta. Por su actitud cortés y el tono de su voz, parecía ser el hombre amable y bonachón cuyas aparentes cualidades sedujeran, en Bristol, a mister Trelawney.

—Os reservamos una sorpresa, señor —prosiguió John—. Ha venido a visitarnos un joven forastero, valiente como pocos. Será nuestro huésped de ahora en adelante y puedo asegurar que ha dormido toda la noche, como un sobrecargo, al lado de John Silver.

El doctor Livesey, que en aquel momento saltaba la empalizada, preguntó con voz cuya alteración no se ocultó:

—¿Es Jim Hawkins?

—El mismo que viste y calza —respondió alegremente John.

El doctor, que ya había saltado, se detuvo de pronto y permaneció algún tiempo en silencio, como si le fuera difícil reaccionar, hasta que al fin dijo:

—Bueno, bueno, Silver; la obligación es antes que la devoción, como tú hubieras dicho. Vamos a visitar a nuestros enfermos y luego veremos.

Un momento después entró en el fortín y saludándome con un ligero movimiento de cabeza, se interesó por el estado de sus enfermos. No demostraba desconfianza, aunque no ignoraba que mientras estuviera entre aquellos bandidos, su vida estaba pendiente de un hilo, y hablaba con sus pacientes en el mismo tono que si hablara con una honrada familia inglesa, durante una visita profesional.

Supongo que sus modales imponían respeto a los forbantes, pues le trataban con la misma consideración que si fuera aún el médico de a bordo y ellos, fieles marineros, que no hubieran pensado nunca en piratear.

—Eso va bien, amigo mío —le dijo al de la cabeza vendada—, y si algún hombre ha tenido suerte en esta vida, puedes asegurar que no te aventaja en fortuna; debes tener la cabeza más dura que el hierro. Y tú, Jorge, ¿cómo te encuentras? La verdad es que tienes muy mal color; debe habérsete vuelto del revés el hígado. ¿Tomaste la medicina? ¿Alguno de vosotros se la ha visto tomar?

—Podéis tener la seguridad de que lo ha hecho —contestó Morgan.

—Me interesa mucho que te cuides, porque, como todos podéis ver, desde que soy médico de marineros amotinados, o, mejor dicho, médico de cárcel —continuó Livesey en tono festivo—, es para mí cuestión de honor no perder ni una sola vida de las que el Rey Jorge, que Dios guarde, destina a los remos de sus galeras.

Los piratas se miraron unos a otros, pero soportaron en silencio esta frase inequívoca.

—Dick no se encuentra bien —dijo uno de los piratas.

—¿De veras? —contestó el doctor—. Vamos a ver: acércate, Dick, y enséñame la lengua. Muy bien, así... ¡Caramba! Lo que me extrañaría es que te encontraras bien; la lengua de este buen muchacho asustaría hasta a los mismos lebreles. Otro caso de fiebres; es un agradable regalo de la isla.

—¿Lo ves? —exclamó Morgan—. Eso te pasa por haber profanado la Biblia.

—No; eso le sucede porque sois tan asnos que no sabéis distinguir el aire puro, del viciado; ni la tierra seca, del fangal pestilente e infectado. Supongo, aunque lo que voy a deciros es simplemente una opinión personal, que las vais a pasar muy negras antes de libraros de la malaria. ¡A quién se le ocurre acampar en una marisma! Me extraña que tú, Silver, hayas cometido una equivocación semejante, porque eres el más cuerdo de la pandilla; pero, desde luego, habéis demostrado desconocer las reglas higiénicas más elementales.

—Bueno; ya hemos acabado hoy —dijo cuando hubo distribuido las medicinas, que los piratas tomaron con risible docilidad, más como escolares asustadizos que como sanguinarios forbantes—. Ahora, desearía hablar un momento con ese muchacho, si no os molesta.

Jorge Merry, que estaba en la puerta de la cabaña escupiendo, porque acababa de tomar una medicina amarga, se volvió hacia el interior, como si le hubiera picado un tábano y gritó:

—¡Nos molesta! ¡No hablaréis con él!

Silver dio un fuerte golpe en el barril con la mano abierta y ordenó, mirando a su alrededor como un león enfurecido:

—¡Silencio...! Doctor —continuó adoptando su tono habitual—, supuse que querríais hablar con Jim, porque le tenéis mucha simpatía. Humildemente os agradecemos la bondad con que nos tratáis y, como podéis comprobar, tomamos vuestras medicinas con la misma confianza que si en vez de ellas nos dierais ron. Tengo la seguridad de haber encontrado una solución que complacerá a todos: Hawkins, ¿quieres darme tu palabra de honor, pues aunque has nacido pobre, sé que eres un caballero en pequeño, de que no intentarás escaparte?

La di en el acto.

—Entonces, doctor —dijo Silver—, hacedme el favor de franquear la empalizada y, cuando estéis al otro lado, dejaré a Jim para que vaya a vuestro encuentro. Aunque la valla se interponga entre el muchacho y vos, creo que podréis decirle cuanto queráis. Buenos días, señor; os ruego que les presentéis mis respetos al capitán Smollett y al *squire* Trelawney.

La tumultuosa desaprobación de los piratas, que la encendida mirada de Silver había conseguido dominar de momento, estalló cuando el doctor hubo salido de la cabaña. Acusaban a Silver de jugar con dos barajas y de intentar una paz que le favoreciera exclusivamente a él, sacrificando los intereses de sus cómplices o víctimas. Tan fundadas me parecieron las acusaciones, que no podía adivinar cómo podría desvanecer las sospechas de sus compañeros.

Sin embargo, Silver valía más que todos los corsarios juntos y su victoria de la víspera, le había hecho alcanzar un gran ascendiente sobre ellos. Les dirigió todas las injurias imaginables y, agitando el mapa de Flint como una bandera, preguntó a gritos si era noble romper el pacto el mismo día que iban a empezar la búsqueda del tesoro.

—¡No! ¡Truenos! —exclamó—. Romperemos el pacto cuando nos convenga y, entretanto, le limpiaré las botas al doctor Livesey si es preciso.

A continuación, ordenó que encendieran fuego y, apoyando una mano en mi hombro, salió de la cabaña, dejando a los piratas más extrañados de su volubilidad que convencidos.

—¡Despacio, muchacho, despacio! —dijo Silver—. Si vieran que apresuramos el paso, caerían sobre nosotros en un abrir y cerrar de ojos.

Lentamente, nos acercamos al lugar donde esperaba el doctor y, cuando estuvimos a suficiente distancia para poder hablar cómodamente, Silver se detuvo.

—Doctor, os ruego que no olvidéis que le he salvado la vida a este muchacho, como él mismo os dirá y que, por defenderle, me han largado la mota negra esos condenados. Creo que cuando un hombre arriesga a cada momento el pellejo navegando contra la tormenta, como yo lo estoy haciendo, bien merece una promesa que le estimule a seguir. Recordad que no es sólo mi vida la que está en juego ahora, sino también la de este muchacho.

Silver, de espaldas a sus compañeros, parecía un hombre distinto. Le temblaba la voz y sus mejillas parecían hundidas. No creo que nadie se haya dado cuenta, con mayor claridad, de que le rondaba la muerte, como Silver en aquellos peligrosos momentos.

—¿Tenéis miedo, Silver? —preguntó el doctor.

—No soy cobarde —contestó Silver—, y si lo fuera, sabría ocultarlo; pero debo reconocer que la perspectiva de morir ahorcado me hace temblar. Sois un hombre bueno y leal. ¡En mi vida he visto un caballero que en tales cualidades os aventajara…! Bueno, confío en que no olvidaréis mis fechorías, pero recordaréis también lo que haya hecho de bueno en esta vida. Y, ahora, me marcho; quedaos con Jim. Esto vale algo, pues sabéis que arriesgo la vida.

Así diciendo, Silver se retiró un poco, lo suficiente para no oír nuestras palabras y, sentándose en el tronco de un árbol, se puso a silbar. De vez en cuando volvía la cabeza para no perdernos de vista, a nosotros y a los piratas, que iban y venían por la arena, entre el fuego, que estaban reanimando, y la casa, de donde sacaban cerdo salado y galleta para preparar el desayuno.

—Así, pues, Jim, te encuentras en manos de estos bandidos —me dijo el doctor—. Bien sabe Dios que no quisiera censurarte, pero sí debo decirte una cosa, por mucho que te duela: cuando el capitán Smollett estaba sano, no te atreviste a desertar y lo hiciste apenas cayó herido...

Reconozco que no pude contener las lágrimas.

163

—Doctor —repuse—; no aumentéis mi pena. Bastante me acuso a mí mismo de haberos abandonado, cuando más necesaria era mi presencia. He arriesgado mi vida y ya estaría muerto si John no me hubiera protegido. Puedo morir y quizá lo merezco, pero lo único que me espanta es el tormento...

—Jim —interrumpió el doctor con emocionado tono—; no puedo permitir que corras ese peligro. Salta la empalizada deprisa y huiremos juntos.

—He dado mi palabra de que no intentaría escapar.

—¡Lo sé, lo sé! —exclamó Livesey—. Eso ya no tiene remedio; acepto sobre mí la vergüenza y el deshonor, muchacho, pero no puedo dejarte ahí. ¡Salta! Una vez a este lado, correremos como gamos y, en un instante, estaremos fuera de su alcance.

—No, doctor; eso no lo haríais vos, y tampoco el *squire* o el capitán Smollett faltarían a su palabra. Me quedo; Silver ha confiado en mí... pero, no me habéis dejado concluir lo que os decía... Si llegaran a martirizarme, es posible que no pudiera callar el sitio donde está escondida *La Hispaniola*, pues habéis de saber que me apoderé de la fragata, con tanto riesgo como fortuna, y la conduje a la *Bahía del Norte*, donde está encallada a estas horas en un banco de arena...

—¡*La Hispaniola*! —exclamó con infinita sorpresa el doctor.

Le referí entonces mi aventura, que escuchó atentamente y sin interrumpirme.

—Parece haber algo de fatalidad en todo eso, Jim. En los casos de mayor peligro, eres tú quien nos salvas la vida; ¿puedes suponer que ahora vamos a dejarte nosotros desamparado? Sería una ingratitud de la que, en esta vida y la otra, tendríamos que avergonzarnos. Tú descubriste el motín mientras lo preparaban; encontraste a Ben Gunn, que es, sin duda, lo mejor que has hecho... y, por tales acciones, mereces vivir ochenta años. A propósito de Ben Gunn, ¡es el diablo en persona...! ¡Silver! ¡Silver! Te voy a dar un consejo —prosiguió cuando John estuvo cerca—: no te apresures en buscar el tesoro.

—Os aseguro que haré todo lo posible por complaceros —respondió amablemente Silver—; pero debéis tener en

164

cuenta que, si he de salvar la vida de Jim y mi pellejo, únicamente puedo hacerlo encontrando el tesoro.

—Siendo así, te diré algo más: cuando des con él, abre
bien los ojos y mira al cielo, porque es muy posible que caiga
un chubasco.

—Señor —contestó John muy extrañado—; en confianza debo deciros que no entiendo absolutamente nada de lo
que me decís; todo lo que está sucediendo es muy extraño.
¿Por qué abandonasteis la cabaña, entregándome el mapa de
Flint? Aunque a oscuras, he ido cumpliendo lo prometido,
sin recibir la más leve esperanza, pero esto de ahora ya es
demasiado. Si no me decís lo que significan vuestras palabras, dejo el timón...

—No; no puedo decir más, Silver, porque el secreto no me
pertenece. Sin embargo, voy a hacer lo posible y un poco más,
aun a riesgo de que el capitán Smollett me chamusque la peluca. Ante todo, quiero darte una leve esperanza: si salimos con
vida de esta isla infernal, haré todo lo posible, excepto jurar en
falso, para salvarte la vida.

El rostro de Silver adoptó una expresión de radiante
felicidad.

—¡No hubierais hablado mejor, si fuerais mi padre!
—exclamó con amplia sonrisa.

—Esto es una concesión —prosiguió el doctor—, y ahora
te voy a dar un consejo: conserva a este muchacho contigo y
defiéndele. Si necesitas auxilio, llámanos. Ahora mismo voy
en busca de ayuda. Hasta la vista, Jim.

Me estrechó la mano a través de la valla y despidiéndo-
se de Silver con un gesto, entró en el bosque, andando con
rápido paso.

CAPÍTULO IV

EL INDICADOR DE FLINT

—Jim —dijo Silver cuando se fue el doctor—; es cierto que me debes la vida, pero tú has salvado la mía y no lo
olvidaré nunca. Aunque parecía no enterarme de nada, he
notado que el doctor te invitaba a huir y por el rabillo del ojo
he visto que contestabas con un enérgico movimiento de

cabeza: "¡no!". Estoy tan seguro de lo que te digo, como si os hubiera oído. Desde que falló nuestro ataque a *La Hispaniola*, este es el único momento en que empiezo a mirar el porvenir con cierta esperanza. Ahora tendremos que empezar la búsqueda del tesoro con órdenes selladas, lo cual, francamente, no me gusta; tú y yo tenemos que estar siempre juntos y guardarnos mutuamente las espaldas. Si jugamos con los ojos bien abiertos, conseguiremos guardar la piel contra viento y marea.

En aquel momento, uno de los piratas que estaban cerca del fuego, nos dijo que el desayuno estaba preparado y, poco después, nos sentábamos sobre la arena para comer nuestra ración de galleta y tasajo frito.

En la hoguera que encendieron, habríase podido asar cómodamente un buey, por lo que su calor impedía acercarse a ella, como no fuera a favor del viento y, aun así, era preciso hacerlo con cautela. Lo mismo que la leña, habían despilfarrado los víveres, pues habían preparado tres veces más de lo que nos hubiéramos podido comer y, uno de los piratas, riendo estúpidamente, arrojó al fuego lo que sobraba, quizá para distraerse, viendo como las llamas crecían al caer en los leños la grasa. No he visto nunca hombres que miraran con tanta despreocupación el porvenir; *vivir al día* era el único propósito que cumplían con exactitud. Su imprevisión respecto a los víveres y el plácido sueño con que acortaban la guardia los centinelas, me hizo ver que, aunque eran capaces de pelear valerosamente en una refriega, eran inútiles para todo lo que se pareciera a una campaña larga y que exigiera disciplina.

Silver, que estaba comiendo tranquilamente, con el loro encaramado a su espalda, no les reprochó su imprevisión, lo cual me sorprendió mucho, porque nunca se había mostrado John tan sagaz y astuto como entonces.

—Sí, compañeros —dijo—; es una gran suerte que Barbecue esté con vosotros para discurrir por vosotros. Tenemos la seguridad de que pueden disponer del barco, aunque ignoramos el lugar en que lo ocultan. Cuando hayamos encontrado el tesoro, tendremos que empezar a buscarlo y si llegamos a poner los pies en la cubierta, ¡nuestra será la victoria!

Siguió hablando con la boca llena, reanimando con parecidas frases a sus hombres y silenciando sus propios temores al mismo tiempo.

166

—En cuanto al chico éste —dijo señalándome—, supongo que es la primera y la última vez que habla con sus amigos, a los que tanto quiere. Gracias a él, he sabido cuanto me interesaba, pero ya se han acabado las contemplaciones y no se apartará de mí ni un instante cuando vayamos a buscar el tesoro, pues debemos conservarle como si fuera un cofre lleno de diamantes. Cuando tengamos en nuestro poder las riquezas de Flint y el barco, llamaremos al joven señor Hawkins, ¿sabéis para qué? —preguntó guiñando un ojo— ¡para darle la parte del tesoro que le corresponde por el interés que siempre nos ha demostrado!

No es de extrañar que las palabras de Silver mejorasen pronto el humor de los piratas; el mío, en cambio, era cada vez más sombrío. No dudaba que si John podía llevar a cabo el plan que acababa de exponer, lo realizaría con la misma facilidad que sus anteriores traiciones. Estaba aún con un pie en cada campo y no era posible dudar de que, entre ser rico y libre, si sus proyectos de traición se realizaban con éxito, o librarse simplemente de la horca, si cumplía la promesa que nos hiciera, elegiría lo primero. Mas, aunque el pirata se viera obligado a portarse lealmente con el doctor Livesey, ¡cuántos peligros nos acechaban aún! ¿Qué sucedería cuando sus hombres se dieran cuenta de que les traicionaba y con qué probabilidades de éxito contábamos, si había de emprender una lucha contra cinco marineros vigorosos y resueltos a luchar hasta el fin, siendo él un inválido y yo un chiquillo? A esta doble preocupación, se unía en mi espíritu la inquietud producida por la extraña conducta de mis amigos, cuyo abandono del fortín y la entrega del mapa de Flint a Silver, eran hechos de gran importancia, cuyos motivos no podía siquiera imaginar. Aún era menos comprensible la advertencia hecha por mister Livesey a John:

—*Cuando des con él, abre bien los ojos y mira al cielo, porque es muy posible que caiga un chubasco.*

Así se comprenderá el escaso apetito con que desayuné y el terror que sentí cuando salí con los piratas en busca de las fabulosas riquezas. Aquellos hombres formaban un cortejo extraño a más no poder; iban todos vestidos con trajes de marinero, rotos y sucios, y armados hasta los dientes. Silver llevaba dos fusiles en bandolera, uno al pecho y otro a la espalda, el machete de abordaje y una pistola en cada bol-

167

sillo de su casaca; completando su abigarrada figura, el *Capitán Flint* iba sobre el hombro de su amo mascullando incoherentes palabras de la terminología marinera.

Yo llevaba una cuerda atada a mi cintura y seguía dócilmente al jefe pirata que sostenía el cabo libre, unas veces con los dientes y otras con su fuerte mano, como un oso de feria. Los demás piratas iban cargados, unos con picos y palas y otros con carne de cerdo, galleta y aguardiente para el almuerzo. Los víveres procedían de la reserva que transportamos a tierra al abandonar *La Hispaniola* y entonces comprendí cuanta razón tenía Silver, al decirles la noche anterior, que había pactado ventajosamente con mis amigos, cediendo a los incesantes ruegos que mientras les atormentaba el hambre le hicieran. Si no hubiera llegado a un acuerdo con los defensores del fortín, él y sus hombres se hubieran visto obligados a beber agua sola y alimentarse con lo que pudieran cazar. El agua no es bebida que le guste a un marino y, además, los navegantes no suelen tener buena puntería, lo cual, sumado a la escasez de pólvora y balas, puede dar idea de lo comprometida que hubiera sido su situación sin la habilidad diplomática de Silver.

Equipados como ya he descrito, salieron de la cabaña todos los forbantes, incluso el hombre de la cabeza vendada, que hubiera debido permanecer acostado a la fresca sombra de los árboles, y nos dirigimos hacia la orilla, donde nos esperaban las dos lanchas de la fragata, en las que habían dejado huella las formidables borracheras de los bandidos; el banco de una de ellas estaba roto y ambas estaban llenas de barro y agua sucia. Para mayor seguridad nos llevamos las dos y, apenas se repartieron en dos equipos los piratas, las embarcaciones surcaron las tranquilas aguas del fondeadero. Mientras remábamos, se inició una violenta discusión respecto al mapa. La crucecita roja era, por su tamaño, una indicación imprecisa que no podía tomarse como guía y los términos de la nota escrita al dorso, como se verá, tenían cierta ambigüedad.

Como recordará el lector, la anotación decía lo siguiente:

Árbol alto, cima del Catalejo, mirando hacia el N. N. E. un cuarto hacia el N.

168

Isla del Esqueleto E. S. E. un cuarto al E. Diez pies.

Un gran árbol era, pues, la guía principal. Frente a nosotros, el fondeadero quedaba limitado por una meseta de dos o trescientos pies de altura, que hacia el N. se reunía con la vertiente meridional del *Catalejo* y por el S. formaba y volvía a elevarse hacia el S., formando la eminencia abrupta y cortada por acantilados, que se llamaba el *Monte Mesana*. Pinos de diversos tamaños y altura, crecían en la meseta. Aquí y allá, alguno de ellos, aunque de especie distinta, descollaba entre los que le rodeaban, sobrepasándoles en cuarenta o cincuenta pies. No podía decirse cuál fuera el indicado por Flint, sin consultar la brújula sobre el terreno. Sin embargo, todos los piratas habían elegido ya su árbol antes de que hubiéramos recorrido la mitad de la distancia que nos separaba de la otra orilla. John limitábase a encoger los hombros diciendo que debían esperar con un poco de paciencia antes de hacer conjeturas.

Las barcas avanzaban lentamente, pues Silver lo había ordenado así para evitar que nos cansáramos prematuramente y después de una travesía bastante larga, llegamos a la desembocadura del riachuelo que bajaba del *Catalejo* por el fondo de una cañada cubierta de maleza. Abordamos allí y bajamos a tierra, dirigiéndonos inmediatamente hacia la izquierda, e iniciando la ascensión de la escabrosa pendiente que conduce a la meseta.

Al principio, el terreno fangoso y la enmarañada vegetación del pantano, dificultaron nuestra marcha; poco a poco, la cuesta se fue haciendo más áspera y firme, cambió la vegetación y empezamos a andar por un espacio más descubierto. Nos acercábamos a uno de los sitios más bellos de la isla. Una especie de retama muy aromática y numerosos arbustos, sustituyeron a las altas hierbas; bosquecillos de mirísticas contrastaban con el rojizo tronco y la ancha forma de los pinos y el picante olor a nuez moscada de las primeras, se mezclaba con el de la resina. El aire era vivo y fresco, constituyendo un descanso que nos aliviaba de los ardientes rayos del sol.

El grupo se dispersó y los piratas corrieron de un lado para otro, gritando y saltando como locos. En el centro, y bastante retrasados, Silver y yo andábamos penosamente: yo, atado a la cuerda y él, esforzándose jadeante, para escalar la pedregosa y resbaladiza ladera. De vez en cuando, tenía que tenderle la mano para evitar que resbalara y cayera rodando por la pendiente. Habríamos recorrido de esta forma una media milla y nos acercábamos ya al limite de la meseta, cuando el forbante que iba más alejado de nosotros hacia la izquierda, se detuvo gritando horrorizado. Sus voces atrajeron a los demás, que se reunieron corriendo con él.

—¡No es posible que haya encontrado el tesoro! —exclamó Morgan al pasar cerca de nosotros.

Pronto pudimos comprobar que Morgan había acertado y que se trataba de algo muy distinto a lo que buscábamos. Al pie de un robusto pino, cuyo tronco desaparecía bajo las plantas trepadoras, que se enredaban también entre los pelados huesos, yacía un esqueleto humano, junto al cual se veían algunos girones de ropa. Un escalofrío nos sacudió a todos.

—Era un marinero —dijo Merry, que, más valiente que sus compañeros, se había aproximado para examinar los restos— o, por lo menos, estos trozos de paño pertenecieron a un buen traje de marino.

—Sí, sí —dijo Silver—; es muy probable que sea verdad y supongo que no esperaríais encontrar aquí el cadáver de un obispo. Pero, veamos... ¿cómo está tendido este esqueleto? Su posición no es natural.

Observándolo con mayor detención, parecía muy extraño que los huesos estuvieran en aquella postura, pues, aparte de ciertas alteraciones producidas tal vez por los cuervos y las plantas que lentamente lo habían envuelto, el esqueleto estaba tendido en línea recta y los brazos extendidos sobre su cabeza con las manos muy próximas, o sea en una actitud semejante a la que adopta un nadador al arrojarse al agua.

—Se me ocurre una idea —dijo Silver—. Coged la brújula: allí está la punta principal de la *Isla del Esqueleto*, que sobresale como un diente. Tomad el rumbo siguiendo la línea de los huesos.

Se hizo así, comprobando que el cuerpo apuntaba en dirección a la isla y la brújula marcaba exactamente E. SE. y una cuarta al E.

—¡Lo suponía! —exclamó John—. Este esqueleto es una señal. Por allí encima está nuestro rumbo hacia la estrella polar y hacia los buenos dólares. ¡Truenos! Me estremezco al pensar en Flint. No hay duda de que esta es una de sus bromas. Vino a la isla acompañado por seis hombres y después de matarlos a todos, se trajo hasta aquí el cadáver de uno de ellos para que sirviera de brújula... El esqueleto es largo y el hombre debía tener el pelo rubio. Sí... debía ser Allardyce. ¿Te acuerdas de Allardyce, Morgan?

—¡Claro que sí! —contestó el viejo—. ¡Me debía dinero y, además, le presté el machete cuando bajó a tierra con Flint!

—Si le dejaste el machete —preguntó uno de los piratas—, ¿cómo es que no queda ni rastro de él? Flint no era un hombre que perdiera el tiempo en vaciar los bolsillos de un marinero, y no creo que se lo hayan comido los cuervos.

—¡Truenos! ¡Te sobra razón! —gritó Silver.

—Aquí no han dejado nada —dijo Merry, palpando alrededor de los huesos—; ni una moneda de cobre, ni siquiera una caja de tabaco. Esto no es natural...

—No lo es Merry, no lo es —dijo Silver moviendo la cabeza—. No es natural, ni cortés, ¡vive Dios! Amigos míos; si Flint viviera, este sería un sitio poco saludable para vosotros y para mí. Seis eran los marineros que desembarcaron con él en la isla... ¡ya véis cómo están! Seis somos nosotros...

—Yo he visto su cadáver —dijo Morgan—. Billy Bones me hizo entrar con él. Estaba extendido y rígido. Como no le pudieron cerrar los ojos se los taparon con dos monedas.

—¡Muerto y bien muerto está, no hay duda! —exclamó el pirata que llevaba la cabeza vendada—; pero si hay espíritus que pueden volver a la tierra, uno de ellos es el de Flint, porque su muerte fue verdaderamente miserable.

—Eso es cierto —observó otro—; unas veces pedía ron a gritos, como si estuviera rabioso; otras, cantaba el único estribillo que se le ocurría: *Quince hombres van en el cofre del muerto*, y, si he de ser franco, no me gusta oírlo desde aquel día. Hacía mucho calor y la ventana estaba abierta, así que estuve oyendo la maldita canción hasta que la muerte le apretó la garganta.

—¡Vamos, vamos —aconsejó Silver—, no habléis más de eso! Está muerto y por lo menos no se le ocurrirá pasear de día. En vez de cavilar, busquemos los doblones.

171

Reemprendimos la marcha, pero, a pesar del radiante sol, muy poco propicio a fantasmales apariciones, los piratas no volvieron a dispersarse para correr y gritar por el bosque; marchaban reunidos y hablando en voz baja, sobrecogidos por el terrorífico recuerdo de la muerte del gran bucanero.

CAPÍTULO V

LA VOZ ENTRE LOS ÁRBOLES

Apenas llegamos a la cumbre y, con la excusa de procurarles un descanso a Silver y al hombre de la cabeza vendada, los piratas sentáronse a la sombra, tratando de desvanecer la opresiva influencia del miedo que sentían. Como la meseta se inclinaba un poco hacia el O., desde la cumbre se divisaba una bellísima perspectiva.

Delante de nosotros, por encima de las copas de los árboles, veíamos el *Cabo Frondoso*, orillado por la espuma del oleaje; por detrás, no sólo divisábamos el *Fondeadero de Kidd* y la *Isla del Esqueleto*, sino que podíamos distinguir, más allá de la punta oriental y de las tierras bajas, una gran extensión de mar. La imponente mole del *Catalejo* se alzaba sobre nosotros, salpicada de pinos aislados y oscuros despeñaderos. No se oían otros rumores que el del lejano oleaje y el zumbido de los innumerables insectos que se agitaban entre la maleza. No se veía alma viviente, ni la blancura de una vela en el azul horizonte del mar y la amplitud de la perspectiva aumentaba la sensación de soledad.

Silver, sentado, tomó varias demoras con la brújula.

—Hay tres árboles altos que están en la línea de la *Isla del Esqueleto* —dijo—. Estoy seguro de que el lomo del *Catalejo* es aquella punta más baja. Ahora, buscar el tesoro, es un juego de niños. Creo que debíamos comer antes de seguir buscando.

—No tengo apetito —gruñó Morgan—. El recuerdo de Flint debe habérmelo quitado.

—Lo creo, hijo mío —contestó Silver—; puedes alegrarte de que no ande por aquí.

172

—¡Parecía haber huido del infierno! —exclamó un tercer pirata temblando—. Tenía la cara azul.

—El ron le había dado ese color.—contestó Merry—.
Es cierto; se quedó azul.

Desde que encontraron el esqueleto, pensamientos
parecidos ocupaban sus espíritus y hablaban en voz cada
vez más baja, hasta que su conversación fue un murmullo
que apenas turbaba el silencio del bosque.

De pronto, una voz metálica, aguda y temblorosa, ento-
nó, entre los árboles situados frente a nosotros, el conocido
estribillo:

Quince hombres van en el cofre del muerto.
¡Ay, ay, ay, la botella de ron!

Los piratas perdieron el color como por arte de magia;
unos se pusieron en pie de un salto y otros estrecharon el
grupo que formaban. Morgan se echó al suelo, mientras
Merry gritaba:

—¡Es Flint!

La canción se interrumpió tan bruscamente como había
empezado; pero tan secamente como si de improviso
alguien le hubiese tapado la boca al cantor con la mano.
Como venía de muy lejos, a través de la atmósfera soleada
y limpia, me pareció que resonaba dulce y alegremente,
pero a los piratas les produjo una impresión muy diferente.

—¡Vamos, muchachos, no hagáis caso! —dijo Silver
haciendo un esfuerzo para mover sus labios que se le habían
vuelto de color ceniza—. ¡Abrid bien los ojos y no os preocupéis! No conozco esa voz, pero puedo asegurar que quien
ha cantado es un hombre de carne y hueso.

Reanimóse Silver al escuchar sus propias palabras y se
colorearon un poco sus mejillas. Los demás piratas íbanse
recobrando un poco, cuando se oyó la misma voz; no cantaba la vieja canción: era una llamada débil y lejana que resonaba aún más débilmente en los peñascales del *Catalejo.*

—¡*Darby Mac Graw!* —gemía la voz misteriosa—.
¡*Darby Mac Graw! ¡Darby Mac Graw!*

Siguió pronunciando el mismo nombre durante algún
tiempo y luego, elevando más el tono, dijo con una blasfemia terrible:

173

—¡Darby, ve a buscar ron!

Los piratas quedaron inmovilizados por el terror; sus ojos, desmesuradamente abiertos, parecían salírseles de las órbitas.

No hay duda —balbuceó al fin uno de ellos—. Es la voz de Flint. ¡Vámonos!

—Esas son las últimas palabras que pronunció en este mundo —dijo Morgan con voz sorda.

Dick había sacado la Biblia y leía sus versículos apresuradamente.

Sin embargo, Silver no se daba por vencido. Le castañeteaban los dientes, pero no quería ceder.

—En toda la isla —dijo—, no hay nadie que haya podido oír hablar de Darby Mac Graw, excepto nosotros—. Luego, haciendo un gran esfuerzo, añadió—: Compañeros, he llegado hasta aquí para llevarme el tesoro y no me harán desistir ni los hombres, ni los mismísimos demonios. No le tuve miedo a Flint mientras vivió y tampoco le temo ahora. A menos de un cuarto de milla, tenemos setecientas mil libras y no quiero renunciar a ellas. ¿Hay en el mundo algún caballero de fortuna que le haya vuelto la espalda a semejante riqueza? No... y menos por miedo a un viejo pirata borracho, con la jeta azul, que, además, está muerto...

Sus palabras hicieron un efecto contrario al que se proponía, pues aquella forma de tratar a Plint, aumentó el terror de los bucaneros.

—Cállate, John —rogó Merry—. Trae desgracia hablar así de los muertos. Los demás estaban demasiado despavoridos para hablar. Si hubieran tenido un átomo de valor en aquellos momentos, habrían huido a la desbandada; pero el miedo les mantenía agrupados alrededor de Silver, como si su audacia fuera una protección para ellos. John había conseguido dominar su pasajera debilidad y hablaba con voz firme y gesto decidido.

—¿Un espíritu? —dijo—. Es posible que lo sea; pero, en tal caso, hay algo que no puedo comprender. ¡El eco ha repetido sus palabras y así como nadie ha visto un espíritu que haga sombra, tampoco la voz ha de tener eco! ¡Quisiera saber qué clase de fantasma es ese!

Este argumento me pareció poco convincente; pero nadie puede calcular el efecto que los razonamientos, por absurdos

174

que sean, producen en los individuos supersticiosos. Con gran sorpresa mía, a Merry pareció tranquilizarle mucho la deducción de Silver.

—¡Bien dicho! —exclamó—. Lo que llevas sobre los hombros es una cabeza, no hay duda, John. ¡Vamos, adelante, muchachos! La voz que hemos oído se parecía un poco a la de Flint, pero no era tan clara ni tan firme. Yo diría que es la de otro; sí... semejante a la de...

—¡Rayos! —gritó Silver. —¡La voz de Ben Gunn!

—¡Es verdad! —exclamó Morgan incorporándose y quedando de rodillas—. ¡El que ha hablado es Ben Gunn!

—Bueno —murmuró Dick—; eso no cambia la situación, porque Ben Gunn tampoco está en este mundo.

Los piratas recibieron esta observación con desprecio.

—¿Quién se preocupa de Ben? —dijeron.

—Muerto o vivo, no cuenta para nada.

Era asombroso ver con qué rapidez habían recobrado el valor y la facilidad con que volvía el color a sus rostros. Pronto empezaron a charlar animadamente, interrumpiéndose de vez en cuando para escuchar. Poco después, como no oyeran nada anormal, volvieron a echarse las herramientas al hombro y reemprendieron la marcha. Merry iba a la cabeza del grupo, comprobando la dirección que seguían con la brújula de Silver. Merry tenía razón: vivo o muerto, nadie se preocupaba de Ben Gunn. Dick era el único que conservaba cierto temor; seguía leyendo la Biblia y constantemente lanzaba a su alrededor furtivas miradas. Nadie compartía sus temores e incluso Silver se burlaba de sus precauciones.

—Ya te dije que esa Biblia no te sirve para nada, porque le rompiste una hoja —le decía John—. Y si ni siquiera vale para prestar juramento, ¿cómo quieres alejar a los espíritus con ella?

Así diciendo, chasqueaba sus gruesos dedos y sonreía plácidamente.

Sin embargo, Dick no se recobraba y pronto comprendió que había llegado al límite de sus fuerzas. La fiebre que le había predicho el doctor, empezaba a mostrarse acrecentada por el calor, la fatiga y las emociones pasadas. El camino que recorríamos entonces era más fácil. Los pinos crecían muy espaciados y hasta entre los bosquecillos de

175

mirísticas y azaleas, quedaban anchos calveros abrasados por el sol. Avanzando en dirección NO., nos acercábamos a las estribaciones del Catalejo y se iba ensanchando la perspectiva de la bahía occidental, que tan penosamente había recorrido en el coraclo.

Cuando llegamos al primero de los árboles de la meseta, comprobamos, por su situación, que era el indicado por Flint y lo mismo nos sucedió con el segundo. El tercero se alzaba casi a una altura de cuarenta metros por encima de los tupidos matorrales que a su pie crecían. El tronco de aquel gigante del reino vegetal, era una roja columna de una anchura formidable y a la sombra de su copa hubiera podido maniobrar cómodamente una compañía. Desde el mar era muy visible y habríase podido inscribir en las cartas de navegación como punto de referencia. Sin embargo, no era su corpulencia lo que impresionaba a mis compañeros, sino la idea de que setecientas mil libras de oro estaban enterradas en el espacio limitado por su sombra. La fiebre del oro borraba sus temores precedentes a medida que se acercaban al gran árbol. Les brillaban de codicia los ojos y aligeraban el paso impacientes por encontrar la fortuna que les permitiera llevar en adelante una existencia de lujo y placeres. Silver iba saltando apoyado en su muleta y juraba como un condenado. Cuando las moscas se posaban en su rostro encendido y brillante de sudor, daba furiosos tirones de la cuerda con que me llevaba sujeto y de vez en cuando se volvía para dirigirme furiosas miradas. No se preocupaba de ocultar sus intenciones y pude leer sus pensamientos con la misma facilidad que si su frente fuera un libro abierto.

La proximidad del tesoro le había hecho olvidar sus promesas y la advertencia del doctor. Vi claramente que Silver se proponía desenterrar el tesoro, descubrir *La Hispaniola* y asaltarla durante la noche; pasar a cuchillo a cuantas personas honradas hubiera en la isla y hacerse a la mar, tal como imaginara al principio, cargado de riquezas y de crímenes.

Dominado por el terror de que sus planes se realizaran, me era difícil seguir el rápido paso de los piratas; tropecé varias veces y Silver tiró con furia de la cuerda, fijando en mí amenazadoras miradas. Dick, que habíase ido retrasando poco a poco, cerraba la marcha, murmurando una sarta de

176

blasfemias y rezos incoherentes, dominado por la fiebre que le devoraba. Esto aumentaba mi sufrimiento y, por si fuera poco, me obsesionaba la tragedia desarrollada tiempo atrás en aquella meseta, cuando el impío corsario de la cara azul, el que había muerto en Savannah, cantando y pidiendo ron, asesinó a sus seis compañeros y cómplices. En aquella arboleda, tan apacible entonces, resonaron tiempo atrás los escalofriantes gritos de agonía, y aún me parecía oírlos, mezclados al susurro del viento, entre las ramas y al eco del oleaje en las pedregosas vertientes del *Catalejo*.

Cuando llegamos al lindero del bosque, Merry gritó:

—¡Compañeros, hemos llegado! ¡Todos a una!

Los que iban a la cabeza del grupo echaron a correr, pero al cabo de unos diez metros se detuvieron de pronto, y oímos un ahogado grito de rabia.

Silver apresuró la marcha, hundiendo furiosamente la contera de la muleta en el suelo y un momento después, también él y yo nos detuvimos en seco.

Ante nosotros había una gran excavación, no muy reciente, pues los taludes se habían desmoronado y en el fondo de la zanja empezaba a crecer la hierba. El mango de un pico, roto en dos pedazos y las tablas de varias cajas destrozadas, estaban entre la hierba. Sobre una de las maderas leí el nombre de *Walrus*, escrito en ella con un hierro candente.

No cabía la menor duda de que el escondite del tesoro había sido descubierto y vaciado. ¡Las setecientas mil libras habían desaparecido!

CAPÍTULO VI

LA CAÍDA DE UN JEFE

No creo que haya habido en el mundo catástrofe semejante. Los seis forbantes quedaron como si un rayo les hubiera fulminado. Silver fue el primero en reaccionar y su estupor desapareció casi inmediatamente. Habíase lanzado como un caballo enloquecido a la conquista del tesoro y ningún otro pensamiento ocupó su espíritu hasta aquel momento; pero al ver fallidas sus esperanzas, supo conservar la sangre fría y cambió sus planes, antes de que los demás piratas dominaran su desilusión.

—Jim —me dijo entregándome un pistola de dos cañones—; toma esto y prepárate a ponerle proa a la tempestad.

Así diciendo, dio algunos pasos hacia el N., interponiendo entre los forbantes y nosotros la zanja. Luego me miró y movió la cabeza, como diciendo: ¡En buen lío nos hemos metido...! A mi entender, la situación no podía ser más comprometida y, como sus miradas volvían a ser amistosas y cordiales, no pude menos que murmurar: "¿Nuevamente cambiáis de campo, Silver?"

No tuvo tiempo de contestarme. Los cinco bucaneros, jurando y gritando, se habían lanzado a la zanja y escarbaban en ella con los dedos, apartando los restos de las cajas.

Morgan encontró una moneda de oro de dos guineas y la agitó profiriendo terribles blasfemias. Durante medio minuto el hallazgo pasó de mano en mano.

—¡Dos guineas! —rugió Morgan, enseñándole la moneda a Silver con gesto amenazador—. ¡En esto se han convertido las setecientas mil libras que nos prometiste! ¿Eres tú, imbécil, el que alardea de saber cerrar tratos ventajosos? ¿Tú eres el que todo lo hace bien?

—Cavad, hijos míos, cavad —contestó insolente Silver—; es posible que encontréis cacahuetes si lo hacéis con cuidado y calma.

—¡Cacahuetes! —repitió Merry gritando—. Compañeros, ya lo habéis oído. Estoy seguro de que ese maldito lo sabía todo. Basta mirarle para comprenderlo.

—Caramba, muchacho —repuso John—; veo que sigues empeñado en llegar a ser capitán. Eres muy ambicioso y eso no es saludable.

En aquella ocasión, Silver perdió su prestigio y los forbantes apoyaban a Merry. Uno tras otro salieron de la zanja, dirigiéndonos siniestras miradas, pero por el lado opuesto al punto que ocupábamos Silver y yo, lo cual favorecía nuestra defensa.

Así, quedamos frente a frente, sin que nadie se atreviera a iniciar la lucha.

Silver miraba en silencio a nuestros adversarios, firmemente apoyado en la muleta y más tranquilo que nunca.

178

Indudablemente, era un valiente y sabía afrontar con serenidad las situaciones más peligrosas.

Al fin Merry creyó necesario romper aquella pausa y dijo:

—Amigos, son dos contra cinco; uno viejo e inválido y el otro un galopín a quien le torcería el cuello con mucho gusto. El primero nos ha traicionado y el segundo tiene la culpa de cuanto nos ha sucedido... ¡A ellos, pues!

Levantó los brazos al mismo tiempo que la voz, e iba a lanzarse contra nosotros, cuando sonaron tres disparos de mosquete y vi el relámpago de la pólvora inflamada brillar en la espesura. El cabecilla cayó de cabeza en la zanja y el hombre de la cabeza vendada dio una vuelta sobre sí mismo, como una peonza, y cayó al borde del hoyo, donde quedó retorciéndose en las últimas convulsiones. Los tres restantes, diéronse a la fuga despavoridos.

En un abrir y cerrar de ojos, John disparó sobre Merry las dos balas de su pistola, mientras éste pugnaba por levantarse. Al encontrarse su mirada con los extraviados ojos del herido, le dijo:

—¡Hemos arreglado cuentas!

En aquel momento, el doctor, Gray y Ben Gunn, salieron de las mirísticas y, corriendo, vinieron a reunirse con nosotros, empuñando los fusiles, aún humeantes.

—¡Adelante, muchachos! ¡Corred! —gritó el doctor—. ¡Hemos de llegar a los botes antes que ellos!

Echamos a correr, hundiéndonos a veces en la maleza hasta el pecho. Silver procuraba seguirnos a la misma velocidad que nosotros llevábamos y el esfuerzo que hizo para conseguirlo, saltando con su muleta hasta el punto de que los músculos de su pecho parecían a punto de estallar, no es para descrito. A pesar de todo, cuando llegamos al borde de la meseta, nos seguía a unos treinta metros de distancia y estaba a punto de perdernos de vista.

—¡Doctor, doctor —gritaba—, no es preciso que corramos tanto!

No le faltaba razón: al llegar a una de las partes descubiertas de la meseta, vimos que los tres bandidos corrían, como si les persiguiera el diablo, hacia la *Colina de Mesana*; nos encontrábamos ya entre ellos y el punto en que estaban las chalupas, así que nos sentamos para tomar aliento, mientras Silver venía hacia nosotros, lentamente, enjugándose el sudor que bañaba su rostro.

—Muchas gracias, doctor —dijo—. No podíais llegar con más oportunidad; un momento de retraso y quizá Jim y yo hubiéramos bajado a la zanja, sin quererlo... ¡Caramba! ¡Si está también aquí el mismísimo Ben Gunn! ¿Estás bien, muchacho?

—Sí, soy Ben Gunn —respondió el hombre, retorciéndose como una anguila— y me encuentro muy bien. —Se interrumpió, confuso y atemorizado, al encontrarse junto al hombre cuya presencia tanto había temido, hasta que pudo decir con mayor aplomo—: ¿Cómo estáis, mister Silver?

—Ben, ben —murmuró John—; ¡mira que haberme engañado!

El doctor envió a Gray en busca de uno de los picos que los piratas habían abandonado al huir y entonces, mientras descendíamos tranquilamente de la meseta en dirección al lugar donde estaban los botes, me refirió en pocas palabras lo sucedido. El relato le interesó extraordinariamente a Silver y Ben Gunn, el isleño de idiotizada expresión, era el héroe de aquella intervención que nos había salvado la vida.

El pobre Ben, en una de sus caminatas por la isla, encontró el esqueleto, apoderándose de cuanto hallara sobre él. Luego, encontró el tesoro y lo desenterró con el pico cuyo mango encontramos en la zanja; haciendo numerosos viajes, consiguió transportar las riquezas hasta la cueva que le servía de vivienda, de difícil acceso, situada en la colina de los dos picachos, trabajo que concluyó dos meses antes de que La Hispaniola fondeara en aguas de la isla. La tarde del día en que fracasó el asalto de los piratas al fortín, el doctor consiguió que Ben Gunn le comunicara este secreto y al ver a la mañana siguiente que la fragata ya no estaba en el fondeadero, decidió entrevistarse con Silver y darle el mapa de Flint que para nada servía ya. Le cedió también las provisiones, porque en la cueva de Ben Gunn había una provisión abundante de carne de cabra salada y aceptó cuantas proposiciones le hiciera el jefe pirata, para poder abandonar enseguida el fortín y trasladarse sin peligro a la cueva, donde no sólo se libraban de la malaria, sino que vigilaban el tesoro.

—En cuanto a ti, Jim —dijo—, aunque me dolió mucho, hice lo que me pareció más conveniente para los que se habí-

180

an apartado del deber. ¿Tenía yo la culpa de que no pudieras contarte entre ellos?

Aquella mañana, dándose cuenta de que iba a sufrir las graves consecuencias de la decepción de los bandidos, corrió a la caverna y confiándole al *squire* la custodia del capitán, reunióse con Gray y Ben Gunn, atravesó diagonalmente la isla y se emboscó cerca del gran pino. Pronto comprendió que los piratas le llevaban mucha delantera y mandó al ágil isleño que se adelantase y que hiciera lo posible por retardar su marcha. Entonces fue cuando a Ben se le ocurrió sacar partido de la superstición que dominaba a sus compañeros y tan bien le salió la estratagema, que el doctor y Gray tuvieron tiempo de llegar y emboscarse, antes de que los bandidos encontraran el sitio.

—¡Vaya, vaya, doctor! —exclamó Silver adoptando la beatífica expresión que pocas veces alteraba—. Veo que ha sido una gran suerte para mí, que Hawkins me acompañara. Vos hubiérais dejado matar al viejo John, sin mover un dedo para impedirlo...

—Eso es cierto —repuso el doctor alegremente—. ¡Sin mover un dedo, Silver!

Habíamos llegado a los botes. El doctor cogió el pico y destrozó completamente uno de ellos; luego, nos embarcamos todos en el que quedaba y salimos hacia la *Bahía del Norte*, de la que nos separaban ocho o nueve millas.

Aunque Silver estaba casi exhausto, hubo de empuñar uno de los remos, como nosotros, y pronto avanzamos rápidamente sobre las tranquilas aguas. Poco después, dejábamos atrás el canal y doblábamos la punta SE. de la isla, alrededor de la cual, cuatro días antes, habíamos pasado muy cerca a bordo de *La Hispaniola*. Al pasar frente a la colina de los picachos, vimos la entrada de la caverna de Ben Gunn y, cerca de ella, la figura de un hombre, de pie y apoyado en un fusil. Era mister Trelawney, le saludamos agitando en el aire un pañuelo y con alegres gritos a los que se sumó Silver, uniendo su voz a la nuestra, con el mismo calor y cordialidad. Tres millas más lejos, hacia el N., vimos de pronto a *La Hispaniola* que navegaba a la deriva. La última marea habíala puesto a flote y si hubiera soplado un poco más de viento o una fuerte corriente, como sucedía en el fondeadero del S., no habríamos podido recuperarla o habría ido a estrellarse contra los peñascos de la costa. Afortunadamente, excepto la pérdida de la vela mayor, la fragata no había sufrido desperfectos. Utilizamos un ancla de reserva y fondeamos el barco en braza y media de agua. Luego, remamos de nuevo hacia la *Cala del Ron*, el punto más próximo a la caverna de Ben, donde se guardaba el tesoro.

Saltamos a tierra y Gray regresó en el bote a *La Hispaniola* para guardarla durante la noche.

Una suave pendiente subía desde la playa hasta la entrada de la cueva. El *squire* nos esperaba y le agradecí mucho que no me reprochase mi deserción; me saludó cordialmente, pero sin pronunciar una sola palabra de alabanza o censura.

Al ver que Silver le saludaba con familiar cortesía, como si nada hubiera sucedido, se arrebató un poco y le dijo:

—John Silver, eres un miserable granuja y un traidor, un monstruoso traidor. Me dicen que no debo entregarte a la justicia y no lo haré, pero los hombres a quienes has dado muerte pesarán sobre ti como ruedas de molino colgadas al cuello.

—Os agradezco mucho vuestras atenciones, señor — dijo Silver inclinándose de nuevo.

—¿Aún te atreves a darme las gracias? —respondió encolerizado el *squire*—. ¡No tienes que darme las gracias por faltar a mi deber! ¡Retírate!

Entramos todos en la cueva, que era muy espaciosa y ventilada. Tenía un pequeño manantial que formaba una balsa límpida y orlada de helechos. Sobre la fina arena del suelo y ante un gran fuego, estaba acostado el capitán Smollett y, en un rincón del fondo, iluminado de vez en cuando por el resplandor de las llamas, vi grandes montones de monedas y lingotes de oro apilados. Era el tesoro de Flint, las riquezas que fuimos a buscar a la isla y que costaron la vida a diecisiete tripulantes de *La Hispaniola*. ¿Cuántas otras habría costado reunir aquella fortuna, qué indecibles sufrimientos, cuántos buenos navíos echados a pique, cuántos hombres valientes obligados a pasear por la tabla con los ojos vendados, cuántos cañonazos, mentiras y crueldades, cuántas infamias y salvajes crímenes? ¡Nadie podría decirlo! Aún quedaban en la isla algunos hombres; Silver, el viejo Morgan y Ben Gunn, que habían tenido participación en aquellos crímenes y esperaban tenerla en el reparto del tesoro.

—Pasa, Jim —me dijo el capitán—. A tu manera, no hay duda de que eres un excelente chico, pero no creo que volvamos a embarcar juntos. Tienes mucho de privilegiado y ya sabes que eso no me gusta... ¡John Silver! —exclamó al ver entrar al ex-cocinero-. Pero... ¿qué viene a hacer entre nosotros este hombre?

—He venido a cumplir nuevamente con mi deber —respondió con calma Silver.

—¡Ah! —exclamó Smollett sin preocuparse más de la presencia de Silver, ni expresar de otra forma la opinión que le merecía.

¡Qué bien cené aquella noche en compañía de mis buenos amigos! ¡Con cuánta satisfacción comí la cabra salada de Ben Gunn, que acompañamos con algunas golosinas y una botella de vino añejo traídas de *La Hispaniola*!

No recuerdo otra cena tan agradable como aquella. Silver estaba en el interior de la caverna, cenando alejado del fuego y de nosotros, pero con excelente apetito; como si su sangrienta intervención en el motín y en las traiciones que habíamos sufrido, no fueran más que una pesadilla, Silver mostrábase muy atento y servicial, uniéndose discretamente a nuestra bulliciosa alegría, lo mismo que al principio de nuestro viaje a la *Isla del Tesoro*.

CAPÍTULO VII

CONCLUSIÓN

A la mañana siguiente, muy temprano, empezamos a transportar el tesoro a *La Hispaniola*, trabajo muy lento, porque habíamos de recorrer cerca de una milla por tierra y tres por mar, hasta el lugar donde estaba anclada la fragata y éramos pocos obreros para tan gran faena.

Los tres bandidos que aún andaban por la isla, nos preocupaban muy poco; un centinela situado en la cima de la colina, bastaba para prevenirnos contra cualquier posible

183

ataque, aunque suponíamos que los bélicos intentos de los piratas no volverían a producirse, después de las derrotas que habían sufrido. Trabajamos, pues, activamente, seguros de que al fin nadie discutiría nuestro derecho. Gray y Ben Gunn se ocupaban de llevar a *La Hispaniola* el oro, mientras los demás apilaban en la orilla las riquezas durante sus ausencias. Dos lingotes, atados con una cuerda, constituían ya suficiente carga para un hombre robusto.

Como yo no servía para llevar peso, me ocupé, durante todo el día, en llenar sacos de harina con las monedas halladas en el tesoro de Flint. Era una rarísima colección, semejante a la de Billy Bones, por la diversidad de sus piezas; pero tan considerable y variada, que disfruté mucho al clasificarlas: había monedas inglesas, francesas, portuguesas, luises, doblones, jorges, moidores y cequíes, con las efigies de todos los reyes que habían gobernado Europa desde cien años antes; extrañas monedas orientales, con dibujos que parecían cintas anudadas y telas de araña; piezas redondas, agujereadas por el centro, como si hubieran de ser ensartadas para formar un collar. Creo que todas las monedas utilizadas en el mundo, se habían reunido en aquel fabuloso tesoro y eran tan numerosas como las hojas secas en otoño. Tanto me costó en sacarlas y agruparlas que, al terminar, tenía los dedos y los riñones doloridos.

El traslado del tesoro duró varios días; cada noche quedaba recogida a bordo una fortuna cuantiosa y otra semejante esperaba el embarque del día siguiente. Durante este tiempo, no dieron señales de vida los piratas que erraban por la isla.

Por fin, creo que fue la tercera noche, mientras el doctor y yo paseábamos por la vertiente de la colina, desde la que se ven las tierras bajas de la isla, el viento que soplaba en las tinieblas, nos trajo el rumor de una voz humana, aunque no pudimos precisar si gritaba o cantaba.

—¡Dios quiera perdonarlos! —dijo el doctor—. Son los piratas.

—¡Y están todos borrachos, señor! —exclamó la voz de Silver detrás de nosotros.

Silver disfrutaba entre nosotros de una libertad absoluta y, a pesar de los desprecios que constantemente le hacíamos cuando se acercaba a nosotros, comportábase como un subordinado privilegiado y afectuoso. Era curioso ver cómo soportaba nuestras desatenciones y la untuosa amabilidad que prodigaba, intentando ganarse nuevamente el favor de alguno de nosotros. A pesar de todo, le tratábamos peor que a un perro, excepto Ben Gunn y yo; el primero, porque seguía temiendo a su antiguo jefe y, por lo que se refiere a mí, no podía olvidar que, en realidad, le debía cierto reconocimiento, a pesar de que conocía mejor que nadie la doblez de su alma.

Así, no debe extrañar que el doctor le contestara con cierta acritud:

—Están borrachos o deliran.

—Tenéis razón, señor —contestó John—; pero entre nosotros ambas cosas son muy parecidas.

—Aunque supongo, Silver, que no comprenderás mis palabras, porque para ello habrías de tener un corazón más humano, ten la seguridad de que si supiera con certeza de que alguno de ellos es víctima de la fiebre, iría, sin considerar ningún riesgo, ni detenerme, ante la posibilidad de que me asesinaran, a cuidarle tanto tiempo como fuera preciso.

—Perdonadme, señor; pero me atrevo a deciros que haríais muy mal. Se perdería vuestra preciosa vida y, tanto vuestros amigos como yo, lo sentiríamos mucho. Esos bribones no saben cumplir una palabra de honor, ni creen que vos podáis cumplir la vuestra.

—¡Caramba! —exclamó el doctor—. ¡No es preciso que me lo recuerdes; sé que el único capaz de mantener su palabra, eres tú!

Esta fue la última vez que tuvimos noticia de la presencia de los bucaneros. En otra ocasión, oímos un disparo a lo lejos y supusimos que estaban cazando. Luego, se reunieron el doctor, mister Trelawney y el capitán Smollett a deliberar, y acordaron abandonar lo antes posible la *Isla del Tesoro*; decisión que fue acogida con gran alegría por Gray y por Ben Gunn. Les dejamos a los bandidos una buena provisión de pólvora, balas, carne salada, medicamentos, herramientas, ropas, una vela, una o dos brazas de cuerda, algunas otras cosas necesarias y, por especial deseo del doctor, gran cantidad de tabaco. Esto fue lo último que hicimos en la isla. Antes, habíamos terminado el traslado del tesoro, embarcando agua potable y carne suficiente para el viaje.

Y así, una mañana clara y alegre, levamos anclas, no con poca dificultad y mucho trabajo, poniéndonos en franquía de la *Bahía del Norte*, bajo los pliegues de la misma bandera que con tanto heroísmo se defendió en el fortín, a las órdenes del capitán Smollett. Los tres bandidos debieron observar nuestros movimientos desde muy cerca, porque al rozar la punta oriental de la isla, se nos aparecieron los tres, de improviso, arrodillados en la arena y con los brazos alzados en actitud suplicante.

Todos sentíamos mucho tener que abandonarles en aquella miserable situación, pero no podíamos arriesgarnos a sufrir una nueva rebelión, y tomarles a bordo para entregarlos a la justicia, apenas llegáramos a Inglaterra, hubiera sido un acto de cruel benevolencia. El doctor se dirigió a ellos diciéndoles a gritos que les habíamos dejado provisiones e indicándoles el lugar en que estaban. Sin embargo, siguieron llamándonos por nuestros nombres, suplicando, por amor de Dios, que no les dejáramos morir en la isla. Por fin, viendo que el barco seguía su ruta y que se alejaba rápidamente, uno de ellos, a quien la distancia me impidió reconocer, se levantó de un salto y empuñando el mosquete apuntó hacia nosotros; una bala silbó sobre la cabeza de John y agujereó la cangreja y, al mismo tiempo, oímos el ahogado grito de rabia que profirió el bucanero. Nos parapetamos tras la borda y cuando asomé la cabeza de nuevo, vi que habían desaparecido y que la playa se desdibujaba en la lejanía. Antes del medio día vi, con indecible júbilo, que la más alta cumbre de la isla, desaparecía en el horizonte.

Éramos tan pocos a bordo, que todos habíamos de trabajar. El capitán Smollett, tendido en la popa, daba órdenes, pues aunque estaba casi restablecido, tenía necesidad de reposo.

Pusimos rumbo al puerto más próximo de la América española, ya que no podíamos proseguir el viaje sin contratar nueva tripulación, pues habiendo sufrido algunas ventoleras contrarias, estábamos extenuados.

Poníase el sol cuando echamos el ancla en medio de un golfo magnífico. Inmediatamente rodearon a *La Hispaniola* numerosas barcas tripuladas por negros, indios, mejicanos y mestizos que nos ofrecían a gritos sus frutas y mercancías, ofreciéndose a bucear si les tirábamos al mar alguna mone-

186

da de cobre. La vista de tantos rostros sonrientes, en especial los de los negros, el sabor de los frutos tropicales y el brillo de las luces que en todas las casas empezaban a encenderse, formaban un gratísimo contraste con el recuerdo de nuestra sangrienta y triste estancia en la *Isla del Tesoro*.

El doctor y el *squire* me invitaron a ir con ellos, pues querían pasar una parte de la noche en tierra. Apenas desembarcados, encontramos al capitán de un buque de guerra inglés; charlaron con él mis amigos, fueron a visitar el navío y pasaron las horas tan agradablemente, que cuando regresamos a *La Hispaniola* empezaba a despuntar el día.

Ben Gunn era el único que estaba en cubierta y cuando nos vio vino hacia nosotros, contorsionándose como un gusano, para decirnos, con muchos rodeos, que Silver se había marchado. El mismo le había ayudado a huir algunas horas antes y lo había hecho para salvarnos la vida, que constantemente estaba en peligro teniendo a bordo al traidor cojo. Pero esto no era todo: el cocinero no se fue con las manos vacías. Había conseguido romper un mamparo y apoderarse de un saquito que contenía unas tres o cuatrocientas guineas que le servirían para poder esperar tranquilamente nuevas peregrinaciones. Creo que todos nos alegramos mucho al vernos libres de aquel bandido a tan bajo precio.

Y para resumir, diré que contratamos a varios marineros, que hicimos el viaje de vuelta a Inglaterra sin contratiempos, y entramos en el puerto de Bristol en el momento en que mister Blandly se aprestaba a fletar el barco que había de acudir en nuestra busca.

De los hombres que habían partido de Bristol a bordo de *La Hispaniola*, únicamente regresaban cinco. A los demás se los llevaron el diablo y el ron, aunque nuestro caso no era tan malo como el de aquella dotación que mencionaba el viejo cantar:

Y sólo queda uno vivo, los demás han muerto,
de setenta que eran al salir del puerto.

Todos recibimos una parte cuantiosa del tesoro, que cada uno empleó con prudencia o prodigalidad, según su carácter. El capitán Smollett, ha renunciado definitivamente al mar. Gray, no sólo economizó el dinero que se le entregó, sino que, espoleado de pronto por una sana ambición, empezó a estudiar tenazmente la carrera de marino, y hoy es piloto y copropietario de un hermoso barco admirablemente equipado; está casado y es padre de una numerosa familia. En cuanto a Ben Gunn, que recibió mil libras, las gastó en veinte meses, o, para ser más exacto, en diecinueve, pues al que hacía veinte, ya estaba pidiendo limosna. Entonces le dieron un empleo de portero, tal como temía cuando estaba en la isla. Vive aún, y goza de gran popularidad entre los chiquillos del condado, que le hacen víctima de sus burlas y travesuras; los domingos y días de fiesta canta, con mucho fervor y entonación, en la iglesia de la parroquia.

De Silver no hemos vuelto a saber nada. El formidable navegante cojo, ha desaparecido de mi vista; pero sospecho que debe vivir dichosamente, con su esposa negra, en cualquier apartado rincón del mundo, y que el detestable *Capitán Flint* comparte su bienestar.

Supongo que habrá conseguido cierta tranquilidad en esta vida, pues sus probabilidades de bienaventuranza en la otra son muy escasas.

Ni siquiera arrastrado por una yunta de bueyes, volvería a la maldita isla y mis peores pesadillas son aquellas en que oigo retumbar la resaca en sus costas, o me incorporo, sobresaltado y despavorido, creyendo escuchar la voz agria del maldito loro, que grita:

—¡Doblones! ¡Doblones! ¡Doblones!

Colección Literatura Universal ALBA

LaVergne, TN USA
30 November 2009

165479LV00003B/304/A

9 781583 488324